Claudia Lütje

Komm, flieg mit mir

Claudia Lütje

Komm, flieg mit mir

Roman

édition el!es
www.elles.de
info@elles.de
Umschlaggestaltung und Satz: graphik.text Antje Küchler
Umschlagfoto: © istock.com/murmakova
ISBN 978-3-95609-241-1

1

Guten Abend, Merle, ich habe einen Auftrag für dich.«

»Hallo Piet, worum geht es?« Merle klemmte sich ihr Handy ans Ohr, während sie ein Stück von ihrer Pizza abbiss. Wenn der Chef der kleinen Chartergesellschaft anrief, bedeutete dies meistens einen Flugauftrag und damit zusätzliches Geld für sie, worüber nicht nur sie, sondern auch ihr Kontostand sich freute. Seine nächsten Worte bestätigten ihre Vermutung.

»Es geht um einen Passagiertransport. Es gibt nur ein kleines Problem dabei.« Piets sonst so sonore Stimme klang seltsam belegt.

»Und das wäre?« Neugierig rutschte Merle an den Rand ihrer Couch. Sorgsam kaute sie die zähe Pizza und wartete auf die Antwort ihres Flugdienstleiters, die nur sehr zögerlich kam. Selbst durch das Telefon konnte Merle spüren, dass ihrem Chef die Situation unangenehm war.

»Der Flug geht noch heute Abend. Um genau zu sein, sitzt dein Passagier bereits in der Maschine und wartet auf dich.«

»Was?« Verblüfft warf Merle die angebissene Pizza auf den Teller zurück und sprang auf.

»Keine Sorge, ich habe schon alle Papiere fertig, und die Maschine ist startklar«, versuchte Piet sie zu beruhigen. »Jetzt fehlst nur noch du.«

»Okay, und warum machst du das nicht? Du bist doch vor Ort.« Merle trat aufgeregt von einem Bein aufs andere, während sie auf Piets Antwort wartete.

»Ich kann heute nicht mehr weg. Also, wie sieht es aus? Erledigst du den Auftrag?«, bettelte Piet durch das Telefon.

»Ja, natürlich, ich bin schon unterwegs.« Merle schnappte sich ihren Helm und ihre Jacke und rannte aus der Wohnung. So schnell es der Verkehr erlaubte, fuhr sie mit ihrem Motorrad zum Flugplatz, wo Piet ihr schon entgegenkam.

»Lieben Dank, dass du so spontan bist. Hier sind die Papiere. Schönen Flug!«

»Danke. Wo geht es überhaupt hin?« Sie hielt ihm ihren Helm hin und blätterte durch den Flugplan.

»Nach Hamburg.« Piet drehte Merles Helm in seinen riesigen Händen und sah sie schief an.

Überrascht hob Merle den Kopf. »Nach Hamburg? Jetzt noch?«

»Ja, machst du es trotzdem?« Wieder lag dieses Betteln in seinen Worten, das Merle schon am Telefon vernommen hatte.

Merle kannte ihren Chef schon sehr lange, und sein Verhalten zeigte ihr, dass ihm dieser Auftrag sehr wichtig war. Sie warf einen Blick auf ihre Armbanduhr und rechnete kurz nach. Wenn sie jetzt direkt losflöge und in Hamburg ohne Verzögerung wieder loskönnte, dann wäre sie in etwas über vier Stunden wieder zurück. Da bliebe durchaus noch genügend Zeit, um sich einen gemütlichen Abend auf der Couch zu machen und ihre Pizza fertig zu essen. »Ja klar, Piet. Ich bin ja froh, wenn du einen Auftrag für mich hast«, antwortete sie.

Piets Erleichterung war offensichtlich, als er Merle kurz an sich drückte und mit einem glücklichen Grinsen auf dem kantigen Gesicht zurück in sein Büro ging.

Nachdenklich sah Merle ihm hinterher. Ohne auf die Papiere zu sehen, ging sie zu ihrer Maschine. Schwungvoll öffnete sie die Tür und blickte in ein Paar bernsteinfarbene Augen, die ihr unter zusammengezogenen Augenbrauen angespannt entgegensahen.

»Na endlich, wo bleiben Sie denn? Ich warte schon eine Ewigkeit, und ich habe nicht den ganzen Abend Zeit.« Der leicht genervte Unterton in der ansonsten rauchigen Stimme war nicht zu überhören.

»Ihnen auch einen schönen Abend, Frau …« Merle warf einen Blick auf die Papiere in ihrer Hand. »Frau von Gronewald.« Sie kletterte auf ihren Sitz und betätigte ein paar Schalter. »Mein Name ist Merle Fischer, und ich werde Sie heute Abend fliegen. Leider habe ich gerade erst von dem Flug erfahren. Vielleicht könnten Sie das nächste Mal einfach früher buchen?«

»Wenn Sie nicht gleich losfliegen, dann gibt es kein nächstes Mal!« Eine kunstvoll nach oben gezogene Augenbraue sollte ihren Worten wohl noch extra Schärfe verleihen.

Trotz der harschen Worte empfand Merle ihre Mimik als durchaus erotisch, wie sie erstaunt feststellen musste, als sie in das schöne Gesicht ihrer Passagierin blickte. Verstohlen musterte sie die Frau noch einen Moment, bevor sie sich ihren Hebeln zuwandte.

»Können wir jetzt endlich los?« Die Temperatur in der kleinen Kabine sank um einige Grad, als die kühle Stimme Frau von Gronewalds erneut ertönte.

Die Dame schien es ja wirklich eilig zu haben. Merle biss sich schnell auf die Zunge, um ihre Antwort herunterzuschlucken. Wenn sie den Auftrag fliegen wollte, und der Gedanke an ihr Bankkonto und ihre Lizenz ließ da gar keine Frage offen, dann war es sicher besser ruhig zu bleiben. Sie atmete tief ein und aus. »Sind Sie schon angeschnallt?« Merle zog ihre eigenen Gurte nach unten und hakte sie ein.

»Selbstverständlich bin ich das, ich warte ja schon eine Weile auf Sie.«

Merle blickte kurz zur Seite. »Ihre Schultergurte fehlen. Darf ich Ihnen helfen?« Ohne auf eine Antwort zu warten, beugte sie sich vor und zog die beiden Schultergurte nach unten.

»Ich kann das selbst«, erwiderte Frau von Gronewald und griff energisch nach den beiden Gurten, die Merle gerade einhaken wollte.

»Wie Sie meinen.« Achselzuckend beobachtete Merle ihre Bemühungen, die Gurte in das Schloss zu stecken. Sie konnte nicht verhindern, dass ihre Mundwinkel zu zucken begannen, als die elegante Dame leise vor sich hin schimpfte.

»Es würde gehen, wenn Sie alle Gurte an die richtige Position packen. Darf ich Ihnen vielleicht doch helfen, Frau von Gronewald? Dann geht es schneller, und wir können auch wirklich los.«

Resignierend lehnte Frau von Gronewald sich in ihrem Sitz zurück und blitzte Merle mit ihren großen, braunen Augen an. Einmal mehr hatte Merle das Gefühl, es würde sie eine Tigerin ansehen. Anfauchen war hier wohl der richtige Ausdruck.

Geschickt hakte sie die vier Gurte in das Schloss und zog sich den Kopfhörer über die Ohren. Mit der Hand deutete sie auf den Hörer über der Frau. »Falls Sie mit mir reden wollen, empfehle ich Ihnen, den Kopfhörer aufzusetzen. Ansonsten ist es sehr laut in der Kabine.«

Erneut wurde Merle mit der hochgezogenen Augenbraue belohnt.

Leise seufzend startete sie die Turbinen und ließ das Flugzeug losrollen. Inzwischen konnte sie sich fast denken, warum Piet ihr den Auftrag erteilt hatte und ihn nicht selbst erledigte.

Sie meldete sich beim Tower und erhielt auch direkt die Startfreigabe. Sanft schob sie die Regler nach vorn. Das kleine Flugzeug gewann an Geschwindigkeit und hob kurz darauf sacht vom Boden ab.

Merle warf einen kurzen Blick auf ihre Passagierin, die mit geschlossenen Augen neben ihr saß und ihre Hände ineinander gewoben hatte, sodass ihre Knöchel weiß hervorstachen.

Sie nutzte die Chance, die elegant gekleidete Frau ausgiebiger zu mustern. Ihr Alter schätzte Merle auf Anfang bis Mitte vierzig, also ein paar Jährchen älter als sie selbst. Da sie bei ihrer Ankunft bereits in ihrem Sitz gesessen hatte, konnte sie ihre Größe nur erahnen. Sie schätzte, dass sie beide in etwa gleich groß waren, und sie war definitiv von schlanker Statur. Ihre braunen Haare fielen ihr in weichen Wellen auf die Schultern und umrahmten ein gerades Gesicht mit hohen Wangenknochen. Dezentes Make-up ließ ihre Haut schimmern und akzentuierte zudem ihre Katzenaugen perfekt. Angestrengt hatte sie ihre Stirn in Falten gelegt. Ihre vollen Lippen bewegten sich lautlos, und Merle war kurz versucht, sie auf den Kopfhörer hinzuweisen. Doch der Gedanke an eine erneute Zurechtweisung ließ sie wieder nach vorn blicken und stattdessen den Flug genießen.

Es war ein wunderschöner Sommerabend, der ideal für einen Flug war. Merle stellte entspannt fest, dass die viersitzige Piper völlig ruhig in der Luft lag. Fröhlich summte sie ein Lied vor sich hin, als eine ruhige Stimme an ihrem Ohr sie zusammenfahren ließ.

»Wie lange fliegen Sie schon für Piet?«

Verblüfft drehte Merle den Kopf und sah auf ihre Passagierin, die nun mit aufgesetzten Kopfhörern neben ihr saß. »Entschuldigung, Frau von Gronewald, was haben Sie gefragt?«

»Ich habe gefragt, wie lange Sie schon für Piet Hinrichs kleine Fluggesellschaft fliegen?«

Merle zog nachdenklich die Stirn in Falten. »Das sind jetzt sieben Jahre, seit ich den Flugschein gemacht habe. Warum?«

»Ist das auch Ihr Hauptberuf?« Frau von Gronewald hatte den Kopf leicht schräggelegt und sah Merle neugierig an. Ihre Augen funkelten dabei.

Leise lachend schüttelte Merle den Kopf. »Schön wär es, aber nein. Dafür hat Piet nicht genügend Aufträge. Ich arbeite in einer Autowerkstatt. Die Fliegerei ist mein Hobby, und durch solche Aufträge wie heute Abend kann ich meinen Flugschein behalten.«

»Warum arbeiten Sie nicht bei einer großen Fluglinie? Wäre das keine Alternative?« Kleine Goldflecken blitzten in ihren braunen Augen auf, als das Sonnenlicht durch die Scheiben fiel.

Merle verzog das Gesicht zu einer schiefen Grimasse. »Nein, das wäre keine Alternative.«

»Und warum nicht?«

Genervt von ihren hartnäckigen Fragen umfasste Merle den Steuerknüppel so fest, dass ihre Handknöchel weiß hervortraten. »Es gab und gibt viele Gründe dafür. Gründe, die ich mit mir selbst abmachen muss.«

»Und nicht mit mir?«, gab Frau von Gronewald offensichtlich belustigt zur Antwort. Feine Fältchen umrahmten dabei ihre Katzenaugen.

»Nein.« Merle schenkte dem für ihren Geschmack zu neugierigen Fluggast einen weiteren genervten Seitenblick. »Nicht mit Ihnen.« Trotz ihrer barschen Antwort konnte sie sehen, dass Frau von Gronewald sie weiter freundlich anlächelte. Merle spürte, wie sich ihr Herzschlag etwas beschleunigte und sie feuchte Handflächen bekam. Irritiert von ihrer Reaktion auf die ihr doch unbekannte Frau schüttelte Merle den Kopf.

»Wie lange fliegen wir noch?« Die rauchige Stimme drang nur sehr leise durch den Kopfhörer.

Merle warf einen kurzen Blick auf den Bordcomputer vor ihr. »Etwa fünfundvierzig Minuten wird es noch dauern. Haben Sie schon ein Taxi bestellt?«

»Wieso?« Wieder wurde eine Augenbraue äußerst kunstvoll nach oben gezogen. »Es gibt doch mehr als genug Taxis am Flugplatz.«

»Sie gehen jetzt aber von Fuhlsbüttel aus, oder?« Merle sah ihre Passagierin an. »Da kann ich nicht landen. So wie in Egelsbach werden wir auch in Hamburg etwas außerhalb ankommen, und da ist es ratsam, wenn Sie vorab ein Taxi bestellen.«

Beinahe hektisch zog Frau von Gronewald ein Handy aus der Tasche und schaltete es ein.

»Das wird wohl nichts.« Merle konnte sich ein schiefes Lächeln nicht verkneifen. »Hier oben ein Netz zu finden, das stabil genug ist, das dürfte schwierig sein. Dafür bewegen wir uns zu schnell, sodass Sie sich nicht wirklich in ein Mobilfunknetz einwählen können. Aber keine Sorge, ich regle das gern für Sie.«

Sie schaltete an ihrem Funkgerät und meldete sich bei dem Flugplatz in Hamburg. Innerhalb kürzester Zeit hatte sie ein Taxi für ihre Passagierin bestellt.

»Danke, das ist sehr aufmerksam von Ihnen.« Die vollen Lippen verzogen sich zu einem süßen Lächeln, und ihre schönen Katzenaugen konnten durchaus warm blicken, wie Merle mit einem leichten Ziehen in ihrer Magengegend feststellte.

Erfreut vom Lob ihrer Passagierin begann sie erneut eine fröhliche Melodie vor sich her zu summen.

Wenig später erhielt sie die Freigabe für den Landeanflug und verließ die zuvor gewählte Reisehöhe. Ein deutliches Rütteln ließ das Flugzeug vibrieren.

»Was ist das?« Verschreckt legte Frau von Gronewald ihre Hand auf Merles Arm und krallte sich an ihr fest. »Was passiert gerade?« Mit weit aufgerissenen und von Angst erfüllten Augen starrte sie Merle von der Seite an.

»Es ist alles in Ordnung, kein Grund zur Sorge«, versuchte Merle sie zu beruhigen und bemühte sich, die manikürten Finger von ihrem Arm zu lösen. Doch Frau von Gronewald hielt sie weiterhin panisch fest. Erneut ging ein heftiger Ruck durch das Flugzeug, direkt von einem spitzen Schrei begleitet, der Merles Ohren zum Klingeln brachte.

»Wir stürzen ab!«, kreischte Frau von Gronewald.

»Nein, wie kommen Sie auf so einen Blödsinn?« Irritiert versuchte Merle die Maschine ruhig in der Luft zu halten. »Lassen Sie bitte meinen Arm los, ich muss die Maschine fliegen. Und nein, wir stürzen nicht ab.«

»Aber warum wackelt es auf einmal so?« Frau von Gronewald konnte kaum noch sprechen und presste jedes einzelne Wort zwischen ihren schmalen Lippen hervor.

»Weil wir gerade diverse Luftschichten durchqueren. Da wackelt es schon einmal. Das liegt an den verschiedenen Strömungen. Es besteht absolut kein Grund zur Sorge, wirklich nicht. Bitte, Frau von Gronewald, seien Sie beruhigt. Das ist völlig normal.« Merle hoffte, dass sie mit ihren Erklärungen Frau von Gronewald beruhigen konnte, als das Flugzeug abermals kurz durchgerüttelt wurde.

Die harten Fingernägel krallten sich erneut schmerzhaft in Merles Arm und hinterließen tiefe, bereits blutende Spuren in ihrer Haut.

»Könnten Sie bitte meinen Arm loslassen?«, zischte Merle zwischen ihren Zähnen hervor. »Sie tun mir wirklich weh.«

»Entschuldigung.« Erschrocken löste Frau von Gronewald ihre Hand, nur um ihre Finger direkt in Merles Oberschenkel zu krallen, als das kleine Flugzeug ein Stück nach unten sackte.

»Wir sind gleich durch die Wolkendecke hindurch, dann wird es ruhiger bis wir am Boden sind«, versuchte Merle die nervöse Frau zu beruhigen, die kreidebleich und schweratmend neben ihr saß. Besorgt warf Merle ihr einen Blick zu.

Auf dem ebenmäßigen Gesicht tanzten hektische Flecken, und auf einmal begann sie pfeifend Luft in ihre Lungen zu ziehen.

»Frau von Gronewald, sehen Sie mich an!« Energisch legte Merle ihr eine Hand unter das Kinn und drehte ihren Kopf vorsichtig zu sich heran. »Schauen Sie mir in die Augen!«

Flatternde Augenlider waren jedoch ihre einzige Reaktion. Rasselndes Pfeifen drang aus ihren Lungen und dröhnte schmerzhaft in Merles Ohren.

»Frau von Gronewald, Sie müssen ruhiger atmen. Kommen Sie, Sie sind zu schnell. Atmen Sie ruhig ein, tiefer einatmen und halten.« Merles Hand hielt noch immer ihr zitterndes Kinn umfasst.

Es dauerte einen Moment, doch dann zeigten Merles ruhige Worte offenbar Wirkung, und ihre Passagierin öffnete ihre Augen.

»So ist es gut. Machen Sie weiter so«, ermutigte Merle ihren aufgebrachten Fluggast.

Einige Minuten später war ihre Panik verflogen, und sie sah Merle dankbar an. »Es tut mir leid.«

»Alles gut, Sie hatten eine kleine Panikattacke. Hauptsache, es geht Ihnen wieder gut.«

Frau von Gronewalds weiche Hand lag noch immer auf Merles Knie. Diese unschuldige Berührung erzeugte ein durch und durch angenehmes Gefühl, wie Merle zugeben musste.

»Wie können Sie nur so ruhig bleiben?« Die rauchige Stimme bebte leicht.

Lächelnd zog Merle ihre Schulter nach oben. »Es gibt überhaupt keinen Grund für Panik oder Angst. Das Flugzeug ist in perfektem Zustand, das Wetter ist fantastisch und die kleinen Turbulenzen, die liegen einfach an der Thermik. Alles im grünen Bereich, Frau von Gronewald.«

»Das sagen Sie so einfach.« Sie hatte die Worte nur gemurmelt, doch Merle konnte sie durch den Kopfhörer deutlich hören.

Verwundert ließ sie ihren Blick zwischen der Passagierin und ihrem malträtierten Arm schweifen, atmete tief durch und konzentrierte sich auf die bevorstehende Landung.

Wenig später erhielt sie die Freigabe und brachte das Flugzeug sicher auf den Boden. Langsam ließ sie die Maschine an die zugewiesene Position rollen und schaltete die Turbinen aus. »So, da wären wir. Ich hoffe, Sie hatten trotz allem einen angenehmen Flug und behalten mich in guter Erinnerung. Des Weiteren wünsche ich Ihnen ein schönes Wochenende.« Merle hängte den Kopfhörer an den Haken und drehte sich zu Frau von Gronewald, die sie mit ihren wunderschönen Katzenaugen aufmerksam ansah.

»Erst einmal bin ich froh, dass wir wieder auf dem Boden sind. Alles andere wird sich noch zeigen.«

Erstaunt von der Entschlossenheit in ihrer Stimme ließ Merle ihre Augen über die elegante Frau neben ihr gleiten. Von ihrer Panikattacke war nichts mehr zu spüren. Ganz im Gegenteil, sie schien ihre zuvor schon an den Tag gelegte Souveränität zurückerlangt zu haben, wie Merle belustigt feststellte. Sie beeilte sich auszusteigen, nahm den kleinen Rollenkoffer aus dem Gepäckraum und reichte ihn an Frau von Gronewald weiter.

»Wo ist Ihre Tasche?« Frau von Gronewald griff nach ihrem Trolley.

Als sich ihre Hände berührten, fuhr ein heftiger Stromstoß durch Merle hindurch. Beinahe panisch ließ sie den Griff des kleinen Trolleys los. »Entschuldigung?« Irritiert sah Merle in die großen, braunen Augen.

»Wo Ihre Tasche ist, habe ich gefragt. Oder brauchen Sie nichts für die Übernachtung?« Wieder tanzten im Licht der tiefstehenden Sonne die kleinen Goldreflexe in Frau von Gronewalds Augen.

»Wieso? Ich fliege doch gleich wieder zurück.« Merle runzelte ein wenig ihre Stirn und fuhr sich mit der Hand durch ihre kurzen, schwarzen Haare, sodass sie in alle Richtungen standen.

»Nein, werden Sie nicht.« Zuversichtlich warf Frau von Gronewald ihren Kopf in den Nacken und sah Merle direkt ins Gesicht. »Immerhin habe ich Sie für den Hin- und auch für den Rückflug gebucht. Wann der ist, das wird sich noch zeigen, aber sicher irgendwann morgen im Laufe des Tages.«

»Aber«, stammelte Merle verblüfft, »Piet hat nichts davon gesagt. Es ging nur um einen Flug heute Abend.«

»Nun, das klären Sie dann mit Ihrem Piet. Ich habe Sie für zwei Tage gebucht und auch bereits dafür bezahlt, also kommen Sie jetzt mit.« Damit drehte sie sich auf ihren hochhackigen Schuhen um und stöckelte, ohne sich noch einmal nach Merle umzusehen, davon. Ihren kleinen Koffer zog sie dabei mühelos hinter sich her.

Seufzend zog Merle ihre Notfalltasche aus dem Gepäckraum und stapfte ihr hinterher. Da würde Piet ihr einiges zu erklären haben.

»Sie haben ja doch eine Tasche dabei.« Beinahe strafend zeigte Frau von Gronewald auf die Tasche in Merles Hand, nachdem Merle nach ihr beim Taxi ankam.

»Eine kleine Tasche für alle Fälle ist fester Bestandteil meiner Bordausrüstung. Man weiß ja nie, wo man, aus welchen Gründen auch immer, hängenbleibt.« Beinahe trotzig schob Merle ihr Kinn nach vorn und kletterte in den Wagen.

Schweigend saßen sie im Taxi nebeneinander und fuhren in Richtung Hamburg.

War Merle am Anfang noch verärgert gewesen, dass Frau von Gronewald sie so überfallen hatte und sie die Nacht nicht zu Hause sein würde, so fand sie es nun durchaus spannend, einmal wieder in Hamburg zu sein.

Sie pfiff leise durch die Zähne, als sie wenig später vor einem großen Hotel anhielten. »Entschuldigung.« Sacht legte sie ihre Hand auf den Arm von Frau von Gronewald. »Das Hotel ist etwas über meinem Budget. Ich suche mir lieber etwas anderes. Sagen Sie mir einfach, wann Sie zurückfliegen wollen, oder noch einfacher, ich gebe Ihnen meine Karte und Sie rufen mich an.«

»Ach, Unsinn!« Die braunen Augen glitten über Merles schlanke Gestalt und zurück zu ihrem Gesicht. Dieser Blick jagte Merles Puls in die Höhe. »Ich komme selbstverständlich für Ihre Unkosten auf. Alles andere wäre auch nicht angebracht.«

Verblüfft und nervös folgte Merle ihr ins Hotel, wo sie von einer freundlichen Rezeptionistin empfangen wurden. Nicht nur von außen war das Hotel äußerst beeindruckend. Als Merle die Hotellobby betrat, klappte ihr Kinn nach unten. Die Empfangshalle war riesig und sehr pompös. Der helle Marmorboden war auf Hochglanz poliert, und sehr gemütlich aussehende Sessel luden zum Verweilen ein. Das Personal war wie aus dem Ei gepellt, selbst die Hotelgäste waren allesamt ausgesprochen elegant gekleidet.

Ach du grüne Neune, wo bin ich denn da gelandet?, dachte sich Merle verunsichert.

»Frau von Gronewald, wie schön, Sie wieder bei uns begrüßen zu dürfen!« Frau von Gronewald war offensichtlich nicht zum ersten Mal in diesem Hotel.

Merle hielt sich dezent im Hintergrund und beobachtete ihre Auftraggeberin, die mit der Rezeptionistin sprach. Ihre ganze Haltung spiegelte ihre Autorität und Souveränität wider, die Merle bereits am eigenen Leib hatte erfahren dürfen.

Wahrscheinlich wurde ihr selten ein Nein entgegengebracht, wie Merle erneut belustigt feststellte.

»Haben Sie Frau Niarchos bereits über meinen Besuch informiert?«

»Ja, Frau von Gronewald. Sie wird sich gleich bei Ihnen melden.«

Was Merle allerdings ein wenig überrascht hatte, war die Vielfalt an Emotionen, die Frau von Gronewald innerhalb kürzester Zeit an den Tag gelegt hatte. Streng und fordernd, genauso wie ängstlich, beinahe panisch, aber auch durchaus warm und freundlich.

»Ist mein Zimmer fertig?«

»Natürlich, Frau von Gronewald.« Der Blick der jungen Frau glitt zu Merle.

»Ich benötige bitte noch ein zweites Zimmer für meine Begleitung.« Frau von Gronewald nickte mit dem Kopf in Richtung Merle, die nur sehr zögernd nähertrat.

»Sehr gern, einen Moment bitte.« Sie tippte in ihren Computer und lächelte Merle freundlich an. »Ich bräuchte noch Ihren Ausweis für die Anmeldung.«

»Ja, natürlich.« Merle zog ihr abgenutztes Portemonnaie aus der Hosentasche und legte ihren Ausweis auf den Tresen.

»Gut. Schreiben Sie einfach alles auf Ihr Zimmer, ich übernehme die Rechnung. Das gilt auch für das Abendessen und das Frühstück.« Frau von Gronewald drehte sich um und wollte schon losgehen, als Merle sie schnell am Arm zurückhielt.

»Und bis wann soll ich morgen die Maschine startklar machen? Ich brauche auch einen Flugplan.«

Frau von Gronewald warf ihr nur einen kurzen Blick zu und zog ihre schmalen Schultern nach oben. »Wie gesagt, das zeigt sich erst noch. Halten Sie sich einfach bereit. Haben Sie eine Handynummer, unter der ich Sie erreichen kann?«

»Ja, natürlich.« Merle zog eine Visitenkarte aus der Tasche und hielt sie ihr entgegen.

Mit spitzen Fingern nahm sie die Karte entgegen und drehte sie langsam. »Ich melde mich bei Ihnen, Frau Fischer. Schönen Abend.«

Nachdenklich sah Merle ihr hinterher, als ihre Auftraggeberin zum Aufzug trat und darin verschwand.

Ein kurzes Hüsteln hinter ihr ließ sie sich umdrehen. »Ihr Ausweis und Ihre Zimmerkarte.«

»Danke.« Merle steckte ihren Ausweis wieder ein.

»Sie sind die Assistentin von Frau von Gronewald?« Neugierig strahlte die junge Frau sie an.

Merle schüttelte kurz den Kopf. »Nein, bin ich nicht. Ich bin Pilotin und sie hat mich für einen Flug gebucht. Aber warum ich jetzt hier im Hotel bin, das weiß nur sie selbst.« Die letzten Worte sprach Merle mehr zu sich selbst als in Richtung der Rezeptionistin.

Während Merle sich vom Tresen in Richtung der Aufzüge begab, bestaunte sie nochmals die großzügige Lobby. Dieses Mal versuchte sie jedoch ihren starken Eindruck nicht ganz so offensichtlich zu zeigen. Einerseits fand sie es sehr aufregend, und sie freute sich, in solch einem feudalen Hotel zu übernachten. Andererseits fühlte sie sich unter all den gehobenen Gästen um sie herum fehl am Platz.

Sie trat in den Aufzug und drückte auf den Knopf für ihr Stockwerk, doch nichts geschah. Merle drückte noch ein weiteres Mal, mit dem gleichen Resultat. Leicht genervt streckte sie den Kopf aus dem Aufzug. Die junge Rezeptionistin trat zu ihr, nahm ihr die Karte aus der Hand und hielt sie gegen einen Kontakt an der Wand.

Ernsthaft? Jetzt bin ich sogar zu dämlich diesen Aufzug zu bedienen, ärgerte sich Merle über sich selbst.

»Jetzt geht es«, strahlte die junge Frau.

Peinlich berührt lächelte Merle ihr zu und drückte den Knopf für ihr Stockwerk. Wenn es schon so kompliziert war den Lift zu benutzen, was würde dann noch auf sie warten?

Sie trat in das Zimmer und warf ihre kleine Tasche aufs Bett. *Wow*, das Zimmer war beinahe so groß wie ihre Wohnung in Frankfurt! Staunend besah sie jede noch so kleine Ecke. *Beinahe zu schade, um hier nur eine Nacht zu verbringen.*

An der Tür hing ein Zettel mit den Hotelpreisen, bei deren Anblick Merle weiche Knie bekam. »Ach du dickes Ei!«, flüsterte sie zu sich selbst. Eine Nacht war beinahe doppelt so teuer, wie Merles Wohnung im ganzen Monat kostete.

Sie setzte sich aufs Bett und rief Piet an, der auch sofort abnahm. Aufgrund ihrer langjährigen Freundschaft konnte Merle schon allein an seiner Stimme erkennen, dass er ein schlechtes Gewissen hatte. »Warum hast du mir nicht gesagt, dass es eine Tour über zwei Tage sein wird?«

»Weil ich mir nicht sicher war, ob du dann auch geflogen wärst, Merle. Und ich hatte niemand anderen, der so kurzfristig ran konnte.« Piets Stimme überschlug sich beinahe am Telefon. »Außerdem dachte ich, dass du das Geld gern verdienen wolltest. Frau von Gronewald zahlt wirklich sehr gut. Sie ist ein wahrer Glücksfall für uns, Merle. Solche Aufträge gibt es nicht so oft, wie du sicherlich weißt.«

Seufzend legte Merle sich aufs Bett und starrte an die Decke. »Das mag sein, Piet, aber du hättest es mir trotzdem sagen sollen. Ich stand ganz schön belämmert da, nachdem Frau von Gronewald mir das offenbart hatte.«

»Es tut mir leid, Merle. Du hast ja recht, aber ich hatte Angst, dass du ablehnen würdest. Ist das Hotel wenigstens angenehm?«

Merle schloss die Augen und dachte einen Moment nach. Von Piets Seite drangen Schrittgeräusche an ihr Ohr. Sie konnte sich lebhaft vorstellen, wie ihr Freund und Mentor durch sein Büro schritt, während er auf ihre Reaktion wartete. »Das Hotel ist der absolute Hammer, Piet!« Ein sanftes Gesicht schob sich vor Merles inneres Auge und ließ ihren Puls deutlich in die Höhe schnellen. »Was genau weißt du über den Auftrag und über meine Passagierin?«

»Nicht wirklich viel«, gab Piet kleinlaut zu. »Joanna von Gronewald kam am späten Nachmittag und buchte einen Flug nach Hamburg mit Rückflug irgendwann morgen. Über das Warum und Wieso kann ich dir keine Auskünfte geben. Danach habe ich sie nicht gefragt. Bist du sauer auf mich?«

Merle lauschte in sich hinein. Die Antwort war einfach zu finden, dennoch ließ sie Piet einen Moment länger als vielleicht nötig zappeln.

»Nein, Piet, bin ich nicht. Du hast ja auch recht, ich kann das Geld wirklich gut gebrauchen und vor hatte ich heute auch nichts. Zuhause wartet nur eine kalte Pizza auf mich. Also es ist alles gut zwischen uns.«

»Dann bin ich ja beruhigt. Bis morgen und genieße deinen Aufenthalt im Hotel.«

»Joanna.« Merle sprach den Namen leise aus. Ein schöner Name, absolut passend für eine so schöne Frau. Der Gedanke ließ Merle schuldbewusst den Kopf zwischen die Schultern ziehen. Eine schöne Frau, die ganz sicher nichts für sie war.

Sie machte sich frisch und ging anschließend in das Hotelrestaurant hinunter, wo sie sich an die Bar setzte. Merles Magen knurrte bereits laut vor Hunger. Nach wie vor hatte sie Lust auf Pizza und konnte es kaum erwarten, bis sie endlich fertig war.

Gerade als der Kellner endlich ihr Essen und einen Saft servierte, betrat Joanna von Gronewald die Bar – mit einer anderen Frau im Schlepptau. Normalerweise gab Merle nichts auf Äußerlichkeiten, doch diese Frau strahlte eine Autorität aus, die Merle schwer beeindruckte. Und das lag nicht nur an ihrer Körpergröße, denn sie überragte Joanna um einen ganzen Kopf. Ihr Gesicht trug sehr ernste Züge und ihr Blick wirkte verbissen. Ihre ganze Erscheinung war durch und durch unterkühlt. Hatte Merle bei Frau von Gronewald schon das Gefühl gehabt, man brächte ihr selten ein Nein entgegen, so war es bei dieser Frau einfach undenkbar, dass sie nicht immer ihren Willen bekam. Oh nein, diese Frau verhieß nichts Gutes! Merle lief ein kalter Schauer über den Rücken.

Von der Tür aus ließ Frau von Gronewald ihre bernsteinfarbenen Augen durch das Restaurant gleiten und blieb für einen kurzen Moment an Merle haften, die ihr freundlich lächelnd zunickte.

Mit keiner Regung gab Frau von Gronewald zu erkennen, dass sie Merle erkannt hatte, und sah einfach über sie hinweg. Sie zog ihre unbekannte Begleitung mit sich in eine der hinteren Ecken, wo sie ihre Köpfe zusammensteckten und sich unterhielten.

Überrascht stellte Merle fest, dass sie die Reaktion von Frau von Gronewald verärgerte. Heimlich beobachtete sie die beiden Frauen, die durchaus miteinander vertraut zu sein schienen.

Immer wieder legte die fremde Frau ihre Hand auf den Arm von Frau von Gronewald und strich sachte darüber.

Für einen kurzen Moment hatte Merle gehofft, dass Frau von Gronewald sie mit an ihren Tisch bitten würde, doch das war ein absolut unsinniger Wunsch, wie sie sich eingestehen musste.

Reiß dich zusammen Merle! schalt sie sich innerlich. *Die Frau spielt in einer ganz anderen Liga als du und wird sich auch niemals für dich interessieren. Schlag dir das aus dem Kopf!*

Merle ließ sich Zeit mit ihrer Pizza und warf ab und an einen Blick in jene Ecke, wo Joanna von Gronewald mit der anderen Frau saß. Schrilles Gelächter drang immer wieder an ihr Ohr und verstärkte dieses unangenehme Nagen in ihrer Magengrube. Ein Gefühl, das sie einmal mehr verunsicherte, denn sie hatte schon lange nicht mehr so auf eine Frau reagiert. Und nun ausgerechnet auf eine, die nicht nur unerreichbar schien, sondern die offensichtlich auch noch mehr Geld zur Verfügung hatte, als Merle erahnen konnte. Sie wusste nur zu gut, was Piet für den Flug an sich berechnete. Die Maschine und auch sie selbst gleich für zwei Tage zu buchen, das ging direkt in eine horrende Preisklasse.

Beinahe trotzig trank Merle ihren Saft aus und sah erneut zu den beiden Frauen hinüber. Beim Anblick dieser verspürte sie wieder dieses ungute Gefühl in sich aufkommen. Sie hatte sich noch nie besonders für die Welt der Reichen interessiert. Für sie waren dies ganz normale Menschen wie sie selbst auch. Mit Problemen und Wünschen, die vielleicht von ihren eigenen abwichen, doch am Ende des Tages mussten sie alle essen, trinken und schlafen. Dennoch war da etwas an Joanna von Gronewald, das Merle durchaus faszinierte. Auch wenn sie für den Moment nicht sagen konnte, was es war. Ihr Geld war es auf jeden Fall nicht.

»Möchten Sie noch einen Saft?« Wie aus dem Nichts tauchte der Kellner vor ihr auf und sah Merle fragend an.

»Nein, danke. Die Rechnung bitte.«

Er räumte ab und legte ihr ein ledernes Mäppchen vor, in dem die Rechnung für ihre Pizza und das Getränk war.

Entsetzt zog Merle die Luft ein, als sie den Betrag sah. *Sind die des Wahnsinns! Ich wollte nur eine Pizza und nicht die ganze Pizzeria kaufen.* Merle schrieb ihre Zimmernummer auf den Zettel und stand auf. *Ich hoffe, Joanna hält Wort und kommt auch für das Essen auf, sonst geht der ganze schöne Lohn für die zwei Tage direkt für diese horrende Rechnung drauf.* Merle sah angespannt dem kommenden Tag entgegen.

2

Nach einer unruhigen Nacht in dem für ihre Verhältnisse viel zu harten Bett stand Merle mit Rückenschmerzen auf. Eine lange und äußerst heiße Dusche ließ ihre Lebensgeister zum Glück wieder erwachen. In all der Aufregung des Vortages hatte sie sogar ihren drangsalierten Arm vergessen. Das heiße Wasser erinnerte sie wieder daran, denn es brannte in den offenen Wunden. Merle betrachtete die blutigen Kratzer und musste trotz des pochenden Schmerzes lächeln, da sie dabei an ihre Auftraggeberin denken musste. *Das gibt's doch nicht, jetzt denke ich schon wieder an diese Frau!,* wunderte Merle sich über sich selbst.

In ihrer Notfalltasche befanden sich nur eine ausgebeulte Jeans und ein zerknittertes T-Shirt. Merle betrachtete sich im Spiegel und verzog das Gesicht zu einer Grimasse. Der Gedanke an die vornehme Kleidung der anderen Hotelgäste beschämte sie. Doch ihr Hunger war größer als ihr Schamgefühl. Sie zuckte mit den Schultern, richtete sich auf und machte sich auf den Weg nach unten.

Im Frühstücksraum angekommen setzte sie sich an einen kleinen Tisch am Fenster mit einem wunderschönen Ausblick in den begrünten Innenhof des Hotels.

»Möchten Sie die Karte oder nehmen Sie das Buffet?«

Unsicher sah Merle auf den Kellner, als eine feste Stimme an ihrer Seite sie regelrecht aufspringen ließ.

»Wir nehmen das Buffet und bringen Sie uns bitte eine Kanne Kaffee.«

»Guten Morgen, Frau von Gronewald.«

Joanna von Gronewald nickte Merle freundlich zu. »Guten Morgen, Frau Fischer. Darf ich mich zu Ihnen setzen, oder möchten Sie lieber allein frühstücken?«

»Bitte.« Merle deutete auf den Platz ihr gegenüber. Neugierig musterte sie Joanna von Gronewald, die sie gut gelaunt anlächelte. *Gestern Abend Ignoranz, heute wieder die Freundlichkeit in Person, das muss mal einer verstehen.* Fasziniert stellte Merle fest, dass das Lächeln ihr Gesicht regelrecht zum Strahlen brachte und durchaus ansteckend war.

Mit einem leicht erhöhten Puls ging sie zum Buffet und suchte sich etwas zum Essen. Das Frühstücksbuffet war gigantisch. Merle war von dem reichhaltigen Angebot regelrecht erschlagen und hatte Mühe, sich zu entscheiden. Sie irrte einige Minuten planlos umher, bis sie sich schließlich der Einfachheit halber eine Schüssel Müsli schnappte.

»Haben Sie gut geschlafen?«, fragte Joanna von Gronewald, während sie, ebenfalls mit einer Schüssel Müsli, an den Tisch zurückkam.

»Ich bin das fremde Bett nicht gewohnt.« Merle zuckte kurz mit den Schultern und rang sich ein dünnes Lächeln ab.

»Ja, Hotelbetten haben ihren eigenen Charme, da stimme ich Ihnen zu.« Frau von Gronewalds Blick glitt über Merle und blieb an ihrem Arm hängen. »Sie haben da ganz schöne Kratzer auf Ihrem Arm.« In einer sanften Geste strich sie über Merles Arm und ließ ihre feinen Härchen nach oben steigen.

»Ja, Sie haben ziemlich harte Fingernägel.« Merle konnte sich ein schiefes Grinsen nicht verkneifen.

»Oh, das war ich?« Erneut fuhren die weichen Finger über Merles Haut.

Die zarte Berührung jagte Merle einen heißen Schauer über den Rücken, und sie spürte ihr Herz bis in den Hals schlagen. Während sie versuchte, ihre Fassung wiederzuerlangen, spielte die attraktive Frau auf der anderen Seite des Tisches nervös mit ihren Fingern.

»Das tut mir sehr leid.«

»Nicht so schlimm.« Merle versuchte die eindeutig unangenehme Situation herunterzuspielen.

»Nun …« Nachdenklich rieb sich Joanna von Gronewald mit ihren Fingern über die Stirn. Für einen Moment sah es so aus, als wollte sie noch etwas sagen, doch dann schluckte sie nur und senkte offensichtlich beschämt ihren Kopf.

Ihre Reaktion überraschte Merle sehr. Anscheinend war es ihr peinlich oder unangenehm, über die Panikattacke zu sprechen. »Wissen Sie schon, wann Sie zurückfliegen möchten?« Freundlich versuchte Merle das Thema zu wechseln und stocherte in ihrem Müsli herum.

»Haben Sie es eilig, wieder nach Frankfurt zu kommen?« Joanna von Gronewalds Züge verrieten noch immer die starke Anspannung in ihr und doch schenkte sie Merle ein süßes Lächeln.

»Nicht wirklich. Zumindest habe ich keine Pläne.« Während sie sprach, konnte Merle sehen, dass sie sich wieder entspannte.

»Gut, denn ich habe noch keinen konkreten Zeitplan.«

»Es wäre nur gut, wenn Sie mir rechtzeitig Bescheid geben könnten. Ich muss den Flugplan einreichen und das dauert ein wenig.«

Joanna von Gronewald trank einen Schluck Kaffee und stellte die Tasse auf den Tisch. »Woher kommt eigentlich Ihr Name? Merle habe ich noch nie zuvor gehört.«

»Es ist ein englischer Name, aus dem Lateinischen abgewandelt.«

»Ist das so?« Ein amüsiertes Lächeln umspielte Frau von Gronewalds Lippen. »Und wissen Sie auch, was der Name bedeutet?«

»Amsel, wurde mir einmal gesagt.«

»Oh, wie passend.« Sie lachte leise auf und strahlte Merle an. »Eine Amsel muss fliegen, oder etwa nicht?«

Ihr Lachen war derart ansteckend, dass Merle nicht anders konnte und ebenso fröhlich lachte.

»Wie lange fliegen Sie schon für Piet, haben Sie gesagt?«

Merle hob den Kopf und sah die reizvolle Frau ihr gegenüber intensiv an, die sie ihrerseits über den Rand der Kaffeetasse hinweg musterte. »Seit sieben Jahren.«

»Ist es Ihre eigene Maschine oder gehört die Piet?« Die interessierten Augen ruhten weiter aufmerksam auf Merle.

»Sie gehört Piet. Wie eigentlich alle der Chartermaschinen, aber ich fliege meistens die Piper.«

»Und wie viel bekommen Sie von dem Geld, das ich an ihn zahle?«

»Nur einen kleinen Teil – aber das ist okay«, beeilte Merle sich hinzuzufügen. »Dafür trägt er ja die ganzen administrativen Kosten und kommt auch für die Wartung der Flugzeuge auf.« Merle legte ihren Kopf leicht schräg. »Viel wichtiger für mich ist, dass ich auf diese Art meine Lizenz behalten kann.«

»Fliegen Sie auch noch für andere Chartergesellschaften?« Joanna von Gronewald nahm noch einen Schluck ihres Kaffees und stellte die Tasse vor sich auf den Tisch.

»Nein.« Merle fuhr sich mit der Hand durch ihre kurzen Haare. »Dafür fehlt mir die Zeit. Durch die Arbeit bin ich froh, wenn ich ab und an meinem Hobby nachgehen kann. Und das geht dann eben nur abends oder am Wochenende.«

»Haben Sie schon einmal überlegt, Ihr Hobby zum Beruf zu machen?« Joanna von Gronewalds Finger strich einmal mehr über Merles Arm und ließ sie den Kopf heben. Dabei traf ihr Blick auf die braunen Katzenaugen, die sie freundlich musterten.

Langsam nahm Merle einen Schluck des inzwischen kalten Kaffees. »Für eine große Fluglinie zu arbeiten, wäre verlockend gewesen, doch die Ausbildung konnte ich mir nicht erlauben. Ohne Rücklagen oder Eltern, die für mich bürgen konnten, bekam ich auch keinen Kredit über den nötigen Betrag. Die Fluglinie hätte mir das Geld zur Verfügung gestellt, aber damit hätte ich mich auf viele Jahre fest an sie binden müssen. Das wollte ich nicht. Dass ich überhaupt den Flugschein machen konnte, das verdanke ich einzig und allein Piet, der mich gefördert hat.« Merle ließ ihre Augen durch den Frühstücksraum gleiten und blieb kurz darauf wieder an jenen braunen Augen hängen, die sie weiter wach beobachteten.

»Und warum bewerben Sie sich jetzt nicht? Sie haben doch einen Flugschein, da müsste es doch leichter sein, oder etwa nicht?«

»Nein, die Flugscheine sind nicht miteinander vergleichbar, und ich hätte immer noch das Problem, ein halbes Leben lang einen Kredit abstottern zu müssen. Das ist mir einfach zu risikoreich. Nein, ich bleibe bei meinem Hobby und erfreue mich an jedem Auftrag.« Merle spürte, wie ihr unter dem aufmerksamen Blick warm wurde und ihre Wangen erröteten.

In diesem Moment klingelte ein Handy, und Joanna von Gronewald griff in ihre Tasche. Sie nickte Merle kurz zu und verließ den Frühstücksraum.

Mit klopfendem Herzen sah Merle ihr nach. Noch immer spürte sie die sanften Finger auf ihrem Arm. Die Berührung hatte sie weitaus mehr aufgewühlt, als sie es für möglich gehalten hätte.

Kurz darauf kam ihre Auftraggeberin in den Raum zurück. »Wie schnell können wir nach Frankfurt losfliegen?«

Merle schob ihren Stuhl zurück und stand auf. »Ich muss nur den Flugplan einreichen und genehmigen lassen.«

»Wie lange dauert das?« Die rauchige Stimme vibrierte aufgeregt.

»Ich ruf sofort am Flugplatz an. Bis wir hier ausgecheckt haben und am Flugplatz angelangt sind, bis dahin ist der Plan fertig.«

»Gut.« Joanna von Gronewald nickte ihr ernst zu. »Erledigen Sie das bitte und packen Sie ihre Tasche. Ich würde gern so schnell es geht zurück.«

Merle war neugierig, was so wichtig sein könnte, dass sie umgehend aufbrechen mussten. Jedoch wollte sie keinesfalls aufdringlich erscheinen und verkniff sich weitere Fragen zu stellen. Sie beeilte sich und trat kurz darauf mit ihrem spärlichen Gepäck in die Lobby. Sie legte die Zimmerkarte auf den Tresen, als Joanna von Gronewalds sanfte Stimme hinter ihr erklang.

»Die Rechnung ist bereits beglichen, wir können los.« Diese Nachricht lies Merle aufatmen. Sie war erleichtert, dass ihre Auftraggeberin sich an die Abmachung gehalten und sämtliche Unkosten übernommen hatte. »Danke, Frau von Gronewald. Es tut mir leid. Wenn ich geahnt hätte, dass die Pizza so teuer ist, dann hätte ich etwas anderes bestellt.«

Joanna von Gronewalds Augen weiteten sich erstaunt. Ein süßes Lächeln umspielte ihre Lippen, während sie Merle beobachtete, die unruhig von einem Bein auf das andere trat. »Hat Ihnen die Pizza denn geschmeckt?«, fragte sie amüsiert.

»Ja, lecker war sie. Aber nach einem Blick auf die Rechnung hatte ich das Gefühl, ich hätte die ganze Pizzeria aufgekauft.« Merle blickte verlegen auf ihre Füße.

Frau von Gronewald warf ihren Kopf in den Nacken und brach in schallendes Gelächter aus. »Sie sind mir eine Marke, Frau Fischer. Kommen Sie, lassen Sie uns zurückfliegen.«

3

Kurze Zeit später saßen sie wieder nebeneinander im Flugzeug.

»Denken Sie, dass es wieder turbulent wird?«

Merle warf einen Blick auf ihre Passagierin, die dieses Mal den Kopfhörer direkt aufgesetzt hatte. Sie schien etwas bleich um die Nase. Lächelnd zog Merle ihre Schultern nach oben. »Der Flugplan verspricht einen ruhigen Flug, aber so ganz genau kann man das nie vorhersagen.«

Frau von Gronewalds Blick hing auf der Armatur vor ihr. »Warum habe ich auch einen Steuerknüppel? Das wollte ich gestern schon fragen, habe es aber durch die Aufregung und die Turbulenzen vergessen.«

»Sie könnten das Flugzeug genauso steuern wie ich auch. Möchten Sie es mal versuchen?«

»Wie bitte?« Großes Entsetzen schwang in ihrer Stimme mit. »Sie machen Scherze, oder?«

»Aber nein.« Merle lachte sie fröhlich an. »Es ist wirklich so. Beide Seiten sind voll funktionsfähig.«

»Aber das geht doch nicht. Ich meine, haben Sie keine Angst, dass ich in Panik in das Steuer eingreifen und das Flugzeug so zum Absturz bringen könnte?«

Merle warf ihren Kopf nach hinten und lachte laut auf. »Keine Sorge, Frau von Gronewald. Solange ich neben Ihnen sitze, bleibt Ihre Seite abgeschaltet. Außer …« Sie warf ihr einen schelmischen Blick zu. »Außer Sie möchten einmal selbst fliegen, dann können wir das gern einrichten.«

»Gott bewahre. Nein. Alles, nur das nicht.« Frau von Gronewalds Blick war noch immer schreckerfüllt. Vehement schüttelte sie ihren Kopf und ließ dabei ihre langen Haare fliegen.

Merle musste sich zwingen, den Blick von ihr abzuwenden. Sie war ohne Zweifel eine wunderschöne Frau, die Merles Puls regelmäßig und öfter, als ihr lieb war, in die Höhe trieb. Sie schluckte trocken und sah nach vorn. Frau von Gronewalds rauchige Stimme drang überraschend aus dem Kopfhörer.

»Haben Sie schon einmal eine gefährliche Situation erlebt?«

Merle dachte einen Augenblick nach. »Meinen Sie jetzt nur im Hinblick auf das Fliegen oder allgemein?«

»Ich dachte eher an das Fliegen.«

»Nein.« Merle schüttelte ihren Kopf. »Während des Fliegens habe ich noch nie etwas erlebt, das mir gefährlich vorkam.«

»Und sonst?«

Das Lächeln dieser eindrucksvollen Frau ging Merle wieder einmal durch und durch. »Das Leben an sich hält immer wieder gefährliche Aspekte bereit, oder nicht?«

»Das ist wohl wahr.« Frau von Gronewald nickte zustimmend und zog ein paar Papiere aus ihrer Tasche, die sie langsam durchblätterte. Während sie las, strich sie sich immer wieder mit ihren langen Fingern durch die Haare.

Merle, die sie heimlich von der Seite beobachtete, wünschte sich, dass diese Finger ihre eigenen Haare hinter das Ohr streichen würden. Innerlich seufzend sah sie wieder nach vorn. *Du bist eine Närrin, Merle. Als ob Joanna sich für dich interessieren könnte. Denk nur an die Frau von gestern Abend. Das ist dann wohl eher ihre Klasse, und nicht so eine kleine Hobbypilotin, wie du es bist. Also hör auf zu träumen und genieße den Flug.*

Auch wenn Merle versuchte, sich diese Worte zu verinnerlichen, ihr Blick glitt immer wieder zu der schönen Frau, die neben ihr saß.

In diesem Moment wurde das Flugzeug von einer heftigen Turbulenz durchgeschüttelt, und Merle konzentrierte sich ganz darauf, das kleine Flugzeug unter Kontrolle zu halten. Als sie die unruhigen Schichten passiert hatten, warf sie einen Blick auf Frau von Gronewald, die mit geschlossenen Augen neben ihr saß. Alle Farbe war ihr aus dem Gesicht gewichen und ließ ihre Haut wächsern erscheinen. Doch im Gegensatz zum Tag zuvor hatte sie sich besser unter Kontrolle.

Sanft legte Merle ihr die Hand auf den Arm und schreckte sie so aus ihrer Starre auf. »Es ist alles in Ordnung, Frau von Gronewald. Wir sind schon wieder im Sinkflug und werden gleich landen.«

»Ich hasse es zu fliegen. Ich kann mich einfach nicht an diese Wackeleien gewöhnen. Aber mir scheint, dass es mit so einer kleinen Maschine noch bedeutend schlimmer ist als mit einem großen Flugzeug.« Mit eiskalten Fingern griff Joanna von Gronewald nach Merles Hand und drückte sie fest.

Merle lächelte ihr beruhigend zu. »Ja, das stimmt. Je größer das Flugzeug, umso träger liegt es in der Luft. Da macht so ein wenig Wind, wie wir ihn gerade haben, wenig aus. Da wir kleiner und auch um einiges langsamer sind als ein großes Flugzeug, sind wir anfälliger. Trotzdem besteht kein Grund zur Sorge. Ich fliege schon so schnell es geht. Durch die Geschwindigkeit kann ich einiges ausgleichen. Sie werden sehen, es hört gleich auf zu wackeln.«

»Wenn Sie das sagen«, presste Joanna von Gronewald hervor, löste ihre kalten Finger von Merles Hand und blickte weiter starr nach vorn.

»Wenn Sie das so empfinden, warum fliegen Sie dann nicht mit den großen Maschinen, Frau von Gronewald?«

Diese drehte den Kopf und zog in gewohnter Manier kunstvoll ihre Braue nach oben. Ein süßes Lächeln umspielte ihre Mundwinkel. »Dafür habe ich meine Gründe, und ich werde sie Ihnen nur mitteilen, wenn Sie mir meine Frage von heute Morgen ehrlich beantworten.«

Merle warf ihr von der Seite her einen Blick zu und grinste frech. »Touché, Frau von Gronewald. Dann behalten wir eben beide unsere kleinen Geheimnisse.« Merle landete das Flugzeug sicher auf dem Flugplatz von Egelsbach und ließ es an den zugewiesenen Platz rollen. Kaum dass sie die Turbinen ausgeschaltet hatte, kam Piet über den Rasen gelaufen.

»Frau von Gronewald, ich hoffe Sie hatten einen angenehmen Flug.« Beflissen half er seiner Kundin, aus dem Flugzeug zu steigen.

»Ich werde mich nie daran gewöhnen. Aber es ist nun einmal die schnellste Methode, um von A nach B zu gelangen.« Sie strich sich ihre langen Haare nach hinten und trat Merle entgegen, die ihren Koffer aus dem Gepäckraum holte.

Vom Parkplatz kam der Chauffeur herbeigeeilt und nahm Merle den Koffer ab.

»Danke, Frau Fischer, für den Flug und für Ihre angenehme Gesellschaft. Ich hoffe Sie nehmen mir nicht übel, dass ich Ihren Arm so malträtiert habe.« Das sanfte Lächeln auf ihrem schönen Gesicht ließ Merles Knie weich werden.

»Kein Problem, man sieht es doch kaum noch«, beeilte Merle sich, ihr zu erwidern. »Und nochmals danke, dass Sie die Rechnung beglichen haben.«

»Das war ja wohl selbstverständlich, zumal ich Sie auch noch so überfallen habe.« Einen Moment noch ruhten die warmen braunen Augen auf ihrem Gesicht, dann drehte Joanna von Gronewald sich um und ging zum Parkplatz, wo ihr Chauffeur neben einer großen Limousine stand und auf sie wartete.

Seufzend stand Merle am Flugzeug und sah ihr nach. *Himmel, was für eine Frau.*

»Und?« Piet trat hinter sie und schlug ihr mit der Hand auf die Schulter. »Wie war Frau von Gronewald?«

»Äußerst angenehm«, antwortete Merle grinsend.

»Im Ernst?« Der Chef der Chartergesellschaft traute seinen Ohren kaum.

Merle drehte sich um und sah in Piets feixendes Gesicht. »Ja, im Ernst, warum fragst du?«

»Sie hat einen gewissen Ruf, und ich habe sie ja erlebt, als sie hier ankam und auf dich warten musste. Sie war, um es mal salopp zu sagen, not amused.«

Gleichmütig zuckte Merle ihre schmalen Schultern. »Zu mir war sie äußerst höflich und korrekt. Etwas anderes kann ich nicht sagen. Bis die Tage, Piet.« Damit nahm sie ihren Helm aus seinen Händen und ging zu ihrem Motorrad.

In ihrer Wohnung angekommen, warf sie erst einmal die Überreste der Pizza in den Mülleimer und räumte auf. Normalerweise verbrachte sie ihre freien Tage gemütlich auf dem Sofa, doch an diesem Tag wurde sie von einer inneren Unruhe getrieben. Erst als die Wohnung aus allen Ecken blitzte, ließ Merle sich auf ihrem Sofa nieder und starrte vor sich ins Nichts. Immer wieder tauchten diese unbeschreiblich schönen Augen vor ihr auf, die auf ihr ruhten und ihr inneres Gleichgewicht durcheinanderbrachten. Merle konnte sich nicht erinnern, wann sie das letzte Mal bei einer Frau weiche Knie bekommen hatte. Und dabei hatte es noch nicht einmal eine besondere Situation zwischen ihnen gegeben. Einfach durch ihre zarten Berührungen und ihre warmen Blicke hatte sie Merle so aufgewühlt wie schon lange niemand mehr.

4

In den nächsten Tagen hielt die Arbeit in der Werkstatt Merle so sehr auf Trab, dass sie tagsüber kaum an Joanna denken konnte. Doch jeden Abend saß sie träumend auf dem Sofa und dachte an die attraktive Frau, die so herrlich lächeln konnte, und deren wunderschöne Augen sie immer wieder verzauberten.

Merle war total fasziniert, dass Joana einerseits diese resolute Geschäftsfrau mit enormer Souveränität verkörperte, jedoch andererseits so zart und zerbrechlich, ja sogar verletzlich, wirkte.

Am Donnerstagnachmittag stand sie über einen Motor gebeugt, als sie auf einmal ein seltsames Prickeln in ihrer Nackengegend verspürte. Das leise Pfeifen ihrer Kollegen brachte Merle dazu, sich aufzurichten und umzudrehen. Überrascht zog sie die Luft ein, als sie direkt in diese wunderbaren warmen Augen sah, die über ihre Gestalt strichen.

»Frau von Gronewald, was führt Sie hierher?« Merle nahm ein Tuch aus ihrer Tasche und wischte sich ihre öligen Finger daran ab. Sie warf ihrem Kollegen einen bösen Blick zu, da dieser erneut durch seine Zähne pfiff.

Joanna von Gronewalds Outfit strotzte vor Eleganz, sie sah einfach umwerfend aus.

»Entschuldigen Sie das Verhalten dieses Primaten. Er hat gerade erst gelernt auf zwei Beinen zu gehen.«

Für einen Moment stand Joanna von Gronewald verblüfft vor ihr, dann warf sie ihren Kopf in den Nacken und brach in lautes Lachen aus. Dabei vertieften sich die feinen Falten um ihre Augen ein wenig.

Erleichtert nahm Merle die Reaktion auf ihre unbedachten Worte zur Kenntnis. »Was kann ich für Sie tun? Oder benötigen Sie eine Autowerkstatt?« Neugierig beobachtete Merle jede Regung auf Joanna von Gronewalds absolut ebenmäßigen Zügen.

»Ich wollte zu Ihnen, Frau Fischer. Bevor Sie sich wieder beschweren, dass es zu kurzfristig sei. Ich brauche Sie für einen weiteren Flug am Wochenende.« Sie hatte ihren Kopf leicht schräg gelegt und warf Merle einen herausfordernden Blick zu.

»Oh, die Entscheidung für die Flüge trifft Piet. Er erstellt die Pläne und sorgt für eine gerechte Verteilung der Stunden.« Mit klopfendem Herzen beobachtet Merle, wie sich die vollen, rotgeschminkten Lippen zu einem süßen Lächeln verzogen. *Wie gern würde ich dich wieder fliegen... vielleicht kann ich Piet ja überreden.*

Bevor Merle den Gedanken zu Ende bringen konnte, sprach Frau von Gronewald lächelnd weiter. »Ich habe schon mit Herrn Hinrichs gesprochen. Von seiner Seite aus ist alles geklärt. Jetzt geht es nur noch darum, ob Sie Zeit und Lust haben, noch einmal für mich zu fliegen.« Ihre wachen Augen schimmerten im grellen Licht der Neonlampen, die von der Decke der Werkstatt strahlten.

Ha! Träume werden also doch wahr. Merle musste sich zusammenreißen, dass sie nicht vor Freude einen Luftsprung hinlegte. »Ja natürlich, sehr gern doch, Frau von Gronewald. Wann geht es los und wohin?«

»Wunderbar.« Joanna von Gronewald schenkte Merle ein weiteres strahlendes Lächeln. »Packen Sie eine Tasche, es geht für zwei Tage nach Mailand. Und ich würde gern direkt morgen Abend los. Wann könnten Sie am Flugplatz sein?«

»Ich habe freitags um sechzehn Uhr Feierabend. Danach kann

ich sofort an den Flugplatz kommen. Reicht Ihnen das?« Merle spürte die aufmerksamen Augen, die sich regelrecht in sie einzubrennen schienen.

»Ja, das passt. Wunderbar, Frau Fischer. Dann bis morgen Abend.« Sie nickte Merle kurz zu, winkte mit einer Hand ihrem Arbeitskollegen zu, der sie mit offenem Mund anstarrte, und ging aus der Werkstatt hinaus.

»Wow, wo hast du die Braut denn aufgerissen?«, wollte der Primat wissen.

Wütend drehte Merle sich um und sah ihren Kollegen mit erhobenem Finger an. »Reiß dich mal zusammen! Du solltest dir angewöhnen, dich unter Kontrolle zu halten. Diese Frau hat mehr Klasse, als du dir jemals in deinem Leben erträumen könntest.« *Und auch mehr Klasse als ich jemals erreichen kann,* fügte Merle in Gedanken hinzu.

Sie warf ihrem Kollegen noch einen bösen Blick zu und beugte sich wieder über den Motor. Der Gedanke ein ganzes Wochenende mit Joanna verbringen zu dürfen, und wenn es auch nur für die Flüge wäre, beflügelte sie.

Beschwingt beendete sie ihre Arbeit, fuhr nach Hause und packte ihre Tasche für das Wochenende. Sie vermutete, dass sie auch dieses Mal wieder sehr nobel untergebracht sein würden. Sie ging ihren Kleiderschrank durch, bis sie ein Outfit fand, in dem sie sich nicht wieder schämen brauchte. Normalerweise bevorzugte Merle bequeme Jeans und T-Shirts, doch für den Aufenthalt in einem Luxushotel, da musste doch etwas Anständigeres her.

Schließlich zog sie zwei Hemden hervor, die sie sogar noch kurz aufbügelte. *Ganz schön viel Aufwand, den du da betreibst.*

Grinsend stand Merle in ihrem Schlafzimmer und sah auf die gepackte Tasche vor sich. Ob Joanna das überhaupt bemerken würde? Immer wieder sah sie Joannas süßes Lächeln vor sich, und diese wunderschön geschwungenen Katzenaugen, die sie aufmerksam musterten. Aber auch, wie sie über sie hinweggesehen hatte, als sie mit dieser Unbekannten in das Restaurant getreten war. Dieser Gedanke drückte ihre gute Laune zusehends nieder und stimmte sie sehr nachdenklich. Warum hat sie sich letztes Wochenende so eigenartig verhalten?

Kurz darauf klingelte ihr Handy. »Hallo Tammy, was geht?«

»Das wollte ich dich gerade fragen, Merle. Was machst du morgen?« Tamara, ihre beste Freundin, war wie immer bestens gelaunt.

»Ich habe morgen einen Flugauftrag.« Merle lehnte sich auf der Couch zurück und schloss kurz die Augen.

»Oh schade, ich wollte mit dir ins Kino. Wie ist es dann am Samstag?«

»Tut mir leid, Tammy, ich bin das ganze Wochenende ausgebucht.« Vor Merles Auge tauchten erneut Joannas weiche Züge auf.

»Schade, aber ich freue mich natürlich, wenn ihr so viele Aufträge habt.«

»Eigentlich ist es nur ein Auftrag, aber der geht über das ganze Wochenende.«

»Das ist aber ungewöhnlich, oder?« Auf einmal klang Tamara mehr misstrauisch als neugierig.

»Nein, ist es nicht. Ich fliege für eine Geschäftsfrau, die mich für das ganze Wochenende gebucht hat. So ist sie einfach flexibler für ihre Termine, und ich bekomme ein paar Stunden zusammen.«

»Und warum verteidigst du dich jetzt?« In Tamaras Stimme lag ein feixender Unterton, der Merle irritierte.

Sie fuhr sich mit der Hand durch ihre strubbeligen Haare. Eine Marotte, die sich immer bemerkbar machte, wenn sie verlegen oder nervös war. »Mach ich doch gar nicht.«

»Machst du wohl. Komm schon, Merle, rück raus mit der Sprache. Was läuft da?«

»Ach, Tammy, was du dir da jetzt einbildest. Es ist wirklich so, wie ich es gerade gesagt habe.«

»Ohne Hintergedanken?« So ganz hatte Merle das Misstrauen ihrer Freundin wohl nicht beseitigen können.

»Absolut ohne Hintergedanken«, bekräftigte Merle erneut.

»Wer ist sie? Kenne ich sie?« Tammy war nicht bereit allzu schnell aufzugeben, was Merle amüsiert zur Kenntnis nahm.

»Ich glaube nicht, dass du sie kennst. Aber damit du Ruhe gibst, ihr Name ist Joanna von Gronewald.«

»Die Joanna von Gronewald?« Tamaras Stimme nahm einen ehrfürchtigen Klang an.

»Willst du mich aufklären, was du damit meinst?« Merle lehnte sich in ihre Kissen zurück und sah an die Decke.

»Oh Merle, kennst du überhaupt irgendjemanden aus der High Society?«, gab ihre Freundin vorwurfsvoll zurück.

»Nö, nicht wirklich. Warum? Was weißt du von ihr?«, bohrte Merle neugierig nach.

»Joanna von Gronewald ist eine sehr reiche und bedeutende Frau in Frankfurt. Sie besitzt unzählige Luxushotels, und sie wird noch einige mehr erwerben. Wenn es jemanden gibt, der eine schwarze Kreditkarte besitzt, dann ist sie das.«

»Was meinst du denn damit?« Merle hatte noch nie von einer schwarzen Karte gehört.

»Das ist eine Karte ohne Limit. Damit könnte sie dein Flugzeug kaufen, ohne mit der Wimper zu zucken.«

Merle spürte, wie ihr Tamaras Worte die Kehle zudrückten. Mühsam schluckte sie den Kloß herunter, der sie beim Atmen behinderte. Jedwede Hoffnung, die sie sich vielleicht doch auf Joanna gemacht hatte, zerplatzte bei Tamaras Erläuterungen. Sie hatte es zuvor schon geahnt, doch Tamaras Worte bestärkten nun ihre Zweifel. Joanna spielte in einer völlig anderen Liga, und da würde Merle niemals hineinpassen. »Spielt ja keine Rolle, wer sie ist. Sie hat mich gebucht und ich werde sie fliegen. Mehr ist nicht und mehr wird nicht sein. Völlig egal was du denkst. Gute Nacht, Tammy, ich melde mich die Tage bei dir.«

Genervt warf Merle das Handy neben sich auf die Couch. Sie hatte gewusst, dass Joanna einiges an Geld besitzen musste. Aber für sie war das uninteressant gewesen, bis Tamara sie direkt darauf hingewiesen hatte. *Egal.* Trotzig schob Merle ihr Kinn nach vorn. Sie fand sie trotzdem toll, auch wenn sie für immer unerreichbar sein würde. Immerhin durfte Merle sie wieder fliegen.

5

Wie vereinbart fuhr sie direkt nach der Arbeit an den Flugplatz, wo Piet ihr zerknirscht entgegenkam.

Seinen Kopf hatte er zwischen seine Schultern geklemmt und sein Blick war schuldbewusst. »Hallo Merle, ich hoffe, du bist nicht eingeschnappt, dass ich dich schon wieder für Frau von Gronewald eingetragen habe?«

Merle musste sich beherrschen, dass sie ihn nicht zu sehr anstrahlte. Sie wollte nicht, dass er auf dumme Gedanken kam. »Aber nein, Piet, wieso sollte ich eingeschnappt sein, wenn du doch mein Bankkonto füllst?«

»Puh, da bin ich jetzt aber wirklich erleichtert. Zumal mich Frau von Gronewald etwas überrascht hat, weil sie explizit nach dir gefragt hatte.« Piet streckte Merle die Papiere entgegen und nahm ihr den Motorradhelm aus der Hand.

»Hat sie das?« Merle spürte wieder dieses leichte Ziehen in ihrer Bauchgegend. *Sie hat tatsächlich nach mir gefragt, krass.* Der Gedanke an die schöne Frau ließ Merle die Lippen zu einem fröhlichen Lächeln verziehen.

»Ja.« Piet legte den Kopf schräg und musterte Merle aufmerksam. »Läuft da was zwischen euch?«

»Na hör mal! Wo denkst du denn hin?«, entgegnete Merle entrüstet und griff nach den Papieren.

Gerade als sie sich umdrehen wollte, griff Piet ihren Arm und hielt sie zurück. »Merle, egal wie es ist, es geht mich nichts an. Ich möchte nur, dass du auf dich achtgibst.«

Überrascht sah Merle ihren Freund und Flugdienstleiter an. »Da läuft nichts zwischen uns, und daher gibt es absolut keinen Grund zur Sorge.« Sie zog unbekümmert die Schultern nach oben. »Ich habe auch keine Ahnung, warum sie nach mir gefragt hat, aber ich kann sie ja heute mal fragen.«

»Ich würde das vielleicht lieber lassen.« Piet grinste sie frech an. »Sie macht mir nicht den Eindruck, dass sie dir oder jemand anderem Rechenschaft ablegen mag.«

»Ich glaube fast, dass du da recht hast, lieber Piet.« Merle erwiderte sein Grinsen und schlug ihm feixend auf den Arm. »Dann wird das wohl auf ewig ihr Geheimnis bleiben.« Merle begab sich zur Piper, legte die Papiere auf ihren Sitz und begann die Maschine zu kontrollieren, als eine sanfte Stimme hinter ihr sie zusammenfahren ließ.

»Schön, dass Sie schon fleißig am Werken sind. Dann können wir gleich los, oder?«

Merle richtete sich auf und ließ ihre Blicke über Joanna von Gronewalds schmale Gestalt vor ihr gleiten. »Ich bin sofort fertig. Möchten Sie sich schon einmal in die Maschine setzen?«

»Ich würde Ihnen lieber zusehen, wenn Sie das nicht stört. Vielleicht können Sie mir ja erklären, was Sie da tun?«

Überrascht sah Merle in das makellose Gesicht. »Nein, Sie stören mich selbstverständlich nicht. Ich überprüfe noch kurz die Klappen und die Profiltiefe der Reifen. Danach können wir los.«

»Macht das nicht Herr Hinrichs?« Wieder hatte Frau von Gronewald ihren Kopf leicht schräg gelegt und musterte Merle mit wachen Augen.

»So wie letztes Wochenende, meinen Sie? Das war nur, weil ich so kurzfristig gerufen wurde. Normalerweise ist es meine Verantwortung und ich mach es auch gern, denn es gibt mir selbst ein besseres Gefühl.« Sie lächelte Frau von Gronewald an, die ihr neugierig über die Schulter sah. Ihre Nähe war betörend, wie Merle mit deutlich wackligen Knien feststellte. Tief atmete sie Joannas Parfum ein, das ihr süß in die Nase stieg. »So, ich bin fertig. Wollen wir?« Sie half ihrem Fluggast in die Piper zu klettern und reichte ihr die Gurte.

»Danke, Frau Fischer.«

»Merle.«

»Entschuldigung?« Die braunen Augen blitzten im Sonnenschein, der durch die Scheibe fiel.

»Merle reicht. Bei Frau Fischer sehe ich immer meine Mutter vor mir.«

Leise glucksend nickte Joanna von Gronewald ihr zu. »Dann gern, Merle. Wollen wir die Amsel fliegen lassen?«

Merle stimmte in ihr melodiöses Lachen ein und startete die Turbinen. »Es gibt noch etwas, das Sie vor dem Flug wissen sollten, Frau von Gronewald.«

»Und das wäre?« Frau von Gronewald legte ihren Kopf schräg.

»Wir werden über die Alpen fliegen, das heißt, es könnte durchaus wackelig werden.«

»Oh nein.« Die schöne Frau wurde bleich um die Nase. »Gibt es da keine andere Route?«

Beruhigend legte Merle ihr die Hand auf den Arm und drückte sanft. »Sie werden sehen, wenn wir vorher darüber sprechen, dann wird es bestimmt ein superschöner und ruhiger Flug.«

»Ihr Wort in Gottes Ohr.« Joanna von Gronewald legte ihre Hand über Merles Finger und drückte kurz.

Die zarte Berührung ließ Merles Puls nach oben schnellen. Sie konnte die Röte spüren, die ihr zudem in die Wangen schoss. Kurz darauf erhielt sie die Startfreigabe, und die Piper stieg in die Höhe. Immer wieder warf Merle einen Blick auf ihre Passagierin, die verkrampft neben ihr saß und ihre Hände knetete. »Entspannen Sie sich, Frau von Gronewald. Es ist traumhaftes Flugwetter.«

»Das sagen Sie so einfach. Der Gedanke an Turbulenzen und das Gewackel ...« Joanna von Gronewald brach ab und presste ihre Lippen fest zusammen.

»Warum fliegen Sie dann so oft? Könnten Sie nicht über Videokonferenzen Ihre Geschäfte tätigen?« Merle versuchte sie mit Small Talk abzulenken.

»Wer sagt denn, dass ich wegen eines Geschäfts nach Mailand fliege?« Ihr scharfer Ton ließ Merle den Kopf zu ihr drehen. Mit zusammengezogenen Augenbrauen starrte Joanna von Gronewald sie an.

Betrübt zog Merle ihre Schultern nach oben. »Es tut mir leid, Frau von Gronewald. Ich habe es einfach angenommen.«

Nur langsam verschwand die Anspannung aus Joanna von Gronewalds Zügen. Seufzend fuhr sie sich mit ihren langen Fingern durch die Haare. »Schon gut, Merle. Ich sollte nicht so empfindlich sein, aber ich bin einfach nur froh, wenn wir angekommen sind. Und ja, Sie haben natürlich recht, es geht um Geschäfte. Ich bin lange Zeit nicht mehr geflogen, und jetzt weiß ich auch wieder, warum das so war. Wie lange brauchen wir noch?«

Merle verspürte große Erleichterung, dass Joanna ihr die Worte nicht weiter übelnahm. »Wir kommen jetzt an die Alpen, danach geht es schon runter. Alles in allem noch etwas mehr als eine halbe Stunde. Genießen Sie die Aussicht, Frau von Gronewald. Sehen Sie nur, wie die Sonne die Berge schillern lässt.«

Mit einem qualvollen Gesichtsausdruck öffnete Frau von Gronewald ihre Augen und sah staunend auf die Umgebung. »Das ist wirklich unglaublich.« Ehrfürchtig sah sie auf die majestätischen Berge unter ihr, als ein schnelles Ruckeln durch die Piper ging. »Um Gottes willen, wie können Sie nur so ruhig bleiben?«

Nervös ballte sie ihre Hände zu Fäusten und zog scharf die Luft ein, als die Maschine erneut zu ruckeln begann.

»Ich konzentriere mich einfach auf die Schönheit um mich herum.« Merle warf ihr einen kurzen Blick zu und spürte, wie ihr wieder die Röte den Nacken entlangkroch. »Außerdem weiß ich, dass uns keine Gefahr droht. Alles, was Sie bisher als Turbulenz erfahren haben, ist weit von dem entfernt, was dieses Flugzeug aushalten kann. Dass es mal mehr, mal weniger rüttelt, das liegt an der Thermik. Heiße Luft, die nach oben steigt und uns trägt. Da wir jetzt die Berge unter uns haben, ist der Effekt etwas stärker.«

»Können wir dann nicht höher fliegen?«

»Nein, leider schafft die Piper nicht noch mehr Höhe. Es sollte aber gleich vorbei sein.«

Joanna von Gronewald schüttelte gequält ihren Kopf. »Ich werde mich einfach nie daran gewöhnen.«

Wenig später landeten sie in Mailand, und Merle ließ den Flieger ausrollen. Routiniert parkte sie das kleine Flugzeug und betätigte die nötigen Hebel, um die Piper schlafen zu legen. Leichtfüßig sprang sie nach draußen, umrundete die Maschine und öffnete die rechte Tür. »Darf ich Ihnen behilflich sein?« Sie reichte Frau von Gronewald ihre Hand und half ihr vorsichtig dabei, aus der engen Piper zu klettern.

»Danke, Merle.« Bleich stützte sie sich auf Merles Arm.

Die unschuldige Berührung durch Joannas Fingerspitzen elektrisierte Merle. »Warten Sie hier einen Moment, Frau von Gronewald. Ich hole unsere Taschen.« Merle beeilte sich, die beiden Taschen aus dem Gepäckfach zu holen. Abwehrend schüttelte sie den Kopf, als Joanna von Gronewald nach ihrer Tasche greifen wollte.

Dankbar nickte sie ihr zu und folgte Merle über den Platz, bis sie ihr bestelltes Taxi erreichten.

»Wann möchten Sie zurückfliegen? Haben Sie schon einen Zeitplan?« Sie standen in der Lobby und warteten auf ihre Zimmer, während Merle Joanna von Gronewald auf ihre Pläne ansprach.

Nachdenklich zog Joanna von Gronewald ihre Augenbrauen zusammen. »So ganz sicher ist es noch nicht. Wahrscheinlich Sonntagfrüh. Ich würde Sie anrufen. Reicht Ihnen das?«

»Natürlich, meine Nummer haben Sie ja noch, oder?«

»Ja, die habe ich.« Damit drehte sie sich um und ließ Merle in der Lobby stehen.

Schade, Merle, sie will nicht mit dir essen gehen. Mit einem schiefen Grinsen auf ihrem Gesicht drehte Merle sich um ihre Achse und sah sich in der Lobby um. Dieses Hotel bildete einen starken Kontrast zu dem Luxus in Hamburg. Waren dort schicke Designermöbel und klare Farben vorherrschend gewesen, so beherrschten hier altmodische Plüschsessel das Bild. Nachdenklich sah Merle sich weiter um. *Wenigstens wirst du hier nicht wieder mit deinem Outfit negativ auffallen, Merle.*

Erleichtert trat sie in den Aufzug und ging auf ihr Zimmer. Dort packte sie kurz aus und machte sich auf den Weg, Mailand zu entdecken.

Sie genoss die warmen Sonnenstrahlen auf ihrem Gesicht, während sie vor der majestätischen Kulisse des Mailänder Doms in einem Café saß. Tief in ihrem Inneren hatte sie gehofft, dass Joanna sie zum Essen einladen würde. Doch genauso hatte sie schon vermutet, dass dies einfach nur ein unsinniger Wunsch von ihr war. Joanna konnte jede Frau haben, die sie wollte. Warum sollte sie sich ausgerechnet für sie interessieren? Auch wenn Merle dieser Gedanke zuerst schmerzte, war sie realistisch genug, um sich nicht auf einen Fantasiegedanken zu versteifen.

Sie versuchte, das Beste aus der Situation zu machen und genoss den Aufenthalt in der wunderschönen Stadt. Sie schoss so viele Fotos wie möglich und schickte sie an Tamara, die mit einem heulenden Smiley antwortete.

Es war schon dunkel, als Merle sich auf den Weg zurück ins Hotel machte. Nach diesem langen Tag war sie müde, und sie hatte keine Lust allein im Restaurant zu essen, weshalb sie sich einen kleinen Snack in ihrem Zimmer gönnte.

Nach einer erfrischenden Dusche legte sie sich auf das breite Bett und starrte verträumt an die Decke. *Es ist zwar schön in so einem Hotel sein zu dürfen, aber allein ist irgendwie auch doof. Ich frage mich, was Joanna wohl gerade macht.* Seufzend drehte Merle sich auf die Seite und schlief schnell ein.

Für das Frühstück begab sie sich in das hoteleigene Restaurant. Sie platzierte sich so, dass sie die Eingangstür im Auge behalten konnte. Jedes Mal, wenn jemand eintrat, hoffte sie, dass es vielleicht Joanna sein würde. Doch leider tauchte die schöne Frau nicht auf.

Den ganzen Samstag war Merle zu Fuß unterwegs, und als am Abend die Sonne hinter dem Dom verschwand, saß sie wieder in dem Café und trank einen Cappuccino. Sie zückte ihr Telefon und wollte gerade ein Foto an Tamara schicken, als im selben Moment plötzlich ihr Handy in der Hand zu vibrieren begann. Überrascht sah Merle auf die unbekannte Nummer auf ihrem Display. »Ja, bitte?«

»Merle, wo sind Sie?« Joanna von Gronewalds atemlose Stimme ließ Merle direkt nach oben schießen.

»Ich bin am Dom.«

»Können Sie bitte kommen? Ich möchte zurückfliegen, wenn möglich sofort.«

Merle warf einen Blick auf ihre Armbanduhr. »Frau von Gronewald ...« Doch aus ihrem Hörer drang nur noch ein leises Piepen.

Merle ließ ihren Cappuccino stehen und beeilte sich in das Hotel zurückzukommen.

Joanna von Gronewald saß in der Lobby und sah ihr kreidebleich und angespannt entgegen. »Wie lange brauchen Sie noch?«

»Es gibt leider ein Problem.« Unsicher fuhr sich Merle durch die Haare.

»Und das wäre?«

»Es ist schon zu spät, um noch in Egelsbach landen zu dürfen. Und für Frankfurt bekomme ich sicher keine Genehmigung. Die haben schon genug mit den kommerziellen Fliegern zu tun. Es tut mir leid.«

Es war, als würde die Luft aus der attraktiven Frau herausgelassen. Ihre Schultern sackten nach vorn und ihre Augen, die sonst so schön glänzten, blickten stumpf an Merle vorbei. Besorgt legte Merle ihr die Hand auf den Arm. »Ist alles in Ordnung, Frau von Gronewald?«

»Ich hätte es wissen sollen«, murmelte Joanna von Gronewald leise und legte ihre eiskalten Finger über Merles Hand. »Danke, Merle, dann ist es eben so, und wir fliegen gleich morgen Früh. Wann wäre der früheste Zeitpunkt?«

Merle rechnete kurz nach. »Ab sieben können wir landen. Für den Flug brauchen wir knapp zwei Stunden. Wenn wir also um fünf losfliegen, dann müsste das genau passen.«

»Ist Ihnen das nicht zu früh?« Noch immer lagen Joanna von Gronewalds Finger auf Merles Hand.

Lächelnd schüttelte Merle den Kopf. »Mir macht das nichts aus. Im Gegenteil, um die Zeit ist es immer besonders schön zu fliegen. Sie werden es sehen.« Ihre Begeisterung färbte nur wenig ab, wie Merle betrübt zur Kenntnis nahm. »Soll ich den Flugplan so einreichen?«

Joanna von Gronewald sah mit ihren schönen Augen traurig an Merle vorbei. Plötzlich ging ein Ruck durch ihren schlanken Körper, sie erhob sich und ging zum Aufzug. Kurz bevor die Türen sich hinter ihr schlossen, drehte sie sich um und warf Merle einen kurzen Blick zu. »Machen Sie das. Abfahrt ist dann um halb fünf. Gute Nacht, bis morgen.«

Merle ging irritiert auf ihr Zimmer, packte ihre Tasche und rief am Flugplatz an, um den Flugplan für den nächsten Morgen zu bestellen. *Was ist nur passiert, dass sie so von der Rolle ist?* Obwohl Merle Joanna von Gronewald nicht wirklich kannte, so sorgte sie sich ein wenig um die reizende Frau. Gerade hatte sie es sich auf dem Bett gemütlich gemacht, da klopfte es an ihrer Tür. Überrascht stand sie auf und sah durch den Spion. »Frau von Gronewald, kann ich etwas für Sie tun?«

Wie ein Häufchen Elend stand Joanna von Gronewald vor ihrer Tür. Bleich und eingefallen wirkten ihre Wangen. Die Knochen schimmerten durch ihre wächserne Haut hindurch, und ihre sonst so bezaubernden Augen lagen tief in ihren Höhlen, umrahmt von dunklen Schatten.

»Kommen Sie herein und setzen Sie sich.« Merle packte sie am Arm und zog sie in das Zimmer hinein. Sachte führte sie Joanna von Gronewald zum Bett und drückte sie vorsichtig darauf.

»Es tut mir leid, Merle, ich möchte nicht allein sein. Jetzt, im Moment. Darf ich Ihnen ein wenig Gesellschaft leisten?« Ihre sonst so rauchige Stimme klang seltsam belegt. Überrascht musterte Merle die Frau vor sich.

Als sie nicht sofort antwortete, stand Joanna von Gronewald wieder auf. »Ich wollte Sie nicht so überfallen, verzeihen Sie bitte.« Sie machte Anstalten das Zimmer zu verlassen, als Merle reagierte.

»Nein, nicht doch. Bleiben Sie, Frau von Gronewald«, versuchte Merle sie zum Bleiben zu überzeugen.

»Wirklich?« Die sonst so selbstbewusste Frau sah Merle unsicher an.

»Ja natürlich. Ich wollte mir gerade einen Krimi ansehen. Kommen Sie, sehen wir ihn uns gemeinsam an.«

Sie setzten sich nebeneinander aufs Bett. Mit den Kissen im Rücken sahen sie sich den Krimi an, von dem Merle überhaupt nichts mitbekam. Wann immer sie sich bewegten, berührten sich ihre Schultern oder Arme. Und diese zarten Berührungen waren alles, was Merle in sich aufnahm. Es war ein durchaus angenehmes Gefühl, Joanna so nahe zu sein, wie sich Merle eingestand. Ihr Herz, das bei Joannas Anblick vor ihrer Tür schneller zu schlagen begonnen hatte, beruhigte sich nur langsam.

»Merle?« Joanna von Gronewalds Stimme war kaum mehr als ein Hauch.

»Ja?«

»Ich weiß, es ist nicht angebracht, aber dürfte ich bei Ihnen bleiben, heute Nacht?«

Überrascht drehte Merle ihren Kopf und sah in Joannas Augen, die ihren Glanz komplett verloren hatten.

»Ich kann jetzt nicht allein sein, bitte. Ich mach mich auch ganz klein hier im Bett.« Ihr flehentlicher Ton ging Merle durch und durch.

»Das Bett ist groß genug. Machen Sie sich da keine Gedanken, Frau von Gronewald.« Wie hätte sie Joannas Bitte auch ausschlagen können? Merle hatte bei ihr schon ein breites Spektrum an Emotionen feststellen dürfen, doch ihre offene Verletzlichkeit berührte Merle sehr.

»Danke.« Und damit rutschte Joanna von Gronewald tiefer und drehte sich auf die Seite. Wie ein Embryo zog sie die Beine eng an ihren schlanken Körper

Merle nahm die Decke hoch und legte sie fürsorglich um ihre schmalen Schultern. Als sie kurz darauf zu ihr blickte, konnte sie sehen, dass sie unter der Decke bebte. »Frau von Gronewald, ist Ihnen kalt?« Sanft legte sie ihr die Hand auf die Schulter und drückte vorsichtig.

Joanna von Gronewald drehte sich zu ihr und sah sie aus rotgeränderten Augen an.

Ohne etwas zu sagen, zog Merle sie in ihre Arme und hielt sie einfach nur fest. Sie hätte eh nicht gewusst, was sie in dieser Situation zu ihr sagen sollte. Doch es schien genau das Richtige zu sein.

Es dauerte zwar eine ganze Weile, doch dann entspannte sich Joanna von Gronewald immer mehr, bis sie schließlich ruhig in Merles Armen lag und friedlich schlief.

Merles Herzschlag benötigte durchaus länger, bis er wieder einen normalen Rhythmus fand. Sanft strichen ihre Finger über Joannas seidige Haare. Immer wieder fragte sie sich, was die schöne Frau so aufgewühlt haben konnte. Dass sie doch noch diese Nacht hier im Hotel verbringen mussten, das konnte es nicht sein. Immerhin war es so ja geplant gewesen. Was war geschehen, dass Joanna nun in ihren Armen lag?

Merles Haltung war alles andere als bequem. Joannas plötzlicher Schlaf hatte sie überrascht. Nun lag sie halb aufgerichtet im Bett und stütze ihren Oberkörper mühevoll mit ihrem Unterarm. Trotz dieser unangenehmen Position traute sie sich nicht, sich zu bewegen. Sie wollte Joanna auf keinen Fall wecken, auch und vor allem aus Angst, dass sie dann das Zimmer verlassen könnte. Und das war das Letzte, das Merle gewollt hätte. So konzentrierte sie sich einzig und allein auf die attraktive Frau in ihrem Arm und genoss es, sie so nah zu spüren. Tief atmete sie ihr Parfum ein und ließ sich von dem betörenden Duft in sanfte Träume schicken.

Lautes Klingeln schreckte sie am nächsten Morgen aus ihrem Schlaf. Mit der Hand griff sie neben sich und drehte ihr Handy um, das sofort verstummte. Lächelnd sah sie auf Joanna, die noch immer in ihrem Arm schlief. Vorsichtig bewegte Merle ihren Kopf. In der Stille des Zimmers klang das Knacken ihrer Halswirbel wie ein Donnerschlag.

»Was haben Sie sich dabei gedacht? Was erlauben Sie sich?« Joanna von Gronewalds Stimme jagte einen eisigen Schauer über Merles Rücken.

»Entschuldigung. Was meinen Sie?« Merle konnte nicht glauben, was sie da hörte.

Joanna löste sich hektisch aus ihrem Arm und setzte sich auf. Voller Wut funkelten ihre Augen Merle an. »Was fällt Ihnen ein? Warum sind Sie hier in meinem Zimmer?«

»Öhm, Frau von Gronewald …« Merle fuhr sich mit der Hand über ihre Augen und stand aus dem Bett auf. »Dies ist mein Zimmer, und Sie sind gestern Abend zu mir gekommen, weil Sie nicht allein sein wollten, falls Sie sich noch erinnern. Ich werde mich jetzt fertigmachen. Sie wollten ja so früh wie möglich los, oder nicht?« Mit brennenden Augen stand Merle neben dem Bett und sah Joanna ratlos an.

Erschrocken blickte sich Joanna in dem Zimmer um. »Ich … Merle«, stammelte sie und stand auf. »Es tut mir leid, ich konnte mich nicht mehr erinnern.«

»Schon gut.« Merle winkte ab. »Es ist ja nichts passiert.« Sie ließ dabei offen, was genau sie mit ihren Worten meinte. »Ich sehe Sie dann unten.« Ohne noch einmal nach Joanna zu sehen, ging sie ins Bad und stellte sich unter die kalte Dusche. Die brauchte sie jetzt, um ihren Körper wieder auf eine normale Temperatur zu bekommen.

Joanna im Arm zu halten war mehr als aufregend gewesen. Ihre Situation dabei auszunutzen war Merle nicht eine Sekunde lang in den Sinn gekommen. Aber ihre Reaktion nach dem Aufwachen fand sie sehr eigenartig und trübte ihre Stimmung.

Als sie mit ihrer Tasche in die Lobby kam, stand Joanna bereits an der Rezeption und zahlte die Rechnung. Sie warf Merle nur einen knappen Blick zu und ging wortlos an ihr vorbei nach draußen.

Stumm saß sie neben Merle im Taxi, und auch während des Fluges sprach sie kein Wort. Starr sah sie vor sich ins Leere. Selbst als das kleine Flugzeug heftig durchgerüttelt wurde, gab sie keinen Laut von sich. Sie wurde nur noch bleicher um die Nase herum, als sie es eh schon war.

Merle überlegte mehr als einmal sie anzusprechen, doch sie beließ es lieber bei dem Gedanken. Sie wusste einfach nicht, was sie zu ihr sagen sollte. Die ganze Situation war komisch, beinahe unwirklich, und Merle hatte Sorge, dass sie es mit unbedachten Worten sogar noch etwas verschlimmern könnte.

Kaum dass sie in Egelsbach gelandet waren, sprang Joanna aus der Maschine und lief zu ihrer Limousine, die auf dem Parkplatz parat stand.

Kopfschüttelnd sah Merle ihr nach. So hatte sie sich das Wochenende nicht vorgestellt, aber Joanna offensichtlich auch nicht. Joannas Chauffeur kam Merle wenigstens noch entgegen und nahm ihr den Trolley ab, den Merle ihr nachtrug. Als die Limousine davonfuhr, starrte Merle ihr grübelnd nach. *Diese Frau ist mir ein Rätsel.*

6

Das glaub ich jetzt nicht. Was machst du denn hier?« Tamara stand in ihrer Wohnungstür und umarmte Merle freudig strahlend.

»Es gab eine kurzfristige Änderung der Pläne, und wie du siehst, bin ich schon früher hier. Ich habe Brötchen mitgebracht.« Grinsend hielt sie die Tüte in die Höhe und sah ihre Freundin fröhlich an.

»Damit bist du hier herzlich willkommen. Komm, ich setz den Kaffee auf.« Tamara griff nach der Tüte und nahm direkt ein Brötchen heraus. »Die sind ja noch warm«, schwärmte sie und biss kräftig in eines hinein.

Langsam folgte Merle ihrer besten Freundin in die Küche und setzte sich an den Küchentisch.

»Schöne Bilder, die du geschickt hast.« Tamara kramte zwei Teller aus dem Schrank und stellte sie vor Merle auf den Tisch.

»Ja, es war echt schön.« Merle senkte betreten den Kopf und sah vor sich ins Leere.

Neugierig stupste Tamara sie an. »Und deine Joanna? War was mit ihr?« Sie drückte Merle eine Tasse mit dampfendem Kaffee in die Hand.

»Sie ist nicht meine Joanna, und nein, es war nichts. Wie kommst du nur auf so eine Idee?« Merle nahm einen Schluck des heißen Getränks. »Ich habe sie nur geflogen, mehr war nicht. Das hatte ich dir doch vorher schon gesagt.« Vor Merles Auge tauchte Joanna auf, wie sie in ihrem Arm gelegen hatte und friedlich schlief.

»Bist du sicher?« Tamara hatte sich neben Merle gesetzt und sah sie aufmerksam an.

»Ja, natürlich bin ich sicher. Und ich sollte das wohl wissen.«

»Warum reagierst du dann so gereizt?« Ein listiges Grinsen überzog ihr Gesicht.

»Ich bin nicht gereizt, einfach nur etwas müde. War eine kurze Nacht.« Merle drehte die Tasse in ihren Fingern.

»Ach so, ja warum denn?« Tamaras Lächeln wurde immer breiter.

»Ich schlafe lieber in meinem eigenen Bett, das ist alles. Außerdem ging es schon früh wieder zurück.«

»Und warum wirst du dann so rot?« Immer noch lag dieses Grinsen auf Tamaras Zügen.

»Du liest zu viele Romane, Tammy. Danke für den Kaffee, ich muss los. Wir hören uns.«

Ohne auf die überraschten Blicke und die Proteste ihrer Freundin zu achten, schnappte Merle sich ihren Helm und fuhr nach Hause. Sie hatte jetzt einfach keinen Nerv für Tamaras Sticheleien. Auch wenn wirklich nichts zwischen ihnen passiert war, sie würde doch noch aus Merle herausquetschen, dass Joanna die

Nacht bei ihr gewesen war. Aus einem ihr selbst unbekannten Grund wollte Merle ihr das nicht sagen. Das war etwas, das sie für sich behalten wollte. Sie wollte die Erinnerung an das schöne Gefühl für sich bewahren.

Merle parkte ihr Motorrad vor der Haustür und zog sich den Helm ab, als es in ihrem Nacken zu prickeln begann. Sie drehte den Kopf und sah die Straße entlang. Es war jedoch nichts zu sehen, was ihr merkwürdiges Gefühl erklären konnte. Kopfschüttelnd ging sie in ihre Wohnung und wollte es sich gerade auf der Couch bequem machen, als es an ihrer Haustür klingelte. Unwirsch wegen der Störung drückte Merle auf den Knopf der Sprechanlage. »Ja, bitte?«, bellte sie gereizt in die Anlage.

»Darf ich Sie kurz sprechen?«, tönte die rauchige Stimme durch den Lautsprecher.

Verblüfft starrte Merle auf die geschlossene Tür. Sie hatte mit vielem gerechnet, aber nicht, dass Joanna bei ihr vor der Tür stünde.

»Merle?« Joanna wartete offensichtlich auf ihre Antwort.

Merle beeilte sich den Türöffner zu betätigen.

»Entschuldigen Sie, dass ich Sie so einfach überfalle. Ich werde Ihre Zeit auch nicht lange in Anspruch nehmen.« Joanna stand vor ihrer Tür und sah Merle mit ihren schönen Augen an, dass Merle ganz warm ums Herz wurde.

»Kommen Sie doch herein. Möchten Sie etwas trinken?« Merle trat zur Seite und ließ Joanna eintreten.

»Ich möchte Sie nicht über Gebühr belästigen.«

»Das tun Sie nicht, Frau von Gronewald. Bitte, setzen Sie sich. Ich wollte mir gerade einen Tee machen. Würden Sie einen mittrinken?«

»Sehr gern, wenn ich Ihnen damit keine Mühe mache.« Joannas Lächeln ließ Merles Herz nach oben hüpfen.

Hektisch begann sie den Tee zu brühen und trat mit den Tassen in der Hand ins Wohnzimmer.

Joanna hatte sich an das Fenster gestellt und sah auf die Stadt hinaus.

Merle nutzte den Moment und betrachtete die schlanke Frau. Auch wenn sie meist souverän und oft auch kühl wirkte, so hatte sie genauso etwas Verletzliches an sich, das Merle schon vom ersten Tag an bei ihr gespürt hatte. Langsam ging sie auf sie zu und streckte ihr den Tee entgegen. »Frau von Gronewald? Ihr Tee.«

»Danke, Merle.« Joanna nahm ihr die Tasse aus der Hand, wobei sich ihre Finger kurz berührten. Die Berührung ließ Merles Herz einen Tick schneller schlagen.

»Was kann ich für Sie tun?« Angespannt musterte Merle Joanna, die sich wieder zum Fenster gedreht hatte und stumm auf die Stadt sah.

Langsam drehte sie sich um und ließ ihre braunen Augen über Merle wandern. »Ich möchte mich bei Ihnen entschuldigen. Für heute Morgen, aber auch für vergangene Nacht.« Sie hob die Hand und brachte Merle damit augenblicklich zum Schweigen, als diese antworten wollte. »Mein Verhalten Ihnen gegenüber war nicht angebracht. Und dafür möchte ich mich entschuldigen und mich bei Ihnen bedanken.«

»Ich habe nichts getan«, gab Merle leise zur Antwort. Joannas durchdringender Blick ließ ihre Knie weich werden, und sie setzte sich auf die Couch. Von unten herauf sah sie Joanna an.

Joanna kam zu ihr und setzte sich neben sie auf die Couch. Sachte legte sie ihre Hand auf Merles Arm.

Die zarte Berührung jagte ein Kribbeln über Merles Haut, das sich bis in ihre Haarspitzen fortsetzte.

»Sie haben mich nicht weggeschickt, obwohl es vielleicht besser gewesen wäre. Und Sie haben mir Ihre Schulter geboten, als ich sie gebraucht habe. Dafür habe ich Sie dann heute Morgen noch angefahren. Verzeihen Sie mir?« Ernst sah Joanna sie an.

Merle schluckte trocken, um den Kloß in ihrer Kehle zu lösen. »Das war doch alles selbstverständlich.« *Du hast ja keine Ahnung, wie sehr ich es genossen habe, für dich da zu sein.*

»Oh, Merle!« Joannas Augen funkelten im einfallenden Sonnenlicht. »Sie haben ja keine Ahnung.«

Einen Moment saßen sie schweigend nebeneinander auf dem Sofa. Joannas sanfte Stimme ließ Merle den Kopf heben. »Außerdem haben Sie die Situation nicht ausgenutzt.«

»Das hätte ich niemals getan, Frau von Gronewald.« Mit hochrotem Kopf saß Merle neben ihr und sah in diese hypnotischen Augen.

»Ich weiß, Merle, ich weiß.« Beruhigend strich Joanna mit ihrer Hand über Merles Wange und hinterließ dabei brennende Haut. »Und damit unterscheiden Sie sich von ganz vielen Menschen. Sie haben mir so viel Rücksicht entgegengebracht, und ich habe nichts Besseres zu tun gehabt und habe Sie auch noch angegiftet.«

»Ist schon vergessen, wirklich.« Merle beeilte sich Joanna anzulächeln und hoffte, dass sie ihre Verlegenheit nicht bemerken würde. Denn die Worte Joannas hatten Merle tief berührt, und ihre weichen Finger auf ihrer Wange brachten Merles Blut weiter in Aufruhr.

»Nun, vielleicht von Ihrer Seite aus, aber nicht von meiner.« Joannas wache Augen ruhten weiter auf Merle und ließen sie unruhig auf der Couch hin und her rutschen.

»Was verdienen Sie in der Werkstatt?«

»Entschuldigung?« Der plötzliche Themenwechsel ließ Merle irritiert den Kopf heben.

»Wie viel verdienen Sie dort?«

Langsam fuhr Merle sich durch ihre kurzen wuscheligen Haare. Sie zögerte, Joanna ihr Gehalt zu sagen. Zumal sie einfach nicht verstand, warum sie das wissen wollte.

»Egal was Sie dort verdienen, ich biete Ihnen das Doppelte an.« Joanna nahm einen vorsichtigen Schluck des Tees und beobachtete Merle über den Rand der Tasse hinweg.

»Ich verstehe nicht.« Merle zog ihre Stirn kraus und sah Joanna unsicher an. »Warum wollen Sie mir Geld bieten?«

»Damit Sie für mich arbeiten, natürlich.« Ein süßes Lächeln zeigte sich auf ihren Lippen. »Und das Gehalt ist natürlich noch verhandelbar.«

»Aber als was soll ich denn für Sie arbeiten?« Noch immer verstand Merle nicht, was Joanna von ihr wollte.

Joanna zog ein Bein unter ihr Knie und sah sie eindringlich an. »Ich möchte Sie als meine Pilotin einstellen.«

»Wie bitte?« Völlig perplex starrte Merle in das makellose Gesicht.

»Schauen Sie, Merle. Ich habe mich einige Zeit nicht persönlich um meine Geschäfte gekümmert und werde das nun wieder selbst in die Hand nehmen. Das heißt für mich, dass ich ständig durch Europa reisen werde.«

»Aber Sie könnten doch mit den großen Fliegern genauso dort hinkommen, oder? Ich meine, wäre das nicht besser für Sie?«, gab Merle leise zu bedenken.

»Nicht wirklich, Merle. Ich bin es einfach leid ständig auf Linienflüge angewiesen zu sein. Das vergangene Wochenende und Ihre Flexibilität haben mir deutlich gemacht, dass dies eine große Zeitersparnis für mich bedeuten würde. Schauen Sie …« Sie nahm einen Terminplaner aus ihrer Tasche und hielt ihn Merle vor die Nase. »Allein im letzten Monat hatte ich fünf Termine in verschiedenen Städten. Piet und seine Charterfluggesellschaft haben mich auf die Idee gebracht, und jetzt möchte ich Sie als meine Pilotin engagieren.« Ihre großen Augen funkelten Merle an.

Mit klopfendem Herzen saß Merle auf ihrer Couch und starrte vor sich ins Leere. In ihrem Kopf drehten sich die Gedanken. So ein Angebot würde sie nur einmal bekommen, das war ihr klar. Aber welches Risiko würde es für sie bedeuten, und war sie bereit, es einzugehen? Sie warf ihr einen kurzen Blick zu. Allein die Tatsache, dass Joanna bei ihr auf der Couch saß, war für Merle schon verwirrend genug. Wie sollte sie ihr gegenüber überhaupt noch einen klaren Gedanken fassen können und ihre immer stärker werdenden Gefühle für sie im Zaum halten?

»Was genau hält Sie davon ab, auf mein Angebot einzugehen?« Joanna lehnte sich in den weichen Polstern zurück und musterte Merle eindringlich.

»Ich weiß es nicht.« Merle zog unsicher die Schultern nach oben und rang sich ein schmales Lächeln ab. »Ich bin einfach etwas überfordert von Ihrem Angebot. Damit hatte ich nicht gerechnet.«

»Woran könnte es scheitern? An Ihrer Arbeit oder eher an Ihrem privaten Umfeld?«

Überrascht hob Merle den Blick und traf auf Joannas Katzenaugen, die sie gespannt musterten.

»Nein, da gibt es keinerlei Probleme. Nein, es liegt einzig und allein an mir selbst und daran, ob ich mir das so vorstellen kann.«

»Nun«, ein breites Lächeln überzog Joannas Gesicht, »dann muss ich mich einmal von meiner besten Seite zeigen und versuchen Sie für meine Idee zu gewinnen.«

»Warum möchten Sie mich haben? Es gibt doch bestimmt jede Menge Piloten, die sich die Finger lecken würden, für Sie zu arbeiten.« Merle war noch immer unsicher und suchte den Haken an der Geschichte.

»Das kann ich nicht beurteilen, und das ist auch uninteressant. Ich habe Sie bei den Flügen erlebt, und ich habe mich bei Ihnen wohlgefühlt, trotz der Turbulenzen. Außerdem haben Sie mich schwer beeindruckt, als Sie so ruhig geblieben sind, während ich eine Panikattacke hatte. Der Gedanke, Sie als Privatpilotin einzustellen, ist erst da entstanden. Bis dahin hatte ich einfach geplant, jedes Mal aufs Neue ein Flugzeug bei Herrn Hinrichs zu mieten, doch nun möchte ich nur noch mit Ihnen fliegen.«

Merle spürte ihren eindringlichen Blick auf sich ruhen. Krampfartig zog sich ihr Magen zusammen. Sie hatte sich ebenfalls wohlgefühlt mit Joanna neben ihr und noch viel mehr, mit Joanna in ihrem Arm. Doch das konnte sie ihr unmöglich sagen. Und wie würde ihre Zusammenarbeit weitergehen?

»Ich mache Ihnen einen Vorschlag. Kommen Sie mit mir mit, und ich zeige Ihnen das Haus und stelle Ihnen meine weiteren Mitarbeiter vor.« Joanna legte ihre Hand erneut auf Merles Arm und strich sachte darüber.

»Warum das Haus?« Verblüfft hob Merle den Kopf.

»Weil Sie bei mir wohnen werden. Habe ich das nicht erwähnt?« Mit der kunstvoll nach oben gezogenen Augenbraue sah Joanna sie an.

»Nein, haben Sie nicht.« Merle spürte, wie ihr Herz einen kleinen Satz machte. Der Gedanke, für Joanna zu arbeiten, war reizvoll. Mit ihr in einem Haus zu wohnen … Sie schüttelte unbewusst den Kopf. Keine gute Idee.

»Zu Ihrem Gehalt bekommen Sie freie Kost und Logis. Es macht einfach Sinn, denn so sind Sie immer erreichbar und abrufbar, wenn ich zu einem Termin muss. Außerdem würde ich Ihnen noch eine Zusatzaufgabe auftragen. Das wäre die Koordination meiner Termine und der Hotelbuchungen zusammen mit den Flugplänen.«

»Haben Sie keine Assistentin für Ihre Terminplanungen?« Die Worte waren schneller aus Merles Mund, als diese sie zurückhalten konnte.

»Nein, zurzeit mache ich das alles allein.« Ein trüber Schleier schob sich über Joannas Augen. »Wie bereits gesagt, ich habe einige Jahre alles schleifen lassen. Jetzt wird es Zeit, dass ich mich wieder selbst um die Geschäfte kümmere, und dafür würde ich Sie gern an meiner Seite haben.«

»Ich weiß nicht, ob ich das kann.« Merle hob den Kopf und sah Joanna direkt in die Augen.

»Was, Merle? Für mich arbeiten oder Ihre jetzige Stelle kündigen?« Ihr wacher Blick ging Merle durch und durch.

»Das wäre ein ziemlicher Schritt für mich.« Unsicher hatte Merle den Kopf zwischen die Schultern gezogen.

»Können wir es nicht einmal versuchen? Ich meine ...« Joanna stand auf und streckte Merle ihre Hand entgegen. »Sie haben mich nun schon etwas kennengelernt. Ist der Gedanke, für mich zu arbeiten, so erschreckend und abwegig?«

Ihre braunen Augen brannten sich regelrecht in Merles Seele hinein. Sie hinterließen ein Ziehen in ihrer Magengegend, dass es Merle die Schweißperlen auf die Stirn trieb.

»Ich verspreche auch, dass ich meine Fingernägel kürzen werde, sodass ich Ihnen den Arm nicht wieder so zerkratzen kann.«

Ihr aufrichtiges Lächeln und ihre offene Art ließen bei Merle die Zweifel schwinden. Sie zögerte noch einen kurzen Moment, bevor sie aufstand und ihre Hand in Joannas legte. »Ich seh es mir an, aber damit habe ich noch nichts entschieden.«

Freudig strahlend drückte Joanna ihre Hand. »Sehr schön. Mehr verlange ich auch nicht. Kommen Sie, Merle. Ich zeige Ihnen das Haus und stelle Ihnen noch Alfred und Yasmin vor.«

Mit Joannas Limousine fuhren sie zu ihr nach Hause. Staunend kletterte Merle aus dem großen Wagen und sah auf die herrschaftliche Villa vor ihr.

»Nun kommen Sie, Merle. Ich zeige Ihnen alles.« Leichtfüßig lief Joanna vor ihr die Treppe nach oben. »Hier unten befinden sich die Küche, der Speiseraum und das Wohnzimmer. Im oberen Stock sind meine Räume und da wäre auch Ihr Zimmer. Unter dem Dach sind die Bereiche für Alfred und Yasmin, die Sie noch kennenlernen werden.«

Gespannt folgte Merle ihr durch das große Haus und sah sich neugierig um.

»Alfred haben Sie ja bereits kennengelernt. Er ist Chauffeur und Gärtner in einer Person. Und Yasmin ist für die Küche und das Haus an sich zuständig. Kommen Sie, hier entlang.« Lächelnd führte Joanna sie durch das riesige Haus und zeigte Merle die einzelnen Bereiche. »Dies wäre Ihr Zimmer.« Sie öffnete eine Tür und trat zur Seite.

Mit offenem Mund betrat Merle den Raum und sah sich um. Das Zimmer, wie Joanna es genannt hatte, war doppelt so groß wie ihre ganze jetzige Wohnung. Hohe Fenster führten auf einen Balkon, der rings um das Haus lief.

»Das Badezimmer wäre dann hier.« Joanna war hinter Merle eingetreten und zeigte auf eine Tür an der Seite.

»Wow«, entfuhr es Merle, als sie in das Badezimmer trat.

»Also Ihre Zimmer scheinen Ihnen schon einmal zu gefallen. Jetzt müssen wir Sie nur noch überzeugen, oder?« Mit einem breiten Lächeln auf dem Gesicht zwinkerte Joanna ihr kokett zu.

»Ich bin unsicher, Frau von Gronewald, das gebe ich zu. Ich kann mir einfach nicht vorstellen, was es bedeutet, als Ihre Privatpilotin zu arbeiten. Lohnt sich das denn überhaupt für Sie? Ich meine, das ist doch ein wahnsinniger Aufwand, oder nicht?« Merle fuhr sich mit der Hand durch die kurzen Haare und ließ sie so in alle Richtungen abstehen.

»Kommen Sie mit, Merle. Ich zeige Ihnen etwas.« Sie gingen in das Wohnzimmer hinunter und Joanna zog einen Laptop aus ihrer Tasche. »Setzen Sie sich. Möchten Sie etwas trinken?«

Merle schüttelte den Kopf. »Danke, nein.«

»Schauen Sie her. Das ist mein Kalender von diesem Jahr. Wie Sie sehen können, bin ich etwa jede Woche mindestens einmal geflogen. Hamburg, Mailand, Paris, genauso wie Wien oder London. Und es geht für mich hier nicht um die Flüge an sich, sondern darum, zu einer bestimmten Zeit an einem bestimmten Ort zu sein. Mit den Linienflügen war ich oftmals zu knapp vor Ort, oder aber ich musste schon einen ganzen Tag früher los, da es sonst nicht gepasst hätte. Mit Ihnen als meine Pilotin könnte ich bedeutend flexibler sein.« Joanna legte ihre volle Überzeugungskraft in ihre Stimme.

»Und was meinten Sie noch zusätzlich mit der Terminplanung?« Merle hatte ihre Worte nicht vergessen.

»Ja, richtig.« Joanna nickte und deutete erneut auf den Laptop. »Sie würden meine Termine koordinieren und dementsprechend Hotels buchen und natürlich die entsprechende Flugplanung übernehmen. Ich zeige Ihnen das Programm, mit dem ich arbeite. Darin sind auch die einzelnen Hotels schon aufgeführt, in denen ich sonst immer übernachte.«

»Damit alles reibungslos klappt, benötigen Sie auch ein Flugzeug«, gab Merle leise zu bedenken und rieb sich nachdenklich das Kinn.

»Sehr richtig.« Joanna strahlte sie an. »Das habe ich mit Piet bereits besprochen. Er verkauft mir Ihr Flugzeug.«

»Was?« Merle hob völlig schockiert den Kopf.

»Aber ja doch, Merle. Außer Ihnen wird niemand mehr diese Maschine fliegen. Zudem können Sie das Flugzeug auch jederzeit privat nutzen, wenn es mein Terminkalender zulässt, versteht sich. Also, was sagen Sie?« Die braunen Augen strahlten.

Merle ließ sich alles durch den Kopf gehen. Das Angebot war mehr als verlockend. Nicht nur des Geldes wegen, das sie verdienen würde. Sie könnte sich voll und ganz auf das Fliegen konzentrieren und müsste nicht mehr in der zugigen Werkstatt arbeiten. Dazu noch dieses Haus und Joanna … »Ich habe einen Monat Kündigungsfrist bei der Firma und der Wohnung«, sprudelte es plötzlich aus Merle heraus. *Hab ich das gerade wirklich gesagt?* Sie konnte es noch immer nicht fassen, was hier gerade geschah.

»Hervorragend.« Strahlend streckte Joanna Merle ihre manikürte Hand entgegen. »Bis dahin verschiebe ich meine Termine auf das Wochenende. Ab dem Ersten des Folgemonats kann ich dann komplett über Sie verfügen, ja?«

Merle zögerte nur einen Augenblick, dann schlug sie in Joannas Hand ein. »Ja, können Sie, Frau von Gronewald.«

»Sehr schön.« Joannas Augen blitzten vergnügt. »Sie werden es nicht bereuen, Merle.«

Ich bin mir da nicht so sicher, schoss es durch Merles Kopf, als sie Joannas Katzenaugen auf sich spürte.

7

Wie benommen saß Merle im Fond der Limousine und ließ sich nach Hause fahren. Hatte sie wirklich zugesagt? Ja, sie hatte. Zuhause setzte sie die Kündigungsschreiben für die Werkstatt und die Wohnung auf und begann ihre wenigen Habseligkeiten zu packen. Joanna hatte versprochen, ihr Alfred bereits kommende Woche mit dem Wagen zu schicken, sodass sie so schnell als möglich ins Haus ziehen konnte.

»Du hast was?« Tamara sah sie entsetzt an, als sie sich tags darauf nach der Arbeit im Bistro trafen. »Wieso hast du gekündigt? Was hast du vor?«

»Ich habe ein Angebot erhalten, das ich einfach nicht ablehnen konnte.« Merle rieb sich mit ihrem Zeigefinger über die Nasenwurzel.

»Ein Angebot? Von wem und wo und was?« Aufgeregt rutschte Tamara auf ihrem Stuhl hin und her.

Merle lehnte sich auf der Bank zurück und sah ihre beste Freundin an, die ihr in ihrem Stammbistro gegenübersaß. »Ich werde die Privatpilotin von Frau von Gronewald.« Merle führte die Flasche mit dem alkoholfreien Bier an ihre Lippen und musterte dabei ihre beste Freundin, die ihre Worte erst noch sacken lassen musste.

Auf einmal bekam Tamara einen Hustenanfall. Es dauerte einen Moment, bis sie sich wieder soweit beruhigt hatte, dass sie Merle weiter ausquetschen konnte. »Die von Gronewald, mit der du schon am Wochenende unterwegs warst?«

»Ich habe sie geflogen, ja, wenn du das damit meinst.«

»Wie kommst du nur auf so eine absurde Idee für sie als Privatpilotin arbeiten zu wollen? Ich meine, Merle, ausgerechnet für sie?« Tamara sah sie fassungslos an.

Verärgert über ihre Freundin stand Merle auf. »Weißt du, Tammy …« Sie blitzte sie von oben herab an. »Ich dachte eigentlich, dass du meine Freundin wärst und dich für mich und mit mir freuen würdest.« Sie machte auf ihrem Absatz kehrt und wollte davongehen.

»Halt! Warte doch.« Tamara sprang auf und hielt Merle am Arm zurück. »Natürlich freue ich mich für dich, wenn es denn etwas gibt, worüber man sich freuen kann. Aber für sie zu arbeiten, Merle, ich weiß nicht, ob das eine gute Idee ist.«

Noch immer verletzt von Tamaras Reaktion sah Merle sie an. »Warum denkst du das?«

»Weil ich mit offenen Augen und Ohren durch die Welt laufe und daher wahrscheinlich mehr von ihr weiß als du.« Tamara zog sie wieder auf die Bank zurück.

»Ach, und du meinst, dass ich mit Scheuklappen herumlaufe, oder wie soll ich das verstehen?« Merle verspürte erneut leichten Ärger in sich aufsteigen.

»Nein, das habe ich damit nicht gemeint«, versuchte Tamara sie zu beschwichtigen. »Aber wann hast du das letzte Mal eine der Klatsch-und-Tratsch-Zeitschriften gelesen?«

»Mmmm …« Merle fuhr sich durch ihre kurzen Haare. »Ich weiß nicht, ob ich jemals so eine in der Hand hatte.«

Lachend trank Tamara ihr Glas Wein aus. »Siehst du, genau das meinte ich damit.«

»Ach komm, Tammy, der Name sagt hier doch schon alles. Klatschgeschichten, da geht es um nichts anderes. Ich halte einfach nichts von diesen Pseudogeschichten, das weißt du doch. Die Hälfte ist eh erfunden und erlogen, darauf gebe ich wirklich nichts.« Merle verspürte einen stechenden Druck hinter ihren Schläfen und rieb sich ihre Stirn.

»Aber ein gewisser Funke Wahrheit ist doch auch enthalten.« Tamara wollte nicht so schnell von ihrer Meinung abweichen.

»Wenn du meinst.« Merle sah ihre Freundin an. »Was schreibt man denn so über sie?«

Tamara rieb sich fest über die Nasenwurzel. »Sie ist fester Bestandteil der High Society, taucht auf allen Bällen und Empfängen auf und ist eine hammerharte Geschäftsfrau.«

»Und das ist alles? Deshalb machst du so einen Wind?« Beinahe erleichtert lachte Merle leise auf.

»Nun …« Tamara drehte nachdenklich ihr leeres Glas in ihren Fingern. »Sie taucht mit wechselnden Frauen an ihrer Seite auf.«

Das Gefühl der Erleichterung war wie weggeblasen, und Merle senkte kurz den Kopf. Bisher hatte sie Joanna nur mit einer Frau gesehen.

»Ach, Tammy. Das heißt zum einen gar nichts, und zum anderen bin ich ja als ihre Pilotin eingestellt und nicht als Frau an ihrer Seite. Ich werde für sie arbeiten, sonst nichts.«

»Außerdem ...«, Tamara zögerte kurz bevor sie weitersprach, »ich habe da etwas im Kopf, einen Skandal oder so etwas. Aber es ist schon eine ganze Weile her. Danach war es auch erst einmal ruhiger um sie geworden. Es fällt mir nur nicht ein, worum es damals ging. Vielleicht frage ich später mal Google.«

Merle nahm eine Handvoll Nüsse und schob sie sich nacheinander in den Mund. »Wenn du also Joanna so gut kennst, was hältst du von der Idee?«

»Joanna?« Tamara grinste sie fröhlich an.

»Ich meinte natürlich, Frau von Gronewald. Ach komm, Tamara, mach doch aus einer Mücke keinen Elefanten. Sag mir lieber, was du von der Sache hältst.«

Tamara sah sie nachdenklich an. »Du gibst deinen Job in der Werkstatt auf, um ihre Privatpilotin zu werden, habe ich das richtig verstanden?«

Merle nickte zustimmend.

»Und du wirst auch bei ihr im Haus wohnen?«

»Ja, genau so sieht es aus.«

Tamara zuckte unbekümmert mit ihren Schultern. »Nun, Merle, du hast in einem schon recht. Ich kenne deine Joanna ja überhaupt nicht. Alles, was ich von ihr weiß, das habe ich in der Regenbogenpresse gelesen. Und ob das so seine Richtigkeit hat oder nicht, das sei dahingestellt. Vielleicht ist es wirklich besser, nicht immer alles zu glauben, was man so in den Medien liest. Im Endeffekt kann ich nur eines sagen: Es klingt wie ein Hammerangebot, das man kaum ausschlagen kann.« Sie musterte Merle nachdenklich. »Trotzdem siehst du selbst unglücklich aus. Wo ist der Haken an der Sache?«

»Ich weiß es nicht. Bisher habe ich keinen Haken entdeckt. Aber die ganze Geschichte klingt einfach zu gut, um wirklich wahr zu sein.« Merle schloss für einen Moment die Augen und dachte nach. Joannas hinreißendes Gesicht tauchte vor ihrem inneren Auge auf. »Mir ist noch nie etwas geschenkt worden. Ich habe mir bisher immer alles erkämpfen müssen. Wahrscheinlich habe ich einfach Angst, dass da noch etwas Negatives nachkommen könnte.«

»Wenn du Bedenken hast, warum hast du ihr Angebot dann angenommen?«

Seufzend fuhr Merle sich mit der Hand über die Stirn. »Wie hätte ich das Angebot ablehnen können? Da wäre ich ja echt bescheuert gewesen, oder?«

8

Merle, kommen Sie bitte ins Wohnzimmer?« Joannas sanfte Stimme klang durch die Halle, als Merle am nächsten Tag von der Arbeit kam.

»Sie wollten mich sprechen, Frau von Gronewald?« Merle streckte den Kopf durch die Wohnzimmertür.

Frau von Gronewald saß an ihrem Schreibtisch, den offenen Laptop vor sich, und winkte Merle zu sich heran. »Ich wollte Ihnen doch das Programm zeigen und wo Sie alles Nötige finden können.«

Merle stellte sich hinter sie und sah ihr über die Schulter. »Das ist eine Excel-Tabelle, oder?«

»Kennen Sie sich damit aus?« Erfreut warf Joanna ihr einen Blick über die Schulter zu.

»Ich habe noch nicht oft damit gearbeitet, aber in der Berufsschule haben wir es angewandt. Genauso wie die anderen Office-Programme.«

»Sehr gut, dann wird das für Sie einfach sein. Sehen Sie hier …« Sie ließ ihre langen Finger über die Tasten gleiten und öffnete eine Tabelle. »Dies ist ein Monatsplaner. Ich habe hier die Daten eingespielt, wann ich das letzte Mal in welchem Hotel war. Da ich nun einige Zeit aufzuholen habe, versuche ich mindestens einmal im halben Jahr eine Übernachtung in den Hotels einzuplanen. Öfters nur, wenn es Reklamationen gibt. Das wäre die erste Tabelle hier.« Mit einem weiteren Klick ging eine zweite Tabelle auf. »Diese Hotels würde ich gern kaufen.«

Merle schluckte, als sie die lange Liste sah. »Das sind aber einige.«

»Ich werde sie nicht alle bekommen, das ist mir klar.« Joanna hob ihre schmalen Schultern leicht nach oben. »Aber ich versuche mich immer wieder im Gespräch zu halten. Außerdem möchte ich vermeiden, dass man mir einmal ein faules Ei unterjubelt, nur weil ich nicht aufgepasst habe. Und gerade das scheint in der letzten Zeit öfters passiert zu sein.«

Heiliges Kanonenrohr. Merle blies schockiert ihre Backen auf, als sie die Spalte mit den veranschlagten Preisen sah. Doch Joanna bemerkte ihre Reaktion nicht und sprach unbekümmert weiter.

»Dazu gibt es noch private Termine, die plane ich jedoch selbst ein und werde Ihnen rechtzeitig darüber Bescheid geben, für Ihre Flugplanung.«

In Merles Kopf rotierten die Gedanken. Sie hatte so gar keine Ahnung was Joanna eigentlich machte, außer dass sie Hotels besaß und noch einige mehr kaufen wollte. Für einen Moment überlegte sie, sie um mehr Details zu bitten, ließ es dann aber, da sie nicht neugierig erscheinen wollte.

Joanna klappte den Laptop zu und drehte sich zu Merle um. »Hat das mit Ihrer Kündigung geklappt?«

»Ja, Frau von Gronewald. Ab dem Ersten stehe ich Ihnen voll und ganz zur Verfügung.«

Erleichterung zeigte sich auf ihren ebenmäßigen Zügen und ließ ihre Augen strahlen. »Sehr schön. Es ist schwierig, alle Termine auf das Wochenende zu legen. Es wird dann bedeutend einfacher, wenn Sie fest für mich arbeiten.«

Merle nickte zustimmend. Auch für sie würde es um einiges angenehmer werden. Die Doppelbelastung von Werkstatt und Joanna war anstrengend. Sie freute sich darauf, die Werkstatt an den Nagel hängen zu können.

In den folgenden Tagen fuhr Merle nach ihrer Arbeit in ihre alte Wohnung und packte die letzten Habseligkeiten zusammen, die Alfred mit der Limousine abholte. Mit Tamaras Hilfe renovierte Merle die kleine Wohnung und übergab den Schlüssel an den Nachmieter.

»Das ist ein ziemlicher Schritt, oder?« Tamara sah sie mit stark gerunzelter Stirn an, während sie vor der Wohnungstür standen.

»Es ist der nächste Schritt in meinem Leben.« Lächelnd drehte Merle sich zu ihrer Freundin um. »Jetzt muss nur noch die Werkstatt wegfallen, dann bin ich voll und ganz für Joanna da.«

»Wie läuft es denn bei euch? Irgendwas Neues? Etwas, das ich wissen sollte?«, fügte sie grinsend hinzu.

»Auf jeden Fall nichts, weshalb du so grinsen musst.« Merle senkte nachdenklich ihren Blick nach unten.

»Ist alles in Ordnung?« Tamara entging recht wenig.

»Ach, es ist nur, ich bin jetzt schon fast zwei Wochen bei ihr angestellt und bisher gab es noch keinen Flugauftrag. Ich frage mich eben, ob das alles wirklich Sinn ergibt.« Merle setzte sich den Helm auf den Kopf und stieg auf ihr Motorrad.

»Ich hoffe, du wirst deinen Entschluss nicht bereuen, Merle.« Tamara hatte ihr die Hand auf die Schulter gelegt und drückte sachte zu.

Wie könnte ich es je bereuen, mit Joanna in einem Haus zu leben? Doch Merle sprach ihre Gedanken nicht aus, nickte Tamara kurz zu und fuhr zu Joannas Haus. Als sie eintrat, wurde sie von Joannas rauchiger Stimme begrüßt.

»Können Sie für Freitag einen Flug nach Wien einplanen?« Joanna stand an den Tisch gelehnt und warf Merle einen fragenden Blick zu.

»Sehr gern, Frau von Gronewald. Wann möchten Sie los und wieder zurück?« Merle drehte ihren Helm in den Händen und sah Joanna freudig an. *Endlich.*

»Sobald Sie von der Arbeit kommen und zurück, das wird sich zeigen. Auf jeden Fall im Laufe des Sonntags.« Die braunen Augen sahen durch Merle hindurch.

»Gut, dann weiß ich Bescheid.« Merle wartete noch einen Moment, doch von Joanna kam keine weitere Regung mehr.

In ihre Gedanken vertieft stand sie an den Tisch gelehnt und bekam schon gar nicht mehr mit, dass Merle den Raum verließ.

Am Freitag ging Merle dank der Vorfreude auf das Wochenende mit Joanna in Wien die Arbeit in der Werkstatt sehr flott von der Hand. Nach Feierabend fuhr sie direkt zum Flugplatz und kontrollierte das Flugzeug. Da von Joanna noch nichts zu sehen war, nutzte sie die Gunst der Stunde und trank noch einen Kaffee mit Piet.

»Wie bist du mit deinem neuen Arrangement zufrieden?« Er reichte ihr einen Becher mit dampfendem Kaffee.

In diesem Moment fuhr die große Limousine vor und Merles Herz begann einen Tick schneller zu schlagen. Sie ließ ihre Blicke von Piet zu Joanna gleiten, die aus der Limousine ausstieg und auf das Gebäude zukam. »Ich kann mich demnächst voll und ganz auf das Fliegen konzentrieren. Dazu werde ich mehr als zuvor verdienen. Ich kann mich also nicht beklagen.« Merle konnte sich ein freches Grinsen nicht verkneifen.

Piet klopfte ihr freundlich auf die Schulter. »Alles richtig gemacht, oder?«

»Sieht so aus, Piet.« Merle leerte ihre Tasse, drückte sie Piet in die Hand und beeilte sich Joanna entgegenzugehen.

»Wir können sofort los, Frau von Gronewald.«

»Danke, Merle.« Joannas braune Augen glitten unruhig von Merle zu der kleinen Maschine.

»Ich habe das Flugzeug bereits kontrolliert und die Papiere sind fertig.« Merle half Joanna in die Piper zu steigen und wartete, bis sie ihre Gurte festgezogen hatte.

»Was sagen Ihre Wetterkarten?« Joanna war recht bleich um die Nase.

»Es sind ein paar Gewitter eingezeichnet, aber keine Sorge, Frau von Gronewald, ich habe genug Sprit dabei, sodass wir die umfliegen können.«

»Das heißt aber auch, dass es wieder wackeln wird, oder?« Joannas Stimme wurde mit jedem Wort leiser.

»Nicht unbedingt.« Merle startete die Turbinen und ließ die kleine Maschine zur Startbahn rollen. »Ich kann es nicht komplett ausschließen, da möchte ich Ihnen keine Lügen erzählen.« Merle hatte ihre Hand auf Joannas Arm gelegt und drückte sanft. »Aber ich kann Ihnen versprechen, dass ich Sie niemals in Gefahr bringen würde.«

»Ach, Merle, das weiß ich doch.« Auf Joannas Stirn glänzten feine Schweißperlen. »Es hilft eh alles nichts. Fliegen Sie los, kleine Amsel«, murmelte sie leise in den Kopfhörer.

Trotz der Gewitter, die Merle weiträumig umflog, war der Flug erstaunlich ruhig.

»Möchten Sie, dass ich Sie bei Ihren Gesprächen begleite?« Merle setzte die Piper sanft auf und ließ sie ausrollen.

»Das ist nicht nötig.« Joanna schüttelte bestimmt den Kopf. »Zumindest heute nicht. Aber danke, dass Sie gefragt haben. Genießen Sie die Zeit, Wien ist eine ausgesprochen schöne Stadt.« Von ihrer vorherigen Flugangst war nichts mehr zu spüren, dafür war sie nun wieder die taffe Geschäftsfrau.

»Mach ich.« Merle versuchte, sich ihre Enttäuschung nicht anmerken zu lassen. Sie hätte die Zeit viel lieber mit Joanna verbracht, als allein durch Wien zu laufen. Dennoch holte sie das Beste aus ihrem Aufenthalt heraus und schoss wieder zahlreiche Fotos, die sie an Tamara schickte.

Am Abend saß sie im Hotelrestaurant und hatte sich gerade ihr Essen bestellt, als Joanna Arm in Arm mit einer Frau, die Merle sofort vage bekannt vorkam, in das Restaurant trat.

Ohne Merle zu beachten, setzten sie sich in eine Ecke, und gleich darauf drang grelles Gelächter zu Merle hinüber.

Mit zusammengekniffenen Augen beobachtete Merle die beiden Frauen. Natürlich, jetzt erkannte sie die Frau wieder: Es war die Frau aus Hamburg. Zu ihr hatte sie Joanna als erstes geflogen. Während sie die Frauen beobachtete, beschlich Merle ein seltsames Gefühl.

Die gesamte Unterhaltung schien von der Unbekannten auszugehen. Joanna selbst saß nur stumm neben ihr, nickte ab und an mit dem Kopf, zeigte jedoch sonst nur wenig Reaktion. Auch als die Frau wieder in ihr schallendes Gelächter ausbrach, verzog Joanna keine Miene.

Gerade als sie die Frauen musterte, hob Joanna den Kopf und sah direkt in Merles Augen. Merle nickte ihr freundlich zu, doch Joanna reagierte überhaupt nicht darauf und drehte stattdessen ihren Kopf zu ihrer Begleitung zurück. *Das gibt's doch nicht, jetzt macht sie das schon wieder! Warum ignoriert sie mich? Schämt sie sich etwa für mich?*

Ihre abweisende Reaktion verletzte Merle mehr, als sie erwartet hätte. Sie beeilte sich, ihr Essen zu beenden und verließ beinahe fluchtartig das Restaurant.

Missmutig legte sie sich auf ihr Bett und starrte an die Decke. *Du bist eine Närrin, und du weißt es auch. Was hast du denn erwartet? Dass sie dir um den Hals fällt?* Es nutzte nichts, auch wenn sie es sich laut vorsagte. Der Gedanke an Joanna und die andere Frau …

seufzend schloss Merle die Augen. Nur wollte der Schlaf nicht so schnell zu ihr kommen. Immer wieder sah sie Joanna vor sich, und genauso oft schob sich die unbekannte Frau in das Bild. *Wer ist sie, und wie steht Joanna zu ihr?*

Wie gerädert stand sie am nächsten Morgen auf und ging in den Frühstücksraum. Als sie an der Rezeption vorbeiging, wurde sie von der Rezeptionistin aufgehalten. »Frau Fischer? Ich habe hier eine Nachricht für Sie.« Sie wedelte mit einem dünnen Umschlag vor Merles Gesicht herum.

»Danke.« Merle nahm den Umschlag an sich und riss ihn vorsichtig auf. Darin lag ein einzelner Zettel, auf dem in Joannas zarter Handschrift die Uhrzeit für den Rückflug stand. Mehr nicht.

Nachdenklich drehte Merle das Blatt Papier in ihren Fingern hin und her. Sie zog ihr Handy aus der Hosentasche, rief am Flugplatz an und reichte den Plan entsprechend ein.

Im Frühstücksraum bekam Merle einen ruhigen Tisch in einer Ecke zugewiesen und bestellte sich einen Kaffee.

Wenig später kam Joanna um die Ecke gebogen und blieb vor Merle stehen. »Darf ich mich zu Ihnen setzen?«

»Natürlich.« Merle zeigte auf den Platz ihr gegenüber.

»Sie sehen müde aus, Merle. Ach ja, ich weiß.« Lächelnd legte sie ihre Hand auf Merles Arm. »Sie schlafen nicht so gern in fremden Betten, oder?«

»Ja, so ist es. Daran werde ich mich noch gewöhnen müssen.« Joannas Hand auf ihrem Arm jagte einen Schauer über Merles Rücken.

»Dann bin ich ja froh, dass Sie sich bereits an das Bett in meinem Haus gewöhnt haben.«

Joannas Verhalten irritierte Merle. Am Abend hatte sie Merle noch ignoriert, und nun war sie wieder die Freundlichkeit in Person.

»War das einer der Gründe, warum Sie sich nicht bei einer großen Airline beworben haben?« Ihre weiche Stimme riss Merle aus ihren Gedanken.

»Wie meinen Sie?« Ratlos sah Merle in ihre schönen Augen.

»Dass Sie nicht gern in fremden Betten schlafen, war das ein Grund?« Joanna konnte durchaus hartnäckig sein.

»Nein, war es nicht«, gab Merle wortkarg zurück. Noch immer war sie gekränkt von Joannas Verhalten am Abend zuvor, aber das konnte sie ihr nicht sagen. »Bleibt es beim Termin für den Rückflug?« Ihr Versuch das Thema zu wechseln war offensichtlich.

»Warum wollen Sie mir den Grund nicht nennen?« Sie lehnte sich in ihrem Stuhl zurück und musterte Merle über den Rand ihrer Kaffeetasse hinweg.

Merle schob den Stuhl zurück und stand auf. »Ich dachte, ich hätte es Ihnen schon erklärt. Es war einzig und allein eine Geldfrage. Mehr gibt es dazu nicht zu sagen. Sie entschuldigen mich?«

Als sie den Speisesaal verließ, konnte sie Joannas verblüffte Blicke in ihrem Rücken spüren. Vielleicht hatte sie gerade einen Fehler gemacht, das würde der Rückflug zeigen. Dies war ein Thema, das sie gerade mit Joanna nicht näher diskutieren wollte. Jemand wie sie, die über so viel Geld verfügte, verstand wohl kaum, warum sie sich nicht auf so lange Zeit verschulden wollte. Sie hatte sich ihren Traum anders erfüllt und war zufrieden damit. Außerdem war sie wegen des gestrigen Abends und Joannas Verhalten ihr gegenüber noch immer genervt. Aber das konnte sie ihr nun erst recht nicht sagen.

Etwas später saßen sie nebeneinander in der Piper und Merle steuerte das Flugzeug durch die Lüfte. Aus dem Augenwinkel heraus konnte sie sehen, dass Joanna sie musterte. Dennoch dauerte es fast bis zur Landung, bis Joanna endlich sprach.

»Bereuen Sie schon, dass Sie sich für mein Angebot entschieden haben?«

Merle hielt das Steuer fest in der Hand und warf Joanna einen kurzen Blick zu. »Nein, das tue ich nicht.«

»Tja ...« Joanna lächelte sie fröhlich an. »Dann hoffe ich, dass das auch so bleiben wird.«

»An mir soll es nicht liegen, Frau von Gronewald.«

Zufrieden nickte Joanna ihr zu und vergrub ihre Nase den Rest des Fluges in ihren Papieren. Am Flugplatz stieg Joanna in die wartende Limousine. Surrend ließ sie die Scheibe herunter und sah sich nach Merle um, die noch an der Piper stand.

»Brauchen Sie mich heute Abend noch, Frau von Gronewald?« Merle trat langsam an die Limousine heran.

»Haben Sie noch Pläne?« Der fragende Blick auf Joannas attraktiven Zügen ließ Merle einen kurzen Moment zögern.

»Ich bin ja eh mit dem Motorrad hier, das brauche ich morgen. Aber ich würde mich noch gern mit einer Freundin treffen, wenn das in Ordnung ist.« Merle starrte Joanna an und kam sich vor wie ein kleines Schulmädchen, das um Erlaubnis betteln musste.

Die braunen Augen blitzten sie vergnügt an. »Nein, für heute habe ich keine Verwendung mehr für Sie, Merle. Genießen Sie den Abend. Ich sehe Sie dann morgen.« Sie gab Alfred ein Zeichen, und die Limousine fuhr geräuschlos vom Hof.

»Keine Verwendung für mich …«, murmelte Merle Joannas Worte nach. *Herzlichen Dank für diese wertschätzenden Worte!*

9

Und? Bereust du inzwischen, dass du gekündigt hast?« Seufzend fuhr Merle sich durch ihre widerspenstigen Haare und betrachtete nachdenklich ihre beste Freundin Tamara, die die gleichen Worte wie ihre Chefin benutzt hatte. »Nein, ich bereue es nicht. Joanna ist eine sehr angenehme Chefin. Sie ist höflich und korrekt, und sie bietet mir die Möglichkeit, immer und vor allem viel öfter als vorher zu fliegen. Außerdem zahlt sie mir mehr als ich in der Werkstatt verdient habe, und ich wohne in einem superschönen Haus mit Gärtner und Hausmädchen.« Wem versuchte sie da etwas schönzureden? Tamara oder sich selbst?

»Aber es ist nicht dein Haus, nicht dein Gärtner und auch nicht dein Hausmädchen«, gab Tamara zu bedenken.

»Stimmt. Aber es fühlt sich trotzdem gut an.« Merle grinste ihre Freundin frech an.

»Ich hoffe nur, dass du deine Entscheidung nicht doch noch bereuen wirst.«

»Nach den ersten Wochen als ihre Angestellte kann ich mir nicht vorstellen, warum ich das tun sollte.« Merle hob ihr Glas und nahm einen Schluck. »Ich kann endlich das tun, was ich liebe.«

Vor ihrem inneren Auge tauchte das weiche Gesicht von Joanna auf. Wie Joanna sie anlächelte, und wie sie ihr die Hand auf den Arm legte, als es mal wieder turbulent wurde. Von der Nacht, in der sie in ihrem Arm gelegen hatte, ganz zu schweigen. Die zweifelnden Gedanken von eben waren schnell wieder verflogen. Ja, sie liebte es, Joanna fliegen zu dürfen.

»Erde an Merle, hallo, bist du noch bei mir?« Tamara wedelte mit ihrer Hand vor Merles Gesicht und weckte sie so aus ihren Träumen.

»Ja, was«, stammelte Merle, »was hast du gesagt?«

»Ich habe gefragt, wie deine Chefin so ist. Aber dein verklärter Blick gerade hat schon Bände gesprochen.«

»Ich weiß nicht, was du meinst, aber Frau von Gronewald ist eine prima Chefin. Durch und durch anständig«, erwiderte Merle entrüstet.

»Mhmmm. Das Wort *anständig* hast du bisher noch nie für eine Frau genutzt.« Ein breites Grinsen erhellte Tamaras Gesicht.

»Ach Tammy, sie ist nur meine Chefin, mehr nicht.« Merle setzte sich wieder neben ihre Freundin.

»Bist du sicher?«

»Absolut sicher.«

»Aber du wärst nicht abgeneigt, wenn sie mehr wäre, oder?« Einmal mehr ließ Tamara ihre Freundin ihre Hartnäckigkeit spüren.

Merle drehte ihr Glas zwischen ihren Fingern. »Sie spielt in einer ganz anderen Liga als ich, Tamara. Da brauche ich mir gar keine Gedanken zu machen, was ich gern hätte oder nicht. Sie ist eine tolle Chefin, und damit kann und muss ich zufrieden sein.«

Sie ließ ihre Blicke durch das Bistro schweifen, bis sie an einer Frau hängenblieben, die an der Theke stand. Sie konnte nur ihr Profil erkennen, doch war sie sich ziemlich sicher, dass es die Frau war, mit der sich Joanna gerade in Wien getroffen hatte. Warum war sie hier, und vor allem, wer war sie?

Die Frau drehte sich um und sah sich in dem Bistro um. Ihre kalten Augen glitten über Merle, die sich unbewusst tiefer in den Sitz drückte. Doch ihre Sorge war unbegründet, wie sie direkt feststellen konnte, denn die Frau sah über sie hinweg.

Trotzdem fand Merle es seltsam, sie hier zu sehen.

Kurz darauf trat eine andere Frau an die Theke und begann mit ihr zu diskutieren, wie man unschwer an den hektischen Armbewegungen erkennen konnte.

Nachdenklich beobachtete Merle, wie die beiden gemeinsam das Bistro verließen.

Da sie nicht wusste, in welcher Beziehung die fremde Frau zu Joanna stand, würde sie erst einmal nichts zu ihr sagen. Sie wollte auf keinen Fall falsche Verdächtigungen aussprechen, aber sie würde es auf alle Fälle im Hinterkopf behalten.

Als sie wenig später nach Hause kam, hatte sie die Begegnung allerdings schon wieder verdrängt.

»Merle, ich möchte am Samstag nach Hamburg. Können Sie das bitte einrichten? So früh als möglich hin und zurück dann Sonntagabend.« Joanna stand im Türrahmen zu Merles Zimmer und sah sie mit in Falten gelegter Stirn an.

»Ja natürlich, Frau von Gronewald. Der früheste Start ist um sieben Uhr. Ist das zu früh, oder geht das?« Merle war gerade von der Werkstatt nach Hause gekommen und hatte noch ihre schmutzige Arbeitskleidung an.

»Das ist in Ordnung. Veranlassen Sie bitte alle Notwendigkeiten, das Hotel kennen Sie ja noch vom letzten Mal.«

Merle nickte bejahend. Der Aufenthalt in Hamburg war ihr noch in zu guter Erinnerung. Es war ihr erster Flug für Joanna gewesen, und auch wenn sie sich in dem gehobenen Hotel damals nicht wohlgefühlt hatte, erinnerte sie sich gern zurück. Es war der Startschuss für ihr jetziges Leben mit Joanna gewesen. »Ich würde noch gern schnell duschen, danach werde ich den Flugplan erstellen.«

»Ja natürlich, machen Sie nur.« Jetzt erst schien Joanna ihre dreckige Kleidung zu bemerken. Sie stand noch einen Moment in der Tür und ließ ihre Blicke über Merles schlanke Gestalt gleiten. Wortlos drehte sie sich um und verließ Merles Zimmer.

Nachdenklich sah Merle ihr hinterher. *Hamburg ... Wollte Joanna wieder zu dieser Frau?* Sie beeilte sich mit der Dusche, ging ins Wohnzimmer, begann dort den Flugplan zu erstellen und die Zimmer zu buchen.

Kurz danach trat Joanna neben sie und legte ihr die Hand auf die Schulter. »Ich habe vergessen zu erwähnen, dass wir auf dem

Rückweg einen Passagier dabeihaben werden, falls Sie das für Ihren Flugplan benötigen.«

Neugierig hob Merle den Kopf und sah ihre Chefin an. »Für den Plan nicht, aber für die Gewichtsberechnung und den Sprit ist es wichtig.« Die Wärme von Joannas Fingern drang durch Merles T-Shirt hindurch und wärmte ihren ganzen Körper.

»Gut, dann wissen Sie jetzt Bescheid.« Damit drehte Joanna sich um und ging aus dem Zimmer.

Sie hatte nicht erwähnt, wen sie dabeihaben würden, und Merle hatte sie auch nicht direkt darauf angesprochen. Wenn Joanna es für nötig empfand, dann würde sie es ihr schon noch sagen. Merle konnte allerdings nicht verhindern, dass sie ein ungutes Gefühl beschlich. Immerhin waren sie schon einmal in Hamburg gewesen, und sie erinnerte sich nur zu gut an die große, unterkühlte Frau mit dem schrillen Gelächter und den bösen Augen, die ihr seitdem ständig über den Weg gelaufen war.

Während des Fluges nach Hamburg brannte es Merle geradezu auf der Zunge, Joanna nach dem Passagier zu fragen. Doch da sie das Thema selbst nicht ansprach, beließ es Merle auch dabei.

Joanna blätterte in ihren Papieren und bot Merle damit die Gelegenheit, sie heimlich zu beobachten. Jedes Mal, wenn sie Joanna ansah, schlug ihr Herz schneller. Hatte ihre Reaktion sie anfangs noch verwirrt, so nahm Merle sie inzwischen als gegeben hin. Dass es eine einseitige Geschichte war, tat ihren Gefühlen dabei keinen Abbruch. Joanna war eine wunderschöne Frau und Merle fragte sich, ob sie sich dessen und ihrer Wirkung auf andere überhaupt bewusst war. Zumindest schien sie nicht zu bemerken, welche Gefühle in Merle für sie gewachsen waren, und das war auch gut so, wie Merle sich selbst eingestand.

Joanna war weiter mit ihren Unterlagen beschäftigt, die sie mit gekräuselter Stirn intensiv studierte.

Obwohl Merle nun schon einige Zeit für Joanna tätig war, war ihr die schöne Frau ein Mysterium. Von ihrer Arbeit hatte sie bisher nur Fragmente erfahren und ihr Privatleben? Merle seufzte innerlich auf. Tamaras Worte der wechselnden Frauen an Joannas Seite kamen ihr in den Sinn. Bisher konnte sie dies nicht bestätigen, doch die eine, die immer wieder auftauchte, hinterließ einen bitteren Beigeschmack. Merle konnte sich das Gefühl der

Abneigung gegen die fremde Frau nicht erklären, aber irgendetwas an ihr und ihrem Verhalten Joanna gegenüber störte sie. *Aber …* Sie warf einen verstohlenen Blick auf Joanna, die leise vor sich hinmurmelte. *Es liegt nicht an dir, Merle, darüber zu urteilen. Joanna ist alt genug. Was auch immer sie in dieser Frau sehen mag.*

In der Lobby wandte Joanna sich Merle zu und betrachtete sie für einen Moment.

Merle hatte das Gefühl, als würde sie mit sich ringen. Eine feste Hand umklammerte Merles Herz, während sie in Joannas braune Augen sah. Was würde jetzt wohl kommen? Die nächsten Worte aus ihrem zauberhaften Mund zerrissen die eiserne Klammer und ließen Merle strahlen.

»Merle, falls Sie noch keine Pläne haben, dann würde ich Sie heute Abend gern zum Essen einladen.«

Hocherfreut erwiderte Merle den Blick aus den Katzenaugen. Sie schluckte trocken und nickte Joanna zu. »Sehr gern, Frau von Gronewald.«

»Gut, dann sehen wir uns gleich im Restaurant.« Damit ließ sie die verblüffte Merle in der Lobby zurück.

Merle nahm eine kalte Dusche und zog sich um. Sie würde sich für die Zukunft angewöhnen müssen ihre Tasche nochmals zu überdenken und noch schickere Sachen einzupacken. Sie hatte zwar bereits Hemden eingepackt, dennoch entsprach das bei weitem noch nicht dem Dresscode dieses Hotels. Sie kam sich wie bei ihrem letzten Aufenthalt nach wie vor etwas fehl am Platz vor, und sie hoffte, dass Joanna sich nicht daran stören würde.

Mit klopfendem Herzen ging sie in das hoteleigene Restaurant und setzte sich an die Bar. Kurz darauf öffnete sich die Tür und Joanna trat ein, dicht gefolgt von der Frau, die Merle nun schon öfters an ihrer Seite gesehen hatte. Merle schloss kurz die Augen und versuchte sich ihre Enttäuschung nicht anmerken zu lassen.

»Vassiliki, darf ich dir Merle vorstellen?«

Merle sah in ein Paar graue Augen, die sie kalt musterten. Hoch und runter glitten sie über ihre schlanke Gestalt, begleitet von einem abfälligen Grinsen, das ihre Lippen umspielte. Merle würde definitiv ihre Garderobe überdenken müssen.

»Merle, das ist Vassiliki Niarchos, eine besonders liebe Freundin von mir.«

»Freut mich, Sie kennenzulernen.« Merle streckte ihr ihre Hand entgegen und hatte das Gefühl einen toten Fisch in der Hand zu halten, als Vassiliki ihre kalten Finger in ihre Hand legte und lasch drückte.

»Sie sind also Joannas neueste Errungenschaft?« Ihr eisiger Blick ließ es Merle kalt den Rücken herunterlaufen.

»Ich bin Frau von Gronewalds Pilotin, falls Sie das damit meinen.« Fest erwiderte sie Vassilikis feindseligen Blick. Als sie die Frau nun aus der Nähe sah, war sie mehr denn je davon überzeugt, dass sie sie in dem Bistro in Frankfurt gesehen hatte. Vassiliki hingegen gab mit keiner Regung zu erkennen, ob sie Merle dort wahrgenommen hatte.

»Joanna, ich wusste gar nicht, dass du dich dafür interessiert hast. Du hast nie ein Wort darüber verloren. Wir hätten das doch zusammen planen können.« Sie zog ihre dicken Lippen zu einem Schmollmund zusammen und warf Joanna einen beleidigten Blick zu.

»Der Gedanke kam mir selbst erst vor Kurzem. Das war nicht geplant, doch mit Merle habe ich einen Glücksgriff getan.«

Joannas Worte gingen Merle runter wie Öl. Allerdings hielt das gute Gefühl nicht lange an, dafür sorgten Vassilikis gehässige Blicke und ihre ständigen Sticheleien beim Abendessen. Merle versuchte sie einfach auszublenden und konzentrierte sich, so gut es ging, auf Joanna, die sie immer wieder in das Gespräch miteinbezog.

Jedoch nutzte Vassiliki den erstbesten Moment und riss das Wort an sich. »Wie lange fliegen Sie schon, Merle?«

»Seit sieben Jahren.« Merle schob ihren Teller beiseite und erwiderte Vassilikis herausfordernden Blick.

»Wenn ich das richtig verstanden habe, dann sind Sie für eine Chartergesellschaft geflogen, bis Joanna sie engagiert hat?« Ein spöttisches Lächeln umspielte ihre Lippen.

»Ich habe in einer Werkstatt gearbeitet und bin nebenher geflogen, ja das stimmt. Um genau zu sein, arbeite ich noch immer in der Werkstatt. Das wird sich aber demnächst ändern, und dann stehe ich Frau von Gronewald voll und ganz zur Verfügung.« Aus dem Augenwinkel heraus konnte sie Joanna sehen, die das Gespräch mit offenen Augen verfolgte.

»In einer Werkstatt? Das heißt, Sie sind gar keine Berufspilotin?« Auch Vassiliki beherrschte die Perfektion der hochgezogenen Augenbrauen, allerdings sah es bei ihr alles andere als erotisch aus.

»Es kommt darauf an, was Sie damit meinen. Ich bin noch nie für eine große Fluggesellschaft geflogen, da gebe ich Ihnen recht. Aber ich fliege seit sieben Jahren die Piper und auch schon mal eine größere Variante, wenn es mehrere Passagiere sind. Es ist bestimmt mehr als nur ein Hobby, aber die Rechnungen mussten auch bezahlt werden, daher war ich mit meinem vorherigen Arrangement auch sehr zufrieden.« Merle hielt selbstbewusst Vassilikis eisigem Blick stand.

»Ach so.« Vassilikis Stimme triefte nur so vor falschem Mitleid. »Ich dachte, Sie hätten vorher für eine große Gesellschaft gearbeitet.«

Unter dem Tisch ballte Merle ihre Hand zur Faust. Am liebsten hätte sie damit Vassilikis schmieriges Grinsen aus ihrem Gesicht gewischt. »Nein. Da ich die Flugschule nicht zahlen konnte, stand das für mich nie zur Debatte.«

»Ja, kein Geld zu haben, ist nicht schön.« Sie warf ihr einen gehässigen Blick zu. »Aber das haben Sie ja nun mit Joanna geregelt, nicht wahr?«

»Ich danke Ihnen für die Einladung zum Essen, Frau von Gronewald.« Merle ignorierte Vassilikis letzte Gehässigkeit, schob den Stuhl nach hinten und stand auf. »Wenn Sie erlauben, dann werde ich mich jetzt zurückziehen und Sie und Ihre Freundin allein lassen. Gute Nacht.«

»Gute Nacht, Merle. Bis morgen.« Auf Joannas Gesicht lag ein Mix an Emotionen. Sah sie Merle beinahe traurig an, so verwandelte sich ihr Gesichtsausdruck, nachdem sie zu Vassiliki blickte, in Ratlosigkeit gemischt mit Wut.

Merle nickte Joanna freundlich zu und ging aus dem Restaurant. Sie konnte die Blicke der beiden Frauen in ihrem Rücken spüren. Sie hätte die Gegenwart von Vassiliki keinen Moment länger ertragen. Joanna zuliebe hatte sie ihre Sticheleien ausgehalten, doch nun war es einfach genug gewesen.

Verärgert ging sie auf ihr Zimmer und warf sich aufs Bett. *Was bildet die sich nur ein? So eine arrogante und eingebildete Ziege, und das ist auch noch eine liebe Freundin von Joanna … Oh, Merle, das war kein gelungener Auftritt von dir.* Die Anspielung, sie hätte den Job nur wegen Joannas Geld angenommen, hatte sie tiefer verletzt, als sie es zugeben wollte. Sie kannte Vassiliki nicht, und sie wusste auch nicht genau, in welcher Beziehung sie zu Joanna stand. Aber sie war nicht bereit, noch mehr von ihren Gehässigkeiten anzunehmen. Sie hoffte nur, dass Joanna ihr das nicht übelnehmen würde. Immerhin hatte sie doch sehr abrupt den Tisch verlassen.

Am nächsten Morgen trat Merle in den Frühstücksraum und sah Joanna in der Ecke sitzen. Langsam trat sie auf sie zu. »Guten Morgen, Frau von Gronewald, darf ich mich zu Ihnen setzen?«

»Hallo, Merle.« Joanna hob den Kopf und lächelte sie müde an. »Natürlich, setzen Sie sich bitte.«

Merle ließ sich einen Kaffee bringen und holte sich eine Schüssel Müsli vom Buffet.

»Es tut mir leid, ich weiß nicht, was gestern in Vassiliki gefahren ist. Ich kenne sie so überhaupt nicht. Es ist mir unangenehm, wie sie sich Ihnen gegenüber verhalten hat.« Die Worte strömten nur so aus Joannas attraktivem Mund.

Beruhigend legte Merle ihre Hand auf Joannas und drückte sanft ihre Finger. »Sie müssen sich nicht für sie entschuldigen.«

»Doch, das muss ich wohl. Immerhin habe ich Sie gebeten, uns Gesellschaft zu leisten, und dann wurden Sie von ihr durchgehend beleidigt. Das war nicht richtig.« Ihre braunen Augen schimmerten im Neonlicht des Frühstücksraums. »Hauptsache, Sie glauben nicht, was sie gesagt hat.« Joanna senkte betrübt ihren Kopf und sah vor sich auf den Tisch.

»Frau von Gronewald, ich habe bisher sehr gut für mich selbst gesorgt und kann das auch weiterhin tun. Ich habe kein Interesse an Ihrem Geld.« Merle spürte die Besorgnis, die ihr die Kehle zuschnürte.

»Das habe ich auch nicht angenommen, Merle«, winkte Joanna großmütig ab. »Wie gesagt, ich entschuldige mich für Vassilikis Verhalten.«

»Sie ist Ihre Freundin und macht sich Sorgen, das dürfen Sie nicht vergessen.« Auch wenn Merle Vassiliki am Abend am liebsten windelweich geprügelt hätte, sie hätte dies niemals vor Joanna zugegeben.

Überrascht hob Joanna den Kopf und sah Merle an. »Nach allem, was Vassiliki gestern losgelassen hat, verteidigen Sie sie noch?«

Merle legte ihren Kopf schief und lächelte Joanna an. »Wie gesagt, sie ist Ihre Freundin.«

Seufzend legte Joanna ihr Besteck neben den Teller. »Ich kenne sie seit dreißig Jahren, aber so wie gestern hat sie sich noch nie aufgeführt.« Sie schenkte Merle ein schmales Lächeln und stand auf.

Merle beeilte sich ebenfalls aufzustehen, was Joanna mit einem überraschten Blick quittierte.

»Bleiben Sie ruhig sitzen, Merle. Wir sehen uns später. Abfahrt um sechzehn Uhr, das ist geblieben.« Sie legte Merle die Hand auf die Schulter und drückte sachte. Danach ging sie aus dem Raum und ließ Merle nachdenklich zurück.

Zumindest nimmt sie dir deinen abrupten Abgang nicht übel, Merle. Und sie hat selbst eingesehen, dass ihre Freundin neben der Spur lag. Trotz Joannas Worten blieb ein schlechter Geschmack in Merles Mund zurück. Sie schob die Schüssel mit dem Müsli von sich fort. Joannas Zögern war ihr nicht entgangen. Dachte sie vielleicht doch, dass Merle hinter ihrem Geld her war?

Zur angegebenen Zeit trat Merle in die Lobby und zuckte zurück, denn Vassilikis eisige Augen funkelten sie böse an. Lässig an die Rezeption gelehnt, einen Rollenkoffer neben sich, ließ sie ihren Blick über Merle gleiten. Merle beschloss sie einfach zu ignorieren, das würde für ihr Seelenheil wohl das Beste sein. Leider machte Vassiliki ihren schnell gefassten Plan zunichte.

»Da können Sie ja gleich einmal zeigen, wie Sie so als Pilotin sind.« Mit einem gehässigen Ausdruck auf ihrem runden Gesicht schlenderte Vassiliki auf sie zu.

»Wie meinen Sie das?« Merle versuchte ruhig zu bleiben, was angesichts dieser offen zur Schau getragenen Feindseligkeit nicht einfach war.

»Nun, ich fliege mit Ihnen zurück, hat Joanna das nicht gesagt?« Ihre tiefe Stimme strotzte regelrecht vor Hohn.

Entsetzt schloss Merle die Augen. Das hatte ihr gerade noch gefehlt. An Joannas Passagier hatte sie nicht mehr gedacht.

»Ach, ihr seid ja schon da.« Mit leuchtenden Augen trat Joanna aus dem Aufzug und stellte sich zwischen Vassiliki und Merle. »Dann können wir ja direkt los.«

Stumm nahm Merle ihre Tasche und folgte den beiden Frauen nach draußen, wo sie in ein Taxi kletterten.

Als würde sie Merles Angespanntheit spüren, legte Joanna ihr die Hand auf das Knie und drückte leicht. Beruhigend lächelte sie Merle dabei zu. Vassiliki saß vorn im Taxi und bekam von der zarten Berührung nichts mit.

Routiniert erledigte Merle die Überprüfung der Piper und kletterte auf ihren Sitz. Joanna saß neben ihr, während Vassiliki auf dem Rücksitz Platz genommen hatte. Beide Frauen setzten sich den Kopfhörer auf. Sehr zum Leidwesen von Merle, der es lieber gewesen wäre, Vassilikis nervige Stimme während des Fluges nicht zu hören.

Sie bat um die Startfreigabe und startete, nachdem sie die Erlaubnis bekommen hatte, die Turbinen. Sanft schob sie die Regler nach vorn und beschleunigte die Maschine. Innerhalb weniger Sekunden hob die Piper ab und schwang sich in die Lüfte.

Merle versuchte Vassiliki hinter sich auszublenden, doch das war nicht so einfach wie geglaubt. Sie konnte regelrecht ihren Atem im Nacken spüren, als diese ihr über die Schulter blickte und jede einzelne Bewegung von ihr kontrollierte.

»Warum nochmal wollten Sie nicht für eine große Airline arbeiten?« Vassiliki rutschte auf der Rückbank hin und her.

»Wie ich Ihnen bereits gesagt habe, ich konnte mir die Flugschule nicht leisten.«

»Und trotzdem haben Sie jetzt einen Flugschein, oder? Der ist doch auch nicht gerade billig gewesen.«

»Dafür habe ich viel gearbeitet und alles abbezahlt. Ich bin niemandem mehr etwas schuldig.« Merle biss sich auf die Lippen, bis sie den bleiernen Geschmack ihres eigenen Blutes spürte. Jede Unterhaltung mit dieser unmöglichen Frau fühlte sich an wie ein Verhör.

»Ja, kein Geld zu haben, ist nicht lustig«, stichelte der Tyrann weiter.

»Vassiliki, könntest du Merle in Ruhe lassen? Sie soll uns fliegen und sich nicht mit deinen Unverschämtheiten herumplagen«, fuhr Joanna Vassiliki wütend über den Mund, doch die ließ sich davon nicht unterkriegen.

»Oh, ich bin doch nicht unverschämt, oder Merle?«, schleimte Vassiliki auf einmal honigsüß.

Merle entschied sich, darauf keine Antwort zu geben. Sie konzentrierte sich auf ihren Flug und hoffte, dass sie bald landen konnte. Der Gedanke an Vassiliki, die ihr im Nacken saß, war schier unerträglich. Von ihren bösen Worten ganz zu schweigen.

»Wenn Sie heute die Möglichkeit hätten, würden Sie sich für eine große Gesellschaft bewerben?« Wieder kam Vassilikis kalte Stimme durch den Kopfhörer.

Die Antwort war für Merle sonnenklar, dennoch zögerte sie einen Moment, die Worte auszusprechen. »Nein, ich bin glücklich, so wie es ist. Vor allem jetzt, da Frau von Gronewald mich als Pilotin engagiert hat.«

»Und falls dieses Arrangement einmal endet?« Vassiliki hatte sich nach vorn gebeugt und blies ihren kalten Atem erneut über Merles Nacken.

»Falls dem so sein sollte, dann werde ich sicher wieder eine Anstellung finden. Entweder als Pilotin oder eben wieder in einer Werkstatt. Die Option habe ich ja auch noch.«

»Ja, sicher. Die Option gibt es auch noch. Wie gut, wenn man noch ein zweites Standbein hat, auf das man zurückgreifen kann, wenn ein Plan nicht funktioniert.«

Merle warf einen Blick über ihre Schulter und sah in die gehässigen Augen von Vassiliki. Einmal mehr fragte sie sich, was sie dieser Frau getan hatte. Es war beinahe, als würde sie Merle persönlich hassen, und dabei kannten sie sich überhaupt nicht. Was sah sie nur in Merle, dass sie dachte, von ihr ginge eine Gefahr aus? Vor allem, was für eine Gefahr?

Kaum dass sie gelandet waren, sprang Vassiliki aus dem Flugzeug und ging ohne ein Wort zu sagen davon.

Merle atmete zweimal tief ein und aus und ließ sich extra Zeit, um die einzelnen Schalter zu betätigen und die Maschine abzuschalten.

Joanna saß noch immer neben ihr und sah sie an. Auf ihrem schönen Gesicht stand Ratlosigkeit geschrieben. Für einen Moment sah es so aus, als ob sie etwas sagen wollte, doch Merle schüttelte schnell den Kopf und lächelte sie tapfer an.

»Ist schon gut, Frau von Gronewald. Brauchen Sie mich heute Abend noch? Wenn nicht, würde ich noch gern bei einer Freundin vorbeifahren.«

»Machen Sie sich einen schönen Abend. Und Merle ...« Sie war ausgestiegen und sah Merle von der offenen Tür her an.

»Ja, Frau von Gronewald?«

»Danke für Ihre Geduld und für Ihr Verständnis.«

Merle nickte stumm und sah ihr nach, während sie über das Feld zu ihrer Limousine ging, wo Vassiliki mit verschränkten Armen stand und auf sie wartete.

»Was sollte das, Vassiliki? Kannst du mir das bitte einmal erklären?«

Merle stand neben der Maschine, als der Wind Joannas Stimme zu ihr herübertrug. Überrascht beobachtete sie die beiden Frauen, die an Joannas Limousine standen.

»Was meinst du denn, Liebes?«

»Du weißt sehr genau, was ich meine. Und hör auf mich ›Liebes‹ zu nennen, das kann ich nicht leiden.« Joanna setzte sich in das Fahrzeug.

»Aber Liebes ...«, Vassilikis Stimme dröhnte über den Platz, bevor auch sie zu Joanna in den Wagen stieg.

Kopfschüttelnd sah Merle der Limousine nach, die gerade vom Platz fuhr.

10

Mit dem Motorrad fuhr Merle zu Tamara und legte ihren Finger auf den Klingelknopf.

»Wer ist da?«

»Tammy, hast du einen Moment?«

»Für dich doch immer!« Tamara betätigte den Türöffner, und Merle stieg die Stufen zu ihrer Wohnung empor.

»Was ist passiert? Du siehst furchtbar aus«, begrüßte Tamara sie an der Tür und ließ sie eintreten.

»Nichts ist passiert und danke für dein Kompliment.«

Mit einem besorgten Gesichtsausdruck nahm Tamara sie am Arm und drehte sie zum Spiegel herum. »Jetzt schau mal da rein und sag mir, dass du nicht schlecht aussiehst.«

»Ich weiß gar nicht, was du hast. Ich bin das blühende Leben.« Merle hatte gar nicht in den Spiegel gesehen. Wie sie sich fühlte, das wusste sie selbst nur zu gut. Dass ihre beste Freundin das auch sah, war ihr klar.

»Gibt es einen besonderen Grund, dass du mir ausweichst?«

Seufzend ließ Merle sich auf einen Stuhl in Tamaras Küche sinken. Mit der Hand fuhr sie sich durch ihre Haare und ließ sie so mal wieder in alle Richtungen abstehen. Sie blickte vor sich ins Leere und sah dabei Vassilikis gehässiges Gesicht vor sich.

»Merle?«

»Ich bin nicht sicher, ob ich meine Entscheidung nicht doch noch bereue.« Die Worte verließen langsam Merles zusammengepresste Lippen.

»Warum das denn? Was ist passiert?« Tamara rückte mit ihrem Stuhl näher an Merle heran und legte ihre Hand vorsichtig auf ihren Arm.

»Wir waren gerade in Hamburg und haben dort eine Freundin von Joanna getroffen. Und sie ist richtig gehässig und bösartig zu mir gewesen. Ohne Grund, einfach nur so.«

»Was hat sie denn gesagt? Und was hat deine Joanna dazu gesagt?«

Merle hob kurz den Kopf und überlegte Tamara zurechtzuweisen, beließ es aber bei einem trüben Blick aus ihren stahlblauen Augen.

»Sie hat mir indirekt unterstellt, dass ich hinter Joannas Geld her sei.«

»Was? Wie kommt sie auf so eine Idee?« Entsetzt fuhr Tamara nach oben.

»Keine Ahnung, aber sie ist ständig darauf herumgeritten, dass ich nicht genug Geld hatte, um die Flugschule zu bezahlen, und dass ich jetzt durch Joanna ja keine finanziellen Sorgen mehr hätte.«

»Die tickt doch nicht ganz richtig. Und was sagt Joanna dazu?«

»Sie hat sich bei mir für ihr Verhalten entschuldigt. Aber heute auf dem Rückflug, da war diese Freundin als Passagierin dabei und hat weitergestichelt, und da hat Joanna nichts gesagt. Oder zumindest nicht genug, um sie mundtot zu machen. Deshalb frage ich mich, ob ich richtig entschieden habe.«

»Vielleicht solltest du deine Joanna darauf ansprechen, was sie wirklich denkt, und ob sie das genauso sieht wie diese Freundin?«

»Ich überlege es mir noch, denn ich fühle mich wohl bei ihr und möchte das ungern verlieren.« Vor allem war der Gedanke, Joanna nicht mehr sehen zu können, für Merle schier unerträglich. So weit war sie schon, wie sie seufzend feststellen musste.

»Trotzdem solltest du das mit ihr klären. Solche bösen Verleumdungen können eure Beziehung ganz schön verderben.« Sacht strich Tamara über Merles Hand.

»Ich weiß, und du hast ja recht. Ich werde sie gleich darauf ansprechen. Ich muss jetzt eh los, danke für dein Ohr, Tammy.«

»Immer wieder gern, wofür sind Freunde denn da?«, meinte Tamara liebevoll und drückte ihre Freundin herzlich an sich.

Merle setzte sich auf ihr Motorrad und winkte Tamara zu, die in der Haustür stand und ihr nachsah.

Der laue Fahrtwind pfiff Merle um die Ohren, und sie genoss die kurze Fahrt bis zu Joannas Villa. Sie parkte die Maschine und ging in das Haus hinein. Aus dem Wohnzimmer konnte sie das laute Lachen Vassilikis hören, und damit begrub sie ihren Plan, Joanna heute noch anzusprechen. Lieber ging sie in ihr Zimmer und las ein Buch.

Am nächsten Morgen trat Merle in die Küche und sah sich Joanna gegenüber, die sie mit wachen Augen ansah.

»Guten Morgen, Merle.«

»Guten Morgen, Frau von Gronewald.« Merle nahm sich einen Kaffee und wollte schon wieder aus der Küche treten, als Joanna ihr die Hand auf den Arm legte und sie so zurückhielt.

»Merle, was auch immer Vassiliki gestern gesagt hat, ich teile ihre Meinung ganz und gar nicht. Und ich möchte, dass Sie das auch wissen.« Wie tanzende Goldfunken schimmerte das einfallende Sonnenlicht in ihren braunen Augen.

»Schon gut.« Merle wusste noch immer nicht genau, was sie sagen sollte.

»Nein, ist es nicht. Ich habe Vassiliki auch klargemacht, dass ich es nicht noch einmal zulassen werde, dass sie so mit Ihnen spricht.«

»Es war nicht gerade prickelnd, das gebe ich zu. Aber sie ist Ihre Freundin und meint es sicher nur gut mit Ihnen, und daher habe ich es auch akzeptiert.«

Joanna warf ihr noch einen prüfenden Blick zu. »Sehen Sie das wirklich so? Ich meine, ist alles gut zwischen uns?«

»Ja, Frau von Gronewald. Zwischen uns ist alles gut. Ich muss zur Arbeit«, gab Merle knapp zur Antwort.

»Ich bin froh, wenn Sie nicht mehr zur Werkstatt müssen«, sprach Joanna mit gedämpfter Stimme, jedoch noch laut genug, sodass Merle sie hören konnte.

11

Zwei Wochen später war Merles Kündigungsfrist abgelaufen, und sie konnte sich endlich voll und ganz auf Joanna konzentrieren.

Neben der Fliegerei übernahm sie nun auch die Koordination ihrer Pläne und buchte entsprechend die Hotels. Dennoch merkte sie sehr schnell, dass sie das nicht ausfüllte. Immerhin gab es genug Tage, an denen Joanna nicht fliegen musste und ihre Geschäfte von zu Hause aus tätigte oder ihren Papierkram erledigte. In dieser Zeit saß Merle meist nutzlos daneben und wusste nichts mit sich und ihrer freien Zeit anzufangen.

So ging sie los und suchte sich Arbeit.

»Hallo, Alfred. Kann ich dir helfen?« Sie stand in der offenen Garage, wo Alfred sich gerade über den Motor der Limousine beugte.

Leise stöhnend richtete er sich auf und streckte seinen Rücken durch. »Hast du Langeweile?«

»So ein wenig, ja. Frau von Gronewald braucht mich heute nicht, und ich mag nicht untätig herumsitzen. Kann ich etwas für dich tun?« Beinahe bettelnd sah Merle den älteren Mann an, der bedächtig mit seinem Kopf auf das Auto vor ihm zeigte.

»Du kennst dich damit wahrscheinlich eh besser aus als ich. Magst du mal schauen? Er ruckelt so komisch.«

Dankbar trat Merle neben ihn und sah sich den Motor an. Sie prüfte einige Kabelverbindungen und zog schließlich die Zündkerzen heraus. »Die ist total verdreckt. Hast du eine neue, dann können wir sie wechseln. Das könnte schon reichen.«

Alfred trat an den Schrank und brachte eine Schachtel mit neuen Zündkerzen, die Merle geschickt auswechselte. »Magst du ihn mal starten?«

Kurz darauf dröhnte das sanfte Schnurren der Achtzylinder Maschine durch die Garage. »Perfekt.« Merle ließ die Motorhaube nach unten sinken und drückte sie sanft zu.

»Habe ich etwas verpasst?«

Erschrocken fuhr sie herum und sah sich Joanna gegenüber, die sie fragend ansah. »Es tut mir leid, Frau von Gronewald, ich dachte ich, könnte mich ein wenig nützlich machen, wenn ich Sie nicht fliegen muss.«

»Muss?« Mit ihrer kunstvoll nach oben gezogenen Augenbraue sah Joanna Merle an. Trotz ihres strafenden Blickes umspielte ein süßes Lächeln ihre vollen Lippen.

»Das klingt anders, als ich es meinte«, beeilte Merle sich dennoch ihre Worte zu erläutern. »Aber ich bin es nicht gewohnt, tagelang keine Arbeit zu haben. Deshalb wollte ich Alfred gern zur Hand gehen.«

Inzwischen war Alfred neben sie getreten und legte ihr die Hand auf die Schulter. »Frau von Gronewald, Sie haben mit Merle wirklich einen Glücksgriff getan. Ich habe selten erlebt, dass sich jemand noch extra Arbeit sucht. Die meisten wären einfach zufrieden und würden auf der Couch lümmeln, aber nicht Merle hier. Abgesehen davon hat sie die Limousine repariert. Sie erinnern sich sicher noch, was die Werkstatt letztes Mal dafür verlangt hat.«

Joanna ließ ihre Blicke zwischen Merle und Alfred hin und her gleiten. »Wenn Ihnen langweilig ist, dann müssen wir uns tatsächlich noch etwas für Sie überlegen.« Lächelnd nickte sie Merle zu. »Aber ich bewundere Ihr Engagement und stimme Alfred völlig zu. Sie sind wahrlich ein Glücksgriff, Merle Fischer.« Sie ging aus der Garage und ließ Merle zurück, die ihr verblüfft hinterhersah. Damit hatte sie jetzt nicht gerechnet.

Alfred trat neben sie und klopfte ihr mit der Hand auf die Schulter. »Ich könnte durchaus noch Hilfe bei dem anderen Auto brauchen, falls dir immer noch langweilig ist.«

»Aber ja, Alfred. Sag mir, was ich tun soll, ich helfe wirklich gern.« Sie verbrachten die nächsten Stunden damit, die Autos durchzuchecken und auch gleich zu waschen. Als der gesamte Fuhrpark glänzte, gingen die beiden zufrieden ins Haus zurück.

»Danke, Merle. Ohne dich hätte ich das so nie geschafft. Abgesehen davon, dass ich die Limousine in die Werkstatt hätte bringen müssen.« Er streckte Merle die Hand entgegen, die sie gern ergriff.

»War mir ein Vergnügen, Alfred. Sag mir einfach Bescheid, ich helfe sehr gern.«

Nach einer erfrischenden Dusche trat Merle in das Wohnzimmer und ging an den Schreibtisch.

»Wie sieht unser Wochenplan aus, Merle?« Joanna saß auf dem Sofa und sah sie über den Rand einer Kaffeetasse an.

»Sie haben morgen einen Termin in München. Ich habe den Flugplan schon eingereicht und das Hotel gebucht.«

»München, hmmmm …«, auf Joannas Gesicht bildeten sich rote Flecken, »streichen Sie bitte den Termin. Suchen Sie etwas in Hamburg oder sonst wo, aber München bleibt vorerst gestrichen.« Ihre sonst so rauchige Stimme klang mit einem Mal dünn und beinahe panisch.

»Tut mir leid, Frau von Gronewald, ich dachte, weil im Kalender doch steht …«, versuchte sich Merle zu erklären.

»Ist schon gut, Merle.« Joanna stellte ihre Tasse auf den Tisch. »Sie können ja nichts dafür. Aber tun Sie mir bitte den Gefallen, und lassen Sie München erst einmal links liegen. Ich sag Ihnen dann schon, wenn wir es wiederaufnehmen.«

»Okay, dann such ich mal nach etwas anderem.«

Merle klappte den Laptop wieder auf und startete ihn neu. Sie klickte gerade durch die einzelnen Hotelnamen, als Joanna neben sie trat und ihr die Hand auf die Schulter legte. Merles Puls schnellte nach oben, und sie fühlte ein angenehmes Prickeln auf ihrer Haut.

»Sie konnten das nicht wissen, Merle. München bleibt vorerst aus unserer Liste draußen. Dafür könnten wir vielleicht nach

Mailand fliegen.« Die Panik aus ihrer Stimme war wieder verschwunden.

»Natürlich, Frau von Gronewald. Ganz wie Sie es wünschen.« Merle spürte die Wärme, die von Joannas Hand auf ihrer Schulter durch ihren ganzen Körper floss. Vorsichtig drehte sie ihren Kopf, dabei knackten ihre Halswirbel laut durch den Raum.

»Oh, das klingt aber gar nicht gut.« Joanna stellte sich direkt hinter Merle und legte ihr die Hände auf die Schultern. Sanft begann sie Merles verspannte Muskeln zu lockern.

Merle schloss die Augen und lehnte sich angespannt in ihrem Stuhl zurück. Die Berührung durch Joannas Hände ging ihr durch und durch. Ihr Blut floss heiß und quälend langsam durch ihre Adern. Joannas Finger strichen unglaublich sanft über ihren Nacken und jagten ihr eine Gänsehaut über den Rücken. Himmel, sie wünschte, dieser Moment würde nie vorbeigehen.

Das laute Schlagen einer Tür ließ Joanna in ihrer Massage innehalten. »Merle, hätten Sie Interesse, mich in Zukunft bei meinen Gesprächen zu begleiten?«

Überrascht drehte Merle den Kopf und sah Joanna an, die dicht neben ihr stand. »Als Ihre Pilotin?«

Lachend warf Joanna ihren Kopf in den Nacken. Noch immer lagen ihre Hände ruhig auf Merles Schultern. »Ich dachte eher als meine persönliche Assistentin und Beraterin. Sie haben ja schon gezeigt, dass Sie mit den Excel-Tabellen umgehen können. Und Sie haben mir klargemacht, dass Ihnen sonst etwas langweilig wird, wenn Sie mich nicht fliegen müssen.« Belustigt blitzte sie Merle an.

»Ich bin nur nicht sicher, ob ich Ihnen wirklich eine Hilfe sein kann. Mit Autos und mit Flugzeugen kenne ich mich aus, aber was wäre meine Aufgabe als Ihre Assistentin? Mit Steno kann ich leider nicht dienen.«

»Das ist auch nicht nötig. Nein, Merle, Sie sind aufmerksam und unverdorben. Halten Sie einfach die Augen und Ohren offen, damit wäre mir am meisten geholfen. Was meinen Sie? Wollen Sie meine Assistentin werden?« Joannas große Augen glänzten in der untergehenden Sonne, die durch die hohen Fenster einfiel.

»Ich bin gerade ein wenig überfordert, Frau von Gronewald.« Merle fuhr sich nervös durch die Haare und warf Joanna einen schüchternen Blick zu. Der Gedanke, noch viel mehr Zeit als zuvor mit Joanna verbringen zu können, war berauschend und zugleich auch beängstigend. »Ich möchte Sie nicht enttäuschen, und ich bin einfach unsicher, ob ich Ihnen gerecht werden kann.«

»Ich mache Ihnen einen Vorschlag.« Joanna strahlte Merle fröhlich an. »Wir probieren es einfach. Sie begleiten mich morgen in Mailand, und danach entscheiden Sie, ob das etwas für Sie ist oder nicht. Und Sie brauchen sich keine Gedanken zu machen, dass es in irgendeiner Art und Weise Auswirkungen auf Ihre Tätigkeit als Pilotin für mich hat.« Sie streckte Merle ihre Hand entgegen. »Na, was sagen Sie?«

Hab ich denn eine andere Wahl? Ich kann dieser Frau einfach nichts abschlagen. Merle zögerte nur einen kurzen Augenblick. Mit festem Griff nahm sie Joannas Hand und drückte sie. »Akzeptiert. Sie müssen mir aber bitte sagen, auf was ich achten muss, und was Ihnen wichtig ist, Frau von Gronewald.«

»Das kriegen wir hin.« Wieder strahlte Joanna sie an und Merles Herz machte einen kleinen Satz, als sie in das bildhübsche Gesicht blickte. »Und zuallererst fangen wir einmal damit an, dass Sie mich Joanna nennen.«

Merle schluckte trocken. »Wenn Sie meinen, Frau ...«

»Na?« Joanna hob lachend die Hand. »Wir haben uns doch gerade geeinigt, oder?«

»Entschuldigung.« Merle senkte den Kopf. »Daran muss ich mich noch gewöhnen.« Auf einmal kam Merle ein Gedanke. »Kann ich Sie noch etwas fragen, Frau ... Joanna?«

»Natürlich, was haben Sie auf dem Herzen, Merle?«

»Wenn Sie Ihre Gespräche haben und ich als Ihre Assistentin dabei sein soll, ich denke, dass ich dann meinen Kleiderschrank ein wenig erweitern müsste.«

Joannas Augen glitten über Merles Gestalt und nahmen ihre Erscheinung in sich auf. Wie üblich stand Merle in Jeans und T-Shirt vor ihr. Bevor sie jedoch etwas sagen konnte, sprach Merle weiter.

»Nur bitte kein Kleid, das passt nicht zu mir«, fügte Merle zaghaft hinzu.

Joanna brach erneut in ein ansteckendes Gelächter aus. »Nein, ich glaube auch nicht, dass ein Kleid zu Ihnen passen würde. Aber ja, wir könnten morgen früh noch ein wenig einkaufen gehen.«

»Wir?«

»Ja, ich könnte auch einmal etwas Neues gebrauchen. Sagen Sie Alfred Bescheid, dass er uns noch in die Stadt fährt und danach dann an den Flugplatz. Gute Nacht, Merle, bis morgen.« Joanna strich ihr noch einmal sacht mit der Hand über die Schulter und verließ das Wohnzimmer.

Aufgewühlt sah Merle ihr hinterher. Nur langsam beruhigte sich ihr hämmerndes Herz. Noch immer konnte sie nicht glauben, was gerade geschehen war. Sie war nun nicht nur Joannas Pilotin, sondern auch noch als ihre Assistentin und Beraterin eingestellt. Das bedeutete, dass sie in Zukunft noch viel mehr Zeit als vorher mit Joanna verbringen durfte. Aber es bedeutete auch, dass sie sich mit ihren Geschäften auseinandersetzen sollte. Von denen hatte sie bisher nur am Rande mitbekommen. Und ob sie dieser Aufgabe gewachsen war, das würde die Zeit erst zeigen.

Was aber bei allem noch bedeutend wertvoller für Merle war, war die zarte Berührung durch Joannas Hände, die sie noch immer auf ihren Schultern spüren konnte.

Sie hielt einen Moment inne, lehnte sich gemütlich zurück und ließ die letzten Augenblicke nachwirken. Von einem wahren Glücksgefühl ergriffen wandte sie sich wieder dem Computer zu und sah auf die Tabelle. Noch stand München vor ihr auf dem Display. Nachdenklich zog Merle ihre Stirn kraus. Warum wollte Joanna nicht nach München? Es musste einen triftigen Grund geben, denn der Termin war längst überfällig. Doch es war natürlich ihre Entscheidung, die sie auch nicht vor Merle rechtfertigen musste.

Merle stornierte das bereits gebuchte Hotel und nahm stattdessen eine Reservierung für Mailand vor. Vielleicht würde Joanna ihr ja noch erzählen, warum sie nicht nach München wollte.

12

»Sind Sie startklar?« Gutgelaunt stand Joanna am nächsten Tag in Merles Tür und strahlte sie an.

»Sind Sie sich wirklich sicher, dass ich als Ihre offizielle Assistentin fungieren soll?« Merle konnte ihre Unsicherheit nicht verbergen. »Ich kenne mich mit Autos und mit Flugzeugen aus, aber als Ihre Assistentin ... Haben Sie keine Angst, dass ich Ihnen etwas vermasseln könnte?«

»Jetzt passen Sie mal auf, Merle.« Joanna trat nahe zu ihr und legte Merle beide Hände auf die Schultern. Sie sah Merle so tief in die Augen, dass ihre Knie weich wurden.

»Ich habe vollstes Vertrauen in Sie, und das sollten Sie selbst auch haben.« Sie hakte sich bei Merle ein und zog sie mit sich aus dem Zimmer. »Kommen Sie, Merle, wir haben heute noch einiges vor.«

Alfred fuhr sie in die Stadt, und sie gingen in einige Boutiquen, in denen Joanna fleißig einkaufte. Merle sah entsetzt auf die Preisschilder. »Öhm, Joanna, ich würde gern in ein paar andere Läden gehen. Ich werde mich beeilen und dann zum Auto zurückkommen.«

»Finden Sie hier denn nichts, das Ihnen gefallen würde?« Überrascht sah Joanna sie an.

Ein tiefer Seufzer entkam Merles Kehle. »Sagen wir mal so, die Sachen, die mir hier gefallen, die liegen definitiv über meinem Budget.«

»Wenn es nur daran liegt, sollten Sie sich keine Gedanken machen. Wir können das als Arbeitskleidung deklarieren, und ich setze es von der Steuer ab.«

»Nein danke, Joanna. Aber das möchte ich nicht. Ich zahle selbst für meine Kleidung und würde mir gern etwas in einem Laden suchen, der mehr meinem Budget und auch meinem Stil entspricht.«

»Das ist natürlich Ihre Entscheidung. Ich wollte Sie auch nicht beleidigen.« Joanna sah sie mit eng zusammengekniffenen Augenbrauen an.

»Das haben Sie auch nicht, wirklich nicht. Aber ich würde wirklich gern noch woanders schauen und treffe Sie dann später am Auto.« Merle verließ die Boutique und ging in ein großes Kaufhaus, in dem sie schnell einige Teile fand, die nicht ihr gesamtes Sparbuch auffraßen. Trotz allem hoffte sie auch, dass sie Joanna damit nicht blamieren würde.

»Und, sind Sie fündig geworden?« Neugierig sah Joanna ihr entgegen, als sie kurz darauf zum Auto zurückkam.

Alfred nahm ihre zwei Taschen entgegen und legte sie in den Kofferraum, in dem sich bereits etliche Tüten der Edelboutique befanden.

Grinsend deutete Merle auf die vielen Taschen. »Offensichtlich nicht ganz so viel wie Sie, aber ich bin zufrieden.«

»Darf ich Sie noch etwas fragen, Joanna?« Merle saß hinter ihrem Steuer und flog die Piper, die ruhig in der Luft lag.

»Ja natürlich, fragen Sie nur.« Joanna drehte sich zu ihr um und sah sie aufmerksam an.

»Was genau werden Sie in Mailand tun, und was wird meine Aufgabe sein?«, fragte Merle, noch immer etwas verunsichert, nach.

»Ich denke, wir sollten anders anfangen. Was wissen Sie von mir, Merle?«

Merle überlegte einen kurzen Moment. »Nicht wirklich viel, wenn ich ehrlich bin.«

Joanna ließ ein leises Lachen ertönen. »Und trotzdem haben Sie für mich Ihre Arbeit und Ihre Wohnung gekündigt? Das nenne ich einmal einen Vertrauensvorschuss. Dann will ich Sie mal ein wenig erleuchten.« Sie legte ihre Fingerspitzen aneinander und sah Merle bedächtig an. »Ich besitze einige Hotels, das haben Sie inzwischen ja schon erfahren. Mein Bestreben ist es, noch einige mehr aufzukaufen. Aber noch viel wichtiger empfinde ich es, dass meine Hotels einen gewissen Luxusstandard haben und diesen auch behalten. Dafür habe ich Geschäftsführer eingesetzt, und die gilt es zu überwachen und gegebenenfalls auszutauschen. Manchmal ist das eine harte Entscheidung, für beide Seiten. Manchmal geht es aber nicht anders, wenn ich das Hotel behalten möchte. Ihre Aufgabe wird es sein, mir mit offenen Augen und Ohren beizustehen.«

Merle konnte sich ein schiefes Grinsen nicht verkneifen, als sie Joannas Worte vernahm. Waren dies doch genau die Worte gewesen, die Tamara ihr vorgehalten hatte.

»Habe ich etwas Lustiges gesagt?«, drang Joannas Stimme an Merles Ohr.

»Nein, nein.« Hektisch schüttelte sie den Kopf. »Es ist nur so, dass meine Freundin mir vor kurzem erst vorgeworfen hat, dass ich eben nicht mit offenen Augen und Ohren durch die Welt gehen würde.«

»Ihre Freundin?« Joannas Augen ruhten aufmerksam auf Merle.

»Tamara und ich kennen uns seit der Kindergartenzeit. Sie ist meine beste Freundin, und das wird sie auch immer bleiben.« Trotz ihrer Worte spürte Merle, wie ihr die Röte den Nacken entlangkroch.

»Und Sie hat nichts dagegen, dass Sie für mich arbeiten?«

»Warum sollte sie etwas dagegen haben?« Erstaunt schüttelte Merle den Kopf. »Sie hat sich für mich gefreut, denn immerhin kann ich dadurch mein Hobby zum Beruf machen. Außerdem ist es ja nicht ihre Entscheidung, sondern meine.«

Joanna betrachtete Merle noch einen Moment und drehte sich dann zur Seite. Stumm sah sie nach draußen auf die Alpen, die sich vor ihnen auftürmten. »Wird es gleich wieder wackeln?«

»Das ist durchaus möglich, aber Sie wissen doch, es kann uns nichts passieren.«

»Warum sind Sie da so sicher?« Joanna verwob ihre Finger fest ineinander, sodass ihre Knöchel weiß hervortraten. Eine Angewohnheit, die sich immer zeigte, wenn ihr die Flugangst wieder zu schaffen machte. Dies hatte Merle durch ihre aufmerksamen Blicke sehr schnell bemerkt.

»Weil ich das Flugzeug kenne und weiß, was es aushalten kann.«

»Egal.« Joannas Stimme wurde immer leiser. »Ich bin froh, wenn wir gleich unten sind.«

In diesem Moment ging ein heftiger Ruck durch die Piper, und sie verloren einiges an Höhe, nur um im nächsten Moment wieder nach oben zu schießen.

Joanna stieß einen heiseren Schrei aus und krallte ihre Nägel in Merles Arm.

»Autsch, Joanna, Sie tun mir weh«, presste Merle zwischen zusammengepressten Zähnen hervor.

Ein neuerlicher Ruck ließ Joanna nur noch fester nach Merle greifen, die alle Kraft aufbringen musste, um das Flugzeug ruhig in der Luft zu halten.

Kurz darauf konnten sie den Landeanflug beginnen, und Joanna entspannte sich ein wenig. Nur zögernd nahm sie ihre Hand von Merles Arm, auf dem sich blutige Striemen zeigten.

Sie landeten ohne Probleme, und Merle schaltete die Turbinen ab.

»Es tut mir leid, ich kann es einfach nicht abschalten. Auch wenn Sie mir sagen, dass nichts passieren kann. Es geht nicht.« Mit jedem Wort wurde Joannas Stimme immer leiser.

Merle drehte sich um und sah in ihr trauriges Gesicht. »Sie haben offensichtlich große Flugangst. Gibt es einen Grund dafür?«

Joanna schluckte hart. Ihre Kieferknochen begannen wild zu mahlen und auf ihren Wangen zeigten sich hektische Flecken. Ihre Augen, die sonst so voller Glanz und Wärme strahlten, blickten stumpf an Merle vorbei. »Nein.« Sie schüttelte den Kopf. »Es gibt keinen Grund.«

Merle brauchte kein Hellseher zu sein, um zu wissen, dass sie ihr nicht die Wahrheit sagte. »Wie sieht der Ablauf hier in Mailand aus?«, wechselte Merle elegant das Thema.

Dankbar nahm Joanna den Themenwechsel auf. »Das Gespräch mit dem Geschäftsführer ist erst morgen früh. Für heute gibt es keinen festen Plan. Möchten Sie mit mir zu Abend essen oder haben Sie andere Pläne?«

Freudig sah Merle Joanna an. »Essen klingt gut. Ich habe das letzte Mal, als wir hier waren, ein sehr schönes Lokal am Dom entdeckt. Vielleicht möchten Sie mit mir dahin gehen?«

»Sehr gern, Merle. Ich habe bisher meist nur im Hotel gegessen.« Langsam kam wieder Farbe in Joannas bleiche Wangen.

»Oh, falls Sie lieber dortbleiben möchten, dann ist das auch okay für mich.«

»Nein, nicht doch. Es wird mir guttun, einmal etwas anderes kennenzulernen, und ich freue mich auf Ihre Gesellschaft.«

Ihre leise gesprochenen Worte jagten Merle einen angenehmen Schauer über den Rücken. *Und ich freue mich auf deine Gesellschaft. Sehr sogar!*, antwortete Merle ihr in Gedanken.

Im Hotel angekommen huschte sie schnurstracks unter die Dusche, ging nach unten und wartete aufgeregt auf Joanna, die kurz darauf aus dem Aufzug trat. Ihr Anblick ließ Merles Herz einmal mehr einen Schlag schneller klopfen.

Oh Göttin, sie war einfach wunderschön! Ihre braunen Augen strahlten Merle an, die langen Haare umrahmten ihr schmales Gesicht, und in dem dünnen Sommerkleid sah sie einfach umwerfend aus, wie Merle sich eingestehen musste.

»Wollen wir?« Strahlend hakte sie sich bei Merle ein, und gemeinsam gingen sie in das Restaurant, das Merle auserkoren hatte.

Während des Essens sprachen sie nur wenig, und Merle nutzte immer wieder die Chance, um Joanna heimlich zu beobachten. Jede Bewegung, jede Geste von ihr nahm sie in sich auf. Ihr Lachen, das so herrlich melodisch war, genauso wie ihre kunstvoll nach oben gezogene Augenbraue, wenn sie einen Anlass dafür sah.

Als sie beim Dessert angekommen waren, legte Joanna ihre Hand auf Merles Arm und strich sanft über die tiefen Striemen. »Es tut mir so leid, Merle. Ich glaube, Sie sollten sich einen Armschutz kaufen.«

Lachend lehnte Merle sich in dem Stuhl zurück und trank einen Schluck ihres Cappuccinos. »Ist nicht so schlimm, wie es vielleicht aussieht. Aber warum haben Sie so große Flugangst? Haben Sie einmal etwas Schreckliches erlebt?« Sie konnte sehen, wie Joanna regelrecht in ihrem Sitz zusammensackte. Besorgt legte sie ihre Hand auf Joannas Arm und strich sanft über die auf einmal eisige Haut. »Joanna?«

Ohne sie anzusehen, legte Joanna ihre eiskalten Finger über Merles Hand und drückte sie kurz. »Ich möchte nicht darüber reden. Bitte, Merle, fragen Sie mich nicht noch einmal danach.«

»Entschuldigen Sie, Joanna. Ich wollte Ihnen nicht zu nahe treten.«

»Können wir gehen?« Joanna wollte nach der Rechnung greifen, doch Merle war schneller.

»Das geht auf mich, immerhin wollte ich ja auch hierherkommen.«

»Auf der anderen Seite könnten wir das Essen von der Steuer absetzen.« Joanna versuchte die Rechnung aus Merles Fingern zu winden, doch die hielt eisern fest.

»Bitte, Joanna, gönnen Sie mir das Vergnügen.«

»Nun gut, wenn Sie meinen.«

Schweigend liefen sie über den Domplatz und betraten das Hotel.

»Möchten Sie noch etwas trinken?« Merle deutete mit dem Kopf Richtung Hotelbar, doch Joanna schüttelte den Kopf.

»Nein danke, ich bin müde. Gute Nacht, Merle.«

»Gute Nacht, Joanna, bis morgen«, entgegnete Merle ein wenig enttäuscht. Zu gern hätte sie noch ein paar nette Stunden mit Joanna verbracht. Sie konnte einfach nicht genug von ihrem herzhaften Lachen, ihren wundervollen Lippen und ihren tiefsinnigen Augen bekommen.

13

Das Gespräch mit dem Geschäftsführer erwies sich als ausgesprochen langweilig, wie Merle feststellen musste. Eifrig schrieb sie die Zahlen mit, die er wild um sich warf, um sie später mit Joanna durchzugehen.

Ansonsten war er ein typischer Italiener, der mit beiden Händen wild gestikulierte. Als Joanna jedoch einmal bei einem Posten nachhakte, da traten dicke Schweißperlen auf seine Stirn und er begann zu stammeln.

Joanna schien dies nicht bemerkt zu haben, und so legte Merle ihr unter dem Tisch die Hand auf den Oberschenkel und drückte ihn kurz.

Joanna drehte den Kopf und beugte sich leicht verwundert zu ihr herüber.

»Könnten wir kurz nach draußen gehen, Joanna?«, flüsterte Merle in ihr Ohr.

»Was ist los, Merle?« Sie waren auf die Damentoilette gegangen, wo Merle das Wasser laufen ließ, um ungestört sprechen zu können.

»Sie haben ihn gerade ganz schön in Verlegenheit gebracht.«

»Was meinen Sie?« Joanna sah sie ratlos an.

»Als Sie ihn wegen der zusätzlichen Kosten für die Renovierung gefragt haben, da ist ihm regelrecht der Schweiß ausgebrochen.« Merle ließ das kalte Wasser über ihre Handgelenke laufen und beobachtete Joanna im Spiegel.

»Im Ernst? Das ist mir gar nicht aufgefallen.« Nachdenklich rieb sich Joanna mit den Fingern über die Augen.

»Sie haben in die Papiere gesehen, und Enzo hat sich schnell mit einem Tuch die Stirn abgewischt. Aber ich konnte ihn beobachten, und die Angst stand ihm direkt ins Gesicht geschrieben.« Merle drehte den Wasserhahn zu und trocknete sich die Hände ab.

Joanna stand noch immer neben ihr und sah sie mit stark gerunzelter Stirn an.

»Das wäre ja ein Ding, Merle. Es gab in der letzten Zeit einige Beschwerden über die Führung im Hotel. Aber wenn Sie recht haben, dann liegt da noch mehr im Argen. Es könnte durchaus sein, dass Enzo da sein eigenes Süppchen am Kochen hat. Wollen wir ihm noch einmal auf den Zahn fühlen?« Energisch drückte Joanna ihre schmalen Schultern zurück und strahlte Merle an.

»Gern.«

Gemeinsam gingen sie in den Besprechungsraum zurück. Doch an der Tür blieb Joanna wie angenagelt stehen, sodass Merle direkt auf sie auflief.

»Was machst du denn hier?« Joannas sonst so rauchige Stimme hatte einen scharfen Klang angenommen.

»Es ist auch schön dich zu sehen, Liebes.« Mit einem breiten Haifischgrinsen auf ihrem runden Gesicht trat Vassiliki auf Joanna zu und nahm sie in den Arm.

Merle konnte sehen, wie Joanna sich merklich versteifte.

»Wo ist Enzo?« Mit Mühe war es Joanna gelungen, sich aus Vassilikis Armen zu befreien.

»Oh, ich dachte, eure Besprechung sei zu Ende, deshalb habe ich ihn zurück an die Arbeit geschickt.« Vassilikis Blick wanderte von Joanna zu Merle, und ihre Augen verdunkelten sich zusehends. »Seit wann nimmt man seine Pilotin mit zu einer Geschäftsbesprechung?« Auf ihren Lippen tauchten weiße Schaumbläschen auf, während sie Merle gehässig anblitzte.

»Warum bist du hier, Vassiliki? Ich dachte, du seist in München.« Joanna war an den Tisch getreten und sammelte ihre Papiere ein. Ihre Schultern, eben noch energisch nach hinten gedrückt, waren deutlich nach vorn eingesackt.

Merle fragte sich einmal mehr, in welcher Beziehung die beiden Frauen zueinander standen. Sie versuchte, ihren Gesichtsausdruck so neutral wie möglich zu halten, was angesichts Vassilikis offener Feindseligkeit ihr gegenüber nicht einfach war.

»Ach, Liebes, München ist einfach langweilig ohne dich. Du musst wieder einmal mitkommen. Agnetha würde sich freuen, dich wiederzusehen, und die anderen sowieso.« Mit säuselnder Stimme war Vassiliki neben Joanna an den Tisch getreten und nahm sie am Arm. »Komm, lass uns Essen gehen, die Papiere kann sie ja mitnehmen.« Sie neigte ihren Kopf unfreundlich in Merles Richtung, die vor Wut langsam zu kochen begann.

»Weißt du, Vassiliki«, Joanna löste ihren Arm aus ihrem Krallengriff und trat einen Schritt von ihr weg, »ich habe bereits Pläne für heute Abend.«

»Nun, Pläne kann man auch ändern, oder bin ich dir das jetzt nicht mehr wert, Liebes?« Vassilikis Stimme war tatsächlich noch ein paar Grad kälter geworden.

Merle war sich nicht sicher, ob das eine Drohung oder eine Erpressung war. Atemlos verfolgte sie das scharfe Duell der beiden Frauen.

Joanna hielt dem kalten Blick Vassilikis nur sehr kurz stand. Erneut sackten ihre Schultern nach vorn, und sie ließ den Kopf hängen.

»Siehst du, so ist gut. Komm, Jo, wir gehen. Deine Pilotin, oder was immer sie auch sein mag, wird schon aufräumen.« Sie drehte sich zu Merle und blitzte sie siegreich an. »Nicht wahr, Sie packen hier zusammen?«

Merles Augen lagen einzig und allein auf Joanna, die mit bleichem Gesicht vor ihr stand und ihr nicht in die Augen sehen konnte. Ohne sich um Vassiliki zu kümmern, trat Merle näher an sie heran. »Ist alles in Ordnung, Joanna? Kann ich etwas für Sie tun?«

»Würden Sie hier aufräumen, bitte?« Joannas leise Stimme klang seltsam belegt. »Wir sehen uns morgen.« Damit ließ sie sich von Vassiliki aus dem Raum führen.

Enttäuscht und auch entsetzt sah Merle den beiden Frauen nach. *Was geht hier eigentlich ab?* So hatte sie Joanna noch nie erlebt. Sie kannte sie als äußerst souveräne und durchsetzungsfähige Frau. Aber so? Wie ein Hündchen lief sie hinter Vassiliki hinterher.

Merle packte die Unterlagen zusammen und ging nachdenklich auf ihr Zimmer. Sie wusste nicht, was sie mit dem Abend anfangen sollte, und der Appetit war ihr auch gründlich vergangen. So zog sie die Unterlagen hervor und legte sie vor sich aufs Bett. Schnell fand sie die zusätzlichen Kosten, die Joanna bei Enzo angesprochen hatte. Merle machte eine kleine Notiz an den Rand des Papieres, damit sie es morgen Joanna zeigen konnte. Zu mehr reichten ihre Kenntnisse nicht. Aber vielleicht konnte sie so Joanna ein wenig unterstützen.

Erschöpft legte Merle sich aufs Bett und starrte an die Decke. Das letzte Mal, als sie hier in Mailand gewesen waren, da war Joanna zu ihr gekommen. Hatte die Nacht in ihren Armen verbracht. Wo war sie heute Nacht? Und schon wieder sah sie Vassilikis bösartiges Grinsen vor sich. Mit diesem unschönen Gedanken fiel Merle in einen traumlosen Schlaf.

14

»Guten Morgen, Merle. Darf ich mich zu Ihnen setzen, oder möchten Sie lieber allein sein?«

Joannas leise Stimme an ihrem Ohr riss Merle aus ihren Gedanken und ließ sie nach oben springen. »Bitte, bleiben Sie doch sitzen.« Ein sanftes Lächeln lag auf Joannas ebenmäßigen Zügen.

Merle wartete, bis Joanna Platz genommen hatte und setzte sich wieder. Neugierig musterte sie Joanna, die dunkle Schatten unter den Augen hatte. Impulsiv legte Merle ihr die Hand auf den Arm und strich ihr sachte über die weiche Haut. »Geht es Ihnen gut?«

Joanna hob den Kopf und sah Merle mit traurig schimmernden Augen an. »Wann können wir zurückfliegen?«

»Sobald Sie wollen, aber das beantwortet meine Frage nicht. Joanna, geht es Ihnen gut?«, hakte Merle abermals nach. Nicht nur Tamara und Joanna konnten hartnäckig sein, wenn es sein musste, hatte sie das genauso drauf.

Joanna wollte aufstehen, doch Merle hielt sie an ihrem Platz fest. »Bitte, laufen Sie nicht vor mir davon. Ich möchte Ihnen doch nur helfen.«

»Ach, Merle, das ist rührend von Ihnen. Aber es ist alles gut. Wirklich, Sie brauchen sich keine Gedanken zu machen.« Das Lächeln auf Joannas Lippen war so falsch wie der Klang eines nicht gestimmten Klaviers.

Merle spürte, wie sich ihre Nackenhaare aufrichteten, doch Joanna wollte offensichtlich nicht näher darauf eingehen, und so beließ sie es dabei. Wenn sie Joanna wirklich helfen wollte, dann musste sie ihr wohl oder übel die Zeit geben, die sie benötigte und sie nicht bedrängen. Vielleicht würde sie ihr irgendwann einmal erzählen, was es mit ihr und Vasiliki auf sich hatte. »Ich gebe den Flugplan ein. Wenn Sie wollen, können wir in einer halben Stunde los.«

»Ja, das klingt gut.«

»Haben Sie noch einmal mit Enzo gesprochen?« Sie saßen im Flugzeug, und Merle ließ die Piper über die Alpen steigen.

»Nein, ich habe ihn nicht mehr gesehen.« Joanna sah auf die traumhafte Bergwelt unter sich und schien für einen kurzen Moment ihre Flugangst vergessen zu haben.

»Ich habe auf den Papieren den Posten angekreuzt, bei dem er seine Schweißausbrüche bekommen hat. Vielleicht hilft Ihnen das ja.«

Überraschung zeichnete sich auf Joannas Gesicht, während sie sich Merle zuwandte und dabei die Papiere aus ihrer Aktentasche hervorzog. Langsam blätterte sie durch die Papiere, bis sie Merles Vermerk entdeckte. »Was denken Sie, ist daran nicht in Ordnung?«

Merle dachte einen Moment nach, bevor sie antwortete. »Er hat einen großen Betrag für die Renovierung des Hotels abgerechnet. Aber mal ehrlich, Joanna. Die Hotellobby sieht aus, als wäre da schon seit Jahren nichts mehr geändert worden. Und die Zimmer sind auch eher abgewohnt, oder täusche ich mich da?«

Mit spitzen Lippen sprach Joanna leise vor sich hin.

»Was meinen Sie?«

»Ich werde Vassiliki darauf ansprechen. Mal sehen, was sie dazu meint.«

»Warum Vassiliki?« Irritiert warf Merle ihr einen Blick zu. Als Joanna nicht sofort antwortete, schoss Merle nach. »Wer ist Vassiliki überhaupt?«

Joanna sah wieder auf die Berge unter ihnen. Mit ihren Fingern schob sie sich eine Strähne hinter das Ohr, und Merle konnte sehen, dass ihre Hand zitterte.

»Joanna, wer ist Vassiliki?« Sanft legte sie Joanna ihre Hand auf das Knie.

Joannas Finger umschlossen ihre Hand und drückten sie fest. »Wir kennen uns schon über dreißig Jahre. Seit sieben Jahren ist sie meine Partnerin.«

Merle zog unbewusst die Luft ein, was Joanna nicht verborgen blieb. »Meine Geschäftspartnerin, wohlgemerkt«, beeilte sie sich sofort hinzuzufügen.

Erleichterung durchflutete Merle, die spürte, wie ihr die Röte in die Wangen kroch.

Auch dies blieb Joanna nicht verborgen, die mit einem sanften Finger über Merles Wange strich. Die federleichte Berührung jagte einen heißen Schauer durch Merles Adern.

»Wir haben eine gemeinsame Vergangenheit, haben viele Freunde kommen und gehen sehen. Und wir haben ein Abkommen. Ich kümmere mich um die Hotels und die Akquise, und sie macht die Buchführung und die Finanzen. Zumindest war das der Plan. Einige Zeit hat sie sich um alles gekümmert, aber jetzt steige ich wieder verstärkt mit ein«, drang Joannas sanfte Stimme durch den Kopfhörer.

»Wenn dem so ist, warum hat sie dann die zusätzlichen Kosten von Enzo nicht gesehen?« Mit klopfendem Herzen sah Merle sie an. »Und warum haben Sie sich von ihr gestern so unter Druck setzen lassen?«

»Das mit den Kosten muss ich mit ihr klären. Unter Druck setzen?« Sie lachte kurz auf, doch es klang mehr bitter als belustigt. »Da bilden Sie sich etwas ein, Merle. Ich war nur überrascht sie in Mailand zu sehen, und natürlich gehe ich mit meiner langjährigen Freundin und Geschäftspartnerin essen.«

Merle beschloss, es erst einmal so stehen zu lassen. Vielleicht würde die nächste Zeit zeigen, was wirklich dahintersteckte. »Darf ich Sie noch etwas fragen?« Eine Sache lag ihr dennoch auf dem Herzen.

»Natürlich, fragen Sie nur.«

»Behalte ich meinen Job bei Ihnen?«, gab Merle kleinlaut von sich.

»Aber ja, natürlich. Wie kommen Sie jetzt auf so eine Frage, Merle?« Mit weit aufgerissenen Augen sah Joanna sie an. »Merle, Sie haben sich als absoluter Glücksgriff erwiesen. Das habe ich Ihnen bereits einmal gesagt und wiederhole es gern. Von meiner Seite aus lasse ich Sie nicht mehr gehen. Und ich werde Ihre Aufgaben noch erweitern, denn Sie haben sich als äußerst hilfreich erwiesen.«

Merle konnte die Erleichterung deutlich spüren, die sie durchflutete. »Es tut mir leid, Joanna. Ich war mir nicht sicher, da Vassiliki nicht wirklich viel von mir zu halten scheint, und ich wüsste gern woran ich bei Ihnen bin.«

»Vassiliki hat mit Ihnen und mir absolut nichts zu tun. Sie hat einen gewissen Einfluss auf mein Leben, das stimmt. Aber sie bestimmt nicht alles. Wenn es um Sie geht, Merle, da lasse ich mir von absolut niemandem reinreden.« Ihre weiche Hand lag auf Merles Oberschenkel und strich sanft darüber.

Merle sah zu ihr und dieses Mal leuchteten Joannas Augen mit ihrem Lächeln zusammen. »Danke, ich arbeite nämlich sehr gern für Sie und würde das nur ungern verlieren.« *Und ich würde dich auf keinen Fall verlieren wollen,* fügte Merle in Gedanken hinzu.

15

Die nächsten Tage verliefen äußerst ruhig. Joanna hatte keine Termine außer Haus, und Merle verbrachte mehr Zeit in der Garage bei Alfred und den Autos als sonst wo.

Sie sah Joanna jeden Morgen und Abend beim gemeinsamen Essen und hatte den Eindruck, dass sie von Tag zu Tag nervöser wurde. Aber es lag nicht bei ihr, sie darauf anzusprechen.

»Merle, können Sie bitte einen Flug nach München einplanen?«

»Natürlich, wann wollen Sie los?« Merle stand in der Küche und hatte sich gerade ein Glas Milch genommen, als Joanna hinter sie getreten war.

»Am liebsten gar nicht, aber irgendwann muss ich mich dem Ganzen ja stellen. Der Hinflug wäre Freitagmittag, also morgen.« Es war nicht zu übersehen, dass Joanna unter starker Anspannung stand.

»Und zurück?«

»So schnell es nur geht«, presste Joanna mit leidendem Blick hervor.

»Wie Sie wünschen.« Merle zögerte einen kurzen Moment. Joannas Qual war offensichtlich, doch traute sie sich nicht, sie direkt darauf anzusprechen. »Kann ich sonst noch etwas für Sie tun, Joanna?«

Joanna stand starr vor ihr und sah durch sie hindurch. Sachte legte Merle ihr die Hand auf die Schulter. »Joanna? Ist alles in Ordnung?«

Mit einem Mal drehte Joanna sich um und lief aus der Küche hinaus. An der Tür stieß sie mit Yasmin zusammen, die ihr überrascht hinterher sah.

»Was ist passiert?«, wütend kam sie auf Merle zu und baute sich vor ihr auf.

»Wow, langsam.« Abwehrend hatte Merle die Hände nach oben gehoben. »Ich habe keine Ahnung, was in sie gefahren ist. Sie hat mir gerade einen Flugauftrag gegeben. Für morgen, nach München.«

»Was?« Yasmin starrte Merle entsetzt an. »Sie fliegt nie nach München, nicht seit ...«

»Seit wann, Yasmin? Was war in München?« Merle war sehr aufgeregt. Würde sie nun endlich erfahren, warum Joanna München bisher immer mied?

»Frag sie selbst, ich kann dir das nicht sagen«, gab Yasmin knapp zur Antwort. »Aber das haut mich jetzt um«, grummelte sie mehr zu sich selbst, als dass es für Merles Ohr bestimmt war.

Was zum Geier soll diese Heimlichtuerei? Warum machen alle ein Geheimnis drum, was in München vorgefallen ist? Nachdenklich ging Merle in ihr Zimmer und berechnete den Flugplan für den nächsten Tag.

Plötzlich klopfte es leise an ihrer Tür und Joanna trat ein.

Es war deutlich zu sehen, dass ihr etwas auf dem Herzen lag. Nervös knetete sie ihre Finger und auf ihrer Stirn bildeten sich tiefe Falten, als sie ihre Augenbrauen zusammenzog.

Geduldig wartete Merle darauf, dass sie von sich aus mit der Sprache herausrücken würde.

»Merle, wenn ich Sie um einen Gefallen bitten würde, würden Sie es tun?«

Verblüfft sah Merle sie an und versuchte in ihrem heftig geröteten Gesicht zu lesen. Sie zögerte nur einen kurzen Moment, bevor sie ihr lächelnd antwortete.

»Solange ich keine Bank für Sie überfallen soll, ja natürlich, Joanna.«

Als Joannas Kopf nach unten sank, hatte Merle das Gefühl ihr würde das Herz stehenbleiben. Sie konnte doch sicher nicht … Nein. Unbewusst schüttelte sie ihren Kopf.

»Nein, natürlich nicht, Merle. Es geht um etwas ganz anderes.« Joanna war ganz in ihr Zimmer getreten und stand nun am Balkonfenster. Sie sah einen Moment nach draußen, drehte sich um und blickte Merle ernst an. »Würden Sie mich morgen Abend auf einen Empfang begleiten?«

Mit klopfendem Herzen sah Merle in Joannas schönen Katzenaugen. »Wie meinen Sie das?«

Seufzend strich Joanna sich eine Strähne ihrer Haare hinter ihr Ohr. »Ich habe eine Einladung zu einem Empfang in München, und ich würde mich freuen, wenn Sie mich dabei begleiteten.«

Merle schluckte trocken. Diese Einladung kam für sie mehr als überraschend, und sie war unsicher, wie sie darauf reagieren sollte. Vor allem schossen ihr jede Menge Zweifel und Ungereimtheiten durch den Kopf, die sie noch zögern ließen, obwohl in ihr alles nach Ja brüllte.

»Es tut mir leid, Merle. Ich wollte Sie nicht in Verlegenheit bringen.« Joanna hatte ihre Unsicherheit offensichtlich gespürt. »Vergessen Sie, was ich gesagt habe. Machen Sie alles fertig für den Flug?«

Sie wollte das Zimmer verlassen, als Merle aufstand und sie Joanna in den Weg sprang. »Warten Sie, Joanna. Sie haben mich nicht in Verlegenheit gebracht, ich war nur überrascht. Es wäre mir eine große Ehre, Sie begleiten zu dürfen.«

Freudig glänzten Joannas Augen. Sie sah in Merles offenes Gesicht und sagte erleichtert: »Danke, Merle.«

»Ich habe zu danken.« *Du hast keine Ahnung, wie dankbar ich dir bin. Was für eine Ehre, und noch viel mehr, was für ein Glück, dich begleiten zu dürfen.*

»Sehr gut.« Gerade als sie das Zimmer verlassen wollte, kam Merle noch ein Gedanke.

»Joanna? Was soll ich denn einpacken?«

Joanna drehte sich an der Tür um. Irritiert runzelte sie ihre Stirn und sah Merle fragend an. »Was meinen Sie, Merle?«

»Der Empfang. Gibt es da eine Kleiderordnung? Ich meine ...« Merle fuhr sich durch ihre schwarzen Haare und ließ sie einmal mehr in alle Richtungen abstehen. »Ich besitze immer noch kein Kleid und das wäre auch nicht mein Stil.«

Ein sanftes Lächeln umspielte Joannas Lippen, während sie ihre Augen über Merles Gestalt gleiten ließ. »Sie haben Recht. Das würde auch nicht zu Ihnen passen. Es ist ein semi-formeller Empfang. Also kein Frackzwang. Haben Sie denn etwas für so einen Anlass, oder sollen wir noch Einkaufen fahren?«

»Ich denke, dass ich dafür etwas Passendes finde. Ich möchte Sie nur nicht blamieren, deshalb habe ich gefragt.« Ziemlich deprimiert ließ Merle ihren Kopf hängen und fuhr überrascht zurück, als sich ein sanfter Finger unter ihr Kinn legte und ihren Kopf anhob.

Joannas warme Augen strichen beinahe zärtlich über ihr Gesicht und ließen Merles Herz einen Tick schneller schlagen.

»Sie sind wirklich ein Goldstück, Merle. Und Sie machen sich zu viele Gedanken. Bis morgen.« Damit drehte sie sich um und ließ Merle allein im Raum zurück.

»Was für eine Frau!«, entfuhr es Merle leise und sie sah ihr noch einen Moment nach.

Sie stellte den Flugplan auf und gab ihn an den Flugplatz durch. Danach zog sie ihren Koffer unter dem Bett hervor und durchforstete ihren Kleiderschrank. Zum Glück hatte sie vor kurzem noch einige neue Teile erstanden. Da sollte doch etwas dabei sein. Und wirklich, mit einer schicken Seidenbluse zu ihrem Anzug, da müsste sie für den Empfang anständig gekleidet sein. Sie warf noch ihren Kulturbeutel und Wechselkleidung für den nächsten

Tag in den Koffer und war gerade dabei ihn zu verschließen, als ihr Handy klingelte.

»Hey, Tammy, wie geht es dir?«

»Das wollte ich dich gerade fragen. Du meldest dich ja kaum noch bei mir.« Trotz der kritischen Worte klang ihre beste Freundin wie immer gut gelaunt.

Seufzend ließ Merle sich aufs Bett nieder und fuhr sich schuldbewusst über die Augen. »Ich weiß, es tut mir leid, Tammy.«

»Ist denn alles in Ordnung oder muss ich mir Sorgen machen?«

»Es ist alles bestens. Wirklich.«

»Mmmm, irgendwie glaube ich dir nicht. Wann können wir uns mal wiedersehen?«

»Ich fliege morgen nach München, wir gehen da auf einen Empfang.« In dem Moment, in dem sie die Worte ausgesprochen hatte, zuckte Merle innerlich zusammen.

»Moment«, Tamara hakte sofort nach, »was heißt das, wir gehen?«

»Joanna hat mich gebeten, sie auf einen Empfang zu begleiten.«

»Wieso, warum, weshalb?« Tamaras Stimme überschlug sich beinahe vor Aufregung.

Leise lachend lehnte Merle sich in den Kissen zurück. »Ich habe keine Ahnung. Ich weiß wirklich nichts, Tammy. Nur das, was ich dir gesagt habe.«

»Aber, was für ein Empfang es ist? Das musst du doch wissen, oder?«, kam es ungläubig aus Tamaras Mund.

»Nein, nicht einmal das weiß ich.«

»Warte einen Moment.« Aus dem Hörer drang das klickende Geräusch von Tamaras Fingernägeln, die über die Computertastatur strichen.

»Hier, da ist es. München. Es gibt einen Empfang im Hotel Vier Jahreszeiten. Die Crème de la Crème der High Society wird dazu erwartet. Himmel, Merle, und du wirst da mittendrin sein. Krasse Sache!«

Merle spürte, wie ihr Tamaras Worte die Kehle zuschnürten. Vielleicht hätte sie Joanna doch besser um Bedenkzeit gebeten. Zudem lag ihr noch ein Gedanke schwer im Magen. Was, wenn Vassiliki dort sein würde? Auf ihre Gehässigkeiten hatte sie keinerlei Lust.

»Hallo, Merle, bist du noch da?«, tönte Tamaras Stimme aus dem Telefon.

»Ja, bin ich, hast du noch etwas gesagt?«

»Warum nimmt deine Joanna dich da mit?«

»Ich weiß es nicht. Es ist wohl überraschend genug, dass sie überhaupt nach München fliegt. Aus irgendeinem Grund war sie da schon lange nicht mehr gewesen, und jetzt hat sie eben mich gefragt, ob ich sie begleiten würde.«

»Sag mal, Merle, läuft da was zwischen euch?«

»Nein, tut es nicht. Ich bin nach wie vor ihre Pilotin und auch ein wenig ihre persönliche Assistentin geworden, aber auf privater Ebene läuft da nichts.«

»Sicher?« Einmal mehr stellte Tamara ihre Hartnäckigkeit unter Beweis.

»Ich sollte es wohl wissen, oder?« Mehr als genervt verdrehte Merle die Augen und sah an die Decke.

»Aber abgeneigt wärst du nicht, oder?« Tamara konnte es einfach nicht lassen.

»Ich bin müde, Tammy. Ich melde mich, wenn ich wieder hier bin.« 99

»Schieß so viele Fotos wie möglich, hörst du?«, bettelte sie noch, bevor Merle das Gespräch beendete.

In dieser Nacht konnte Merle kaum ein Auge zutun. Wann immer sie es versuchte und die Augen schloss, tauchte erst Joanna vor ihr auf, die sie sanft anlächelte. Nur um direkt von Vassiliki ersetzt zu werden, deren graue Augen böse funkelten. Abgekämpft trat Merle am Morgen in die Küche, wo Joanna bereits am Tisch saß. Ihren Augenringen nach zu urteilen, war es ihr in der Nacht nicht besser ergangen.

»Guten Morgen, Joanna.«

»Merle.« Sie nickte ihr müde zu, nahm ihren Kaffee und ging wieder in ihr Zimmer nach oben.

16

Den ganzen Flug nach München schwieg Joanna. Einzig die roten Flecken auf ihren Wangen und die nervöse Art, ihre Hände zu kneten, zeigten Merle, dass sie noch angespannter war als sonst. Mehr als einmal war sie versucht gewesen, Joanna darauf anzusprechen, doch dann entschied sie sich dagegen. Auch wenn sie durch ihre Tätigkeit bei Joanna zu einem Teil ihres Lebens geworden war, so lag es nicht an ihr, sie auszufragen. *Ich frage mich, was es mit München auf sich hat. Warum setzt ihr diese Stadt so zu?*

Zum Glück war der Flug ruhig und bot nicht noch mehr Anlass zur Nervosität.

Erst als sie bereits im Taxi auf dem Weg ins Hotel waren, brach Joanna endlich ihr Schweigen. »Wenn ich Sie um einen weiteren Gefallen bitten würde, Merle, würden Sie es tun?«

Merle drehte den Kopf und versuchte in Joannas gerötetem Gesicht zu lesen. Doch noch immer blickte sie starr nach vorn. »Ja, natürlich würde ich es tun.«

»Ohne zu wissen, worum es geht?« Joannas Stimme klang seltsam belegt.

»Ich gehe immer noch nicht davon aus, dass Sie wollen, dass ich eine Bank für Sie überfalle, oder?« Merles leichtes Lachen blieb ihr im Hals stecken, als Joanna sie mit traurigen Augen ansah. Ernst griff Merle nach ihrer eiskalten Hand und drückte sie voller Zuversicht. »Was soll ich für Sie tun?«

In diesem Moment kamen sie am Hotel an, und der Portier riss die Tür des Taxis auf.

Sie gingen in die Lobby, in der ihnen eine grell geschminkte Frau entgegentrat. »Jo, wie schön, dich endlich wiederzusehen! Du warst ja schon ewig nicht mehr hier.« Sie umarmte Joanna. »Ich konnte es kaum glauben, deinen Namen auf der Gästeliste zu lesen! Und wer ist das?« Neugierig blickte sie an Joanna vorbei auf Merle, die hinter Joanna stehengeblieben war.

»Agnetha, das ist Merle.« Joanna wand sich aus der Umarmung der Frau und trat neben Merle. Tief sah sie ihr in die Augen, sandte ihr dabei eine flehentliche Botschaft zu und rang sich ein gezwungenes Lächeln ab. »Meine Freundin.«

Merle musste alle Kraft aufwenden, um nicht lautstark die Luft einzuziehen, als sie Joannas Worte vernahm. Sie schluckte trocken, trat an Joanna vorbei und streckte der fremden Frau die Hand entgegen. »Freut mich Sie kennenzulernen.«

»Aber nicht doch.« Mit einem unechten Lachen, das ihre Augen nicht erreichte, zog die Frau Merle in eine Umarmung und drückte ihr beinahe die Luft aus den Rippen. »Es ist wirklich schön, dass du den Weg zurück nach München gefunden hast, Jo. Noch dazu mit so netter Begleitung. Macht euch schnell frisch, der Empfang beginnt bereits in einer halben Stunde.«

Kaum dass sich der Aufzug hinter Merle und Joanna schloss und den Blick auf Agnetha verbarg, fuhr Merle zu Joanna herum. »Worum geht es hier wirklich?«

Als hätte man die Luft aus ihr herausgelassen, war Joanna in sich gesunken. »Es tut mir leid, ich wollte es noch besprechen, aber da waren wir schon da. Ich habe nicht damit gerechnet, dass Agnetha mir bereits in der Lobby auflauert.«

»Aber wie kommen Sie dazu, mich als Ihre Freundin zu präsentieren? Ich meine, Herrgott nochmal, Joanna, was läuft hier?« Völlig verunsichert sah Merle ihre Chefin an, die wie versteinert neben ihr stand.

»Es tut mir leid, Merle. Ich wollte Sie nicht in Verlegenheit bringen.« Joanna sah sie aus trüben Augen an. »Vergessen Sie, was ich gesagt habe. Ich kläre das gleich mit Agnetha.«

Sie waren an ihrer Zimmertür angekommen, und Merle schob den Schlüssel in den Schlitz. Sie ließ Joanna vor ihr eintreten und folgte ihr mit klopfendem Herzen. Agnetha hatte ihnen nur einen Schlüssel mitgegeben, obwohl Merle sicher war, dass sie zwei Zimmer gebucht hatte.

Langsam folgte sie Joanna in den Raum und blieb mit dem Rücken gegen die Tür gelehnt stehen.

»Ja, Sie haben mich in Verlegenheit gebracht und nein, Sie werden nichts mit Agnetha klären. Zumindest nicht, bevor Sie mir gesagt haben, worum es wirklich geht.«

»Das ist eine lange Geschichte.« Joanna hatte ihre Tasche auf den Boden gestellt und sah Merle nachdenklich an. »Ich war sieben Jahre nicht mehr hier in München. Seit …« Sie schluckte hart, und Merle konnte die Ader an ihrem Hals pochen sehen.

»Bitte, Merle. Ich wollte Sie nicht einfach so mit hineinziehen.«

»Hatten Sie diesen Gedanken schon, als Sie mich gefragt haben, ob ich Sie auf den Empfang begleite?« Merle stand noch immer mit vor der Brust verschränkten Armen an die Tür gelehnt. In ihrem Kopf drehten sich die Gedanken. Mit dieser Entwicklung hatte sie nun überhaupt nicht gerechnet.

»Nein. Ja.« Mit zitternden Fingern fuhr Joanna sich über die Augen. »Irgendwie schon.«

Himmel, sie hat das alles so geplant. Merle spürte, wie ihre Knie weich wurden. »Aber das haben Sie mir da nicht gesagt. Ich meine, Sie haben nur von dem Empfang gesprochen, und dass ich Sie begleiten soll. Ich dachte, als Ihre Assistentin oder als Ihre Pilotin.« Merle fuhr sich unsicher durch die kurzen Haare. »Worum geht es hier wirklich, Joanna?«

»Es tut mir leid, Merle. Ich dachte, ich wäre endlich soweit und könnte mich dem Ganzen stellen, aber irgendwie hatte ich schon geahnt, dass es noch zu früh ist. Deshalb wollte ich Sie im Taxi um Ihre Hilfe bitten. Als Agnetha dann bereits in der Lobby stand, da blieb einfach keine Zeit mehr.« Die Worte sprudelten nur so aus Joannas schönem Mund.

»Und jetzt soll ich Ihre Freundin spielen? Für diese Agnetha, oder ist da noch mehr, das ich wissen sollte?«

»Ich gehe davon aus, dass auch Diana und einige andere auf diesem Empfang sein werden. Diana ist der Grund, warum ich so lange Zeit nicht mehr nach München wollte. Oder besser gesagt, einer der Gründe. Wir haben keine einfache Zeit miteinander verbracht. Nicht beruflich und noch weniger privat.« Niedergeschlagen ließ sie sich auf der Bettkante nieder. »Ich sollte damit durch sein, aber ich kann es einfach nicht vergessen. Dafür ist viel zu viel geschehen. Ich kann das einfach nicht. Es tut mir leid, Merle, lassen Sie uns zurückfliegen.«

»Nein, zumindest nicht heute Abend. Ich begleite Sie.« Energisch drückte Merle ihr Kreuz durch.

»Als meine Assistentin oder als meine Freundin?«

»Als Ihre Freundin.«

Joannas Augen begannen feucht zu glänzen, während sie in Merles ernstes Gesicht sah. »Sie müssen das nicht tun.«

»Ist mir klar, aber ich bleibe bei meiner Entscheidung.« *Wie könnte ich mir diese Gelegenheit entgehen lassen?*

»Danke, Merle.«

»Ich habe nur ein Problem.«

Auf Joannas Stirn zeigte sich eine kleine Falte, als sie ihre Augenbrauen zusammenzog. »Was meinen Sie, Merle?«

»Was ist mit Vassiliki? Wird sie auch hier sein? Und wird sie unsere kleine Charade nicht auffliegen lassen?« Unruhig trat Merle von einem Bein auf das andere, während sie auf Joannas Antwort wartete.

»Nein, Vassiliki ist definitiv nicht hier. Das weiß ich.«

Die Erleichterung, die Merle durchflutete, hielt nicht lange an. »Aber sie wird sicherlich davon erfahren, und dann? Sie wird Ihnen die Hölle heiß machen, dass Sie mich als Ihre Freundin ausgeben«, gab Merle zu bedenken.

»Das lassen Sie ruhig meine Sorge sein, wenn es dazu kommt. Erst einmal werden wir diesen Abend hinter uns bringen.« Ihre braunen Augen funkelten Merle an. »Danke, dass Sie zugestimmt haben. Vor allem, nachdem Sie so von mir überfallen wurden.«

Joannas warme Augen strichen beinahe zärtlich über ihr Gesicht und ließen Merles Herz einmal mehr schneller schlagen. Merle merkte, wie es ihr heiß und kalt den Rücken herunterlief. Diese Frau trieb sie noch in den Wahnsinn.

»Merle«, Joanna trat einen Schritt näher auf Merle zu, »wenn Sie als meine Freundin mit mir zu dem Empfang gehen, dann wäre es vielleicht angebracht, wenn wir uns duzen würden.«

»Oh.« Merle schluckte trocken.

Joannas aufmerksame Augen ruhten sanft auf ihrem Gesicht und ließen ihr das Blut deutlich in die Wangen steigen.

»Ja, ich denke das würde sonst komisch aussehen.« Damit streckte sie Joanna ihre Hand entgegen.

Mit einem leisen Glucksen nahm Joanna ihre ausgestreckte Hand und drückte sie fest.

Joannas Hand lag fest und kühl in Merles Handfläche, die zunehmend feuchter wurde. Trotz aller Nähe zwischen ihnen, die sich in den vergangenen Wochen aufgebaut hatte, waren sie immer distanziert und korrekt miteinander umgegangen. Und nun sollte Merle sie duzen und sich als ihre Freundin ausgeben, das war doch noch etwas ganz anderes. Zögernd räusperte Merle sich. »Darf ich Sie etwas fragen?«

»Wenn du dafür beim Du bleibst, gern.« Joanna lächelte sie warm an.

»Entschuldigung, das ist gerade alles etwas viel auf einmal.«

»Möchtest du einen Rückzieher machen?« Auf Joannas Gesicht zeichnete sich herbe Enttäuschung ab.

»Nein, nicht doch. Ganz sicher nicht. Wirklich«, beeilte Merle sich sie zu beruhigen.

»Was dann, Merle?«

»Was erwarten Sie, sorry, du, was erwartest du von mir heute Abend?«

Joanna drehte sich zu ihr, sodass sie Merle besser ansehen konnte. Ihre Augen glitten über Merle, die ihr neugierig entgegensah. »Ich hätte dich nicht darum bitten sollen, es tut mir leid.« Matt schloss Joanna ihre Augen und ließ sich mit hängenden Schultern zurück auf die Bettkante sinken.

Besorgt setzte Merle sich neben sie, legte ihr die Hand auf den Arm und drückte sie aufmunternd. »Ich habe mich falsch ausgedrückt. Es geht mir nur darum, die Eckdaten richtig zu setzen. Wenn mich zum Beispiel jemand fragt. Wie lange kennen wir uns? Und wie lange sind wir schon zusammen?« Merle versuchte sich nicht anmerken zu lassen, dass sie aufgeregt war. Der Gedanke, als Joannas Freundin auftreten zu dürfen, erregte sie mehr, als sie erwartet hätte. Mit klopfendem Herzen warf sie Joanna einen kurzen Blick zu, die still neben ihr saß und in sich gekehrt war. »Joanna?«

»Was?« Mit einem Schleier über ihren schönen Augen starrte Joanna durch Merle hindurch.

»Wie lange sind wir schon zusammen, und woher kennen wir uns?«

»Am besten wir bleiben so oft es geht bei der Wahrheit. Wir kennen uns seit vier Monaten und sind auch genauso lange zusammen. Und du bist meine Pilotin, das können wir ruhig so stehenlassen.«

»Gut, dann weiß ich Bescheid.«

»Ich würde kurz duschen, ist das in Ordnung?« Joannas Blick war nach wie vor mit einem Schleier behaftet.

»Ja, natürlich. Ich zieh mich schon einmal um.«

Während es aus dem Bad plätscherte, zog Merle ihre Sachen aus dem Koffer. Noch immer schlug ihr das Herz bis zum Hals. Der Gedanke, als Joannas Freundin auf diesen Empfang zu gehen, war berauschend und beängstigend zugleich.

Kurz darauf öffnete sich die Tür und Joanna trat aus dem Bad heraus.

Bei ihrem Anblick blieb Merle komplett die Spucke weg. »Wow«, entfuhr es ihr, bevor sie sich zurückhalten konnte. »Sie sehen fantastisch aus. Einfach bezaubernd.«

Joannas Wangen überzogen sich mit einem feinen Rotton, während sie in Merles staunendes Gesicht sah. Lächelnd hob sie ihren Zeigefinger. »Du, und danke, Merle.« Ihre Augen nahmen Merles Aussehen auf, und sie nickte ihr anerkennend zu. »Das kann ich übrigens zurückgeben, der Anzug steht dir hervorragend.«

»Hauptsache, ich blamiere dich nicht damit.«

»Oh nein, auf keinen Fall. Du siehst äußerst attraktiv damit aus.«

Merle schluckte hart, während Joanna sie mit leuchtenden Augen ansah. Tapfer trat sie ihr entgegen. »Wollen wir?« Sie bot Joanna ihren Arm an und gemeinsam fuhren sie zum Ballsaal, wo Agnetha ihnen schon entgegenkam.

»Du wirst es nicht glauben, aber als ich verkündet habe, dass du auf der Gästeliste stehst, da schossen die Anmeldungen geradezu in die Höhe. Du wirst ganz viele der alten Clique wiedersehen, sie warten schon auf dich.« In Agnethas rundem Gesicht glänzten die Wangen wie eingefettete Speckschwarten. Ihre Augen glitzerten dabei freudig, als sie Joanna am Arm packte und mit sich in den Saal hineinzog.

»Joanna, da bist du ja!« Schon kam eine Frau mit ausgetreckten Armen auf Joanna zugelaufen und umarmte sie.

Merle blieb dezent im Hintergrund stehen. Joanna würde sie schon einbeziehen, wenn es nötig war.

»Christa, schön dich zu sehen.« Joanna erwiderte die Umarmung kurz und versuchte sich von ihr zu lösen, doch Christa zog Joanna mit sich und ließ Merle allein in der Menge zurück.

Für einen Moment fühlte Merle sich verloren, doch dann schob sie sich durch die vielen Leute hindurch an eine eigens dafür eingerichtete Bar, nahm sich ein Glas Orangensaft und stellte sich mit dem Rücken an eines der hohen Fenster. So konnte sie die Frauen beobachten, die sich immer mehr um Joanna sammelten und auf sie einredeten.

Eine Kellnerin trat mit einem Tablet auf Merle zu und ließ sie von den Kanapees kosten. Ein schmales Lächeln umspielte Merles Lippen, als sie an Tamara dachte, die für diese Art Essen morden würde. Ohne Mühe konnte sie Joanna in dem Gewusel ausmachen. Mit ihrem fantastischen Kleid stach sie deutlich aus der Menge hervor, wobei Merle sie auch in einem weniger auffälligen Kleid gesehen hätte.

»Du bist mit Joanna hier, nicht wahr?« Eine Frau hatte sich neben Merle gestellt und sah sie bösartig grinsend an.

»Und wenn dem so wäre?« Merle gönnte der Frau nur einen kurzen Blick und beobachtete weiter Joanna, die sich immer wieder nach ihr umsah und ihr ein entschuldigendes Lächeln zusandte. Als sie die Frau neben Merle sah, erstarb ihr Lächeln auf ihren Lippen, und sie zog bekümmert die Augenbrauen zusammen.

»Was willst du denn von ihr? Sie ist doch viel zu alt für dich.« Ihre Lippen verzogen sich gehässig. »Also liegt es wohl an ihrem Geld, dass du dich mit ihr abgibst. Wie viel zahlt sie dir denn? Oder ist eure Beziehung vielleicht einfach nur ein Spiel für uns heute Abend?« Sie bleckte ihre Zähne. »Ja genau, das ist es bestimmt. Eine nette, kleine Charade für Joannas frühere Freunde.«

»Du bist reichlich unverschämt mit deinen Sprüchen und Anschuldigungen!«

Wütend über die gehässigen Worte drehte Merle sich um und ging auf den Balkon hinaus. Tief atmete sie die frische Abendluft ein. Nur langsam beruhigte sich ihr Herzschlag, der sich angesichts der Giftschleuder von eben beschleunigt hatte.

Sie warf einen Blick durch die hohen Fenster und sah Joanna, die noch immer von den Frauen umringt war. Merle drückte ihre Schultern durch und stieß die Tür in den Ballsaal auf. Energisch und entschlossen ging sie auf die Gruppe der Frauen zu und stellte sich neben Joanna.

»Ist alles in Ordnung?« Joanna drehte sich zu ihr um. Auf ihrem Gesicht tanzten rote Flecken.

Die anderen Frauen musterten Merle neugierig.

»Darf ich um den nächsten Tanz bitten?« Lächelnd hielt sie Joanna ihre Hand entgegen.

Überraschung zeichnete sich auf Joannas Zügen ab.

Merle sah sie weiter unverwandt an und versuchte, ihr mit den Augen eine Botschaft zu senden.

»Sehr gern.« Joanna ergriff ihre ausgestreckte Hand und ließ sich von Merle auf die Tanzfläche ziehen.

Sanft drehte Merle Joanna zu sich herum und zog sie in ihre Arme. Ohne Mühe schwebten sie über die Tanzfläche.

Bei einer der Drehungen fiel ihr Blick auf die Frau von gerade eben, die sie frech angrinste. Tief in ihrem Inneren begann sich ein ungutes Gefühl zu regen. Es war ihr, als hätte sie die Frau schon einmal gesehen, doch es wollte ihr nicht einfallen, wo das hätte sein können.

Sanft legte Merle ihre Hand in Joannas Nacken und zog sie noch näher an sich heran. »Wir werden beobachtet, und es wurden schon böse Verdächtigungen ausgesprochen.«

Ihren Worten zum Trotz lächelte sie Joanna weiter strahlend an. Mit einer letzten Drehung kamen sie am Rand der Tanzfläche zum Stehen.

Joanna schloss einen Moment betrübt ihre Augen. Vor lauter Anspannung begann sie in Merles Armen zu zittern.

»Joanna, lass uns einen Moment an die frische Luft gehen.« Sie führte Joanna auf den Balkon hinaus und lehnte sich gegen das hohe Geländer. »Geht es dir gut?« Besorgt strich sie ihr mit der Hand über die erhitzte Wange.

»Ich habe schon lange nicht mehr getanzt.« Das süße Lächeln auf ihren Lippen ließ Joannas Gesicht strahlen.

»Und sonst? Ich meine, wie läuft der Abend für dich?«

Mit zitternden Fingern fuhr Joanna sich durch die langen Haare. »Ich habe es mir schlimmer vorgestellt.«

»Dann ist ja gut.«

»Was hast du gerade gemeint, Merle? Was für Verdächtigungen wurden ausgesprochen? Und von wem?«

Seufzend hob Merle den Kopf und sah durch die hohen Fenster in den Ballsaal hinein. Sie brauchte nicht lange zu suchen. Giftige Blicke wurden ihr entgegengeschleudert.

»Wir werden schon wieder beobachtet, Joanna.«

Merle dachte nicht weiter nach. Aus einem Impuls heraus legte sie Joanna die Hand in den Nacken und zog ihren Kopf zu sich heran. Sanft ließ sie ihre Lippen über Joannas Wange streichen, bis sie ihren Mund erreichte. Sie konnte fühlen, wie ihr Herz immer langsamer schlug, bis es fast zum Stillstand kam. In ihrem Kopf bildete sich eine Luftblase, die alles einschloss und nichts mehr hinausließ. Es gab nur noch sie und Joanna, die sich in ihre Arme schmiegte, und die ihr ihren Mund weiter entgegen hob.

Ihre Lippen trafen aufeinander. Berührten sich in einem sanften Kuss. Eng umschlungen standen sie auf dem Balkon und küssten sich immer wieder mit einer Sanftheit und Zärtlichkeit, die Merle den Atem raubte. Leicht spielten ihre Zungenspitzen miteinander. Es war ein himmlisches Gefühl, das Merle schwindlig machte. Sie wusste nicht, wie lange sie so dastanden. Zeit und Raum hatte an Bedeutung verloren, es gab nur sie beide. *Himmel …*, Merle öffnete ihre Augen und sah sich schnell um. Vorsichtig löste sie sich von Joanna, die sie mit erhitztem Gesicht ansah.

»Joanna, es scheint geklappt zu haben. Zumindest die Giftschleuder von eben ist fort.«

Joanna fuhr sich mit der Hand durch ihre langen Haare, die ihr in sanften Wellen auf die Schulter fielen. Ihre Lippen waren von dem innigen Kuss deutlich gerötet.

Am liebsten hätte sie Joanna wieder an sich herangezogen und erneut geküsst. Doch Joannas Blick, der Merle streifte, ließ Merle zittern und einen Schritt zurückweichen.

Ohne etwas zu sagen, drehte Joanna sich um und umklammerte mit ihren Händen das Geländer des Balkons.

Diese Frau treibt mich in den Wahnsinn. Welch ein Wechselbad der Gefühle. Einen Moment stand Merle unschlüssig neben Joanna, die sich über die Brüstung beugte und in die Tiefe sah. *Auf jeden Fall hat sie keine Höhenangst.* »Sollen wir wieder reingehen?«

Joanna nickte stumm und ließ sich von Merle in den Ballsaal zurückführen.

Von einer vorbeigehenden Kellnerin nahm Merle zwei Gläser Champagner und reichte eines an Joanna weiter, die es ihr mit noch immer zitternden Fingern abnahm. »Ist alles in Ordnung?« Merle legte ihre Hand auf Joannas Arm und drückte sanft.

»Alles gut, danke.« Joanna leerte ihr Glas mit einem Zug und stellte es auf einem Tisch ab.

»Jo, da seid ihr ja wieder. Wir haben euch schon vermisst.« Christa trat auf sie zu und stellte sich herausfordernd vor Merle. »Du bist also die Pilotin, die Jo hier den Kopf verdreht hat. Ich muss sagen, dein Geschmack, Jo, hat sich definitiv geändert.«

Merle spürte die Röte, die ihr über den Nacken nach oben kroch. Sie wusste nicht, ob sie wütend oder einfach nur peinlich berührt sein sollte.

Joanna legte ihre Hand in Merles und drückte sanft ihre Finger zusammen. Sie schenkte Christa ein strahlendes Lächeln. »Ja, ich habe endlich die Richtige gefunden. Es hat ein wenig gedauert, und Irrungen und Leiden gehören ja nun einmal zum Leben dazu, nicht wahr?«, säuselte sie und blinzelte Christa scharf an.

Merle konnte sehen, wie die Ader an deren Schläfe zu pochen begann. Ohne noch etwas zu sagen, drehte sie sich um und ließ Merle und Joanna allein zurück.

»Lass uns gehen, ich habe genug von dieser elenden Heuchelei.«

Überrascht von der Härte in Joannas Stimme, folgte Merle ihr aus dem Ballsaal hinaus. Schweigend fuhren sie zu ihrem Zimmer, wo Joanna, ohne etwas zu sagen, im Bad verschwand.

Unsicher wie es nun weitergehen würde, setzte Merle sich auf die Bettkante und wartete. Noch immer waren ihre Lippen von den sanften Küssen geschwollen, und wenn sie mit ihrer Zunge darüberstrich, dann spürte sie Joannas süßen Geschmack an ihnen haften.

Es dauerte nicht lange, und Joanna trat aus dem Badezimmer. »Sie können ins Bad, ich bin fertig.«

Irritiert stand Merle auf und versuchte Joanna ins Gesicht zu sehen, doch diese hielt den Kopf gesenkt und erwiderte ihren Blick nicht.

Merle nahm sich ihren Kulturbeutel und ging in das Badezimmer. Während sie sich das Gesicht wusch, drehten sich ihre Gedanken einzig und allein um Joanna und um ihr merkwürdiges Verhalten. Sie war wieder auf das formelle Sie zurückgegangen. Und das nach den zarten Küssen, die sie auf dem Balkon ausgetauscht hatten. Die waren definitiv von beiden Seiten ausgegangen, nicht nur von ihr, auch wenn sie es gestartet hatte.

Sie bemerkte, wie sich Enttäuschung in ihr breitmachte. *Was war nur mit dieser Frau los?* Die zarten Küsse hatten sich so gut angefühlt, hatten Lust gemacht auf mehr, auf viel mehr. Und nun, nun war Joanna wieder die distanzierte Chefin, und sie, Merle, war nichts mehr als ihre Angestellte.

Sie ging aus dem Bad in das bereits dunkle Zimmer und legte sich auf ihre Bettseite.

Joanna hatte sich auf ihrer Seite zusammengerollt und schien bereits zu schlafen.

»Gute Nacht, Joanna.« Merle rechnete nicht mit einer Antwort auf ihre leise gemurmelten Worte. Umso überraschter war sie, als Joanna sich zu ihr umdrehte und sie mit glänzenden Augen ansah.

»Merle.« Mehr kam nicht über ihre zitternden Lippen.

Ohne weiter darüber nachzudenken rutschte Merle näher an sie heran und beugte sich über sie. Ihre Augen trafen sich, hielten sich fest. Es war, als würden sie sich zum ersten Mal ansehen und dann direkt in ihr Innerstes blicken, so intensiv war ihr Blick. Zögernd senkte Merle ihren Mund Joanna entgegen, bis sich ihre Lippen trafen. Sanft berührten sie sich, ihre Zungen glitten über die geöffneten Lippen, streichelten einander, drangen tief in die Münder ein.

Wie eine Ertrinkende umfasste Joanna Merles Kopf und presste sie fest an sich. »Merle, süße Merle«, flüsterte Joanna heiser, während Merle sich auf sie schob und ihre Hände über Joannas Körper gleiten ließ. Sachte hob sie ihr T-Shirt an, umfasste mit ihrer Hand Joannas Brust und begann sanft ihre kleine Knospe mit Daumen und Zeigefinger zu massieren, sodass sie schnell hart wurde.

Ein leises Stöhnen drang aus Joannas Kehle. Mit verschleiertem Blick sah sie Merle an.

Mit einem letzten sanften Kuss verabschiedete Merle sich von Joannas Lippen und küsste sich ihren Weg über ihre erhitzte Haut. Mit der Zunge umrundete sie Joannas Brust. Sie spürte das Beben, das durch Joannas Körper lief und das ihre eigenen Gefühle widerspiegelte. Heißes Begehren durchflutete Merles Adern, setzte ihren Körper in Flammen und ließ sie sich nach Joanna und ihrem Körper verzehren.

Mit zitternden Fingern strich sie über Joannas Bauch, während ihre Lippen weiter an ihrer Brust saugten. Je näher ihre Finger an Joannas pulsierende Mitte kamen, umso stärker wurde ihr eigenes Verlangen. Quälend langsam schob sie ihre Finger in Joannas Höschen und rollte es nach unten. Keuchend fuhr sie durch die Nässe, die zwischen ihren Beinen hervorquoll, und mühelos glitten ihre Finger zwischen Joannas Falten und drangen in sie ein.

Ein heiserer Laut entkam Joannas Kehle, als Merle sich zwischen ihre Beine schob und mit ihrer Zunge über ihr Knöpfchen strich. »Merle.« Es war ein spitzer Schrei, der von Joannas Lippen kam und der Merle nur noch mehr beflügelte, ihre Zunge spielen zu lassen.

Sie konnte spüren, wie sich Joannas Innenwände um ihre Finger schlossen, wie sie sie zusammenquetschten, nur um sie kurz darauf wieder freizugeben. Mit steigender Geschwindigkeit ließ sie ihre Finger in ihr tanzen und entlockte Joanna so ein weiteres heiseres Stöhnen.

Merle spürte ihre eigene Nässe, die sich zwischen ihren Beinen sammelte. Ihr eigenes Verlangen wuchs ins Unermessliche und ließ sie zittern. Als Joanna mit einem weiteren Schrei unter ihr zu zucken begann, schob Merle sich vorsichtig über sie und presste ihre pulsierende Mitte über ihre Scham. Langsam bewegte sie sich über Joanna, bis diese die Augen öffnete und Merle auf den Rücken drehte. Ihre braunen Augen glitzerten im einfallenden Sternenlicht.

Mit einem süßen Lächeln auf ihrem schönen Gesicht beugte Joanna sich über Merle und küsste sie mit einer Leidenschaft, die Merle den Atem raubte. Mit beiden Händen zerrte Joanna an Merles T-Shirt und zog es ihr über den Kopf. Langsam ließ sie ihre Blicke über Merles nackten Oberkörper gleiten. Durch ihre Blicke allein schwollen Merles Brustwarzen an und streckten sich ihr flehentlich entgegen. Joanna ließ sich nicht lange bitten und umspielte mit ihrer Zunge die kleinen Knospen. Ihre langen Finger glitten über Merles flachen Bauch und verschwanden mühelos in ihrem Höschen, das bereits komplett durchnässt war.

»Oh Himmel«, stöhnte Merle und drückte ihren Unterleib Joannas Fingern entgegen. Mit ihren Händen umklammerte sie Joannas Schultern und drückte sie mit sanfter Gewalt tiefer, bis sie zwischen ihren Beinen lag. Ihr Puls hatte sich verdreifacht, und doch floss ihr Blut nur quälend langsam durch ihre kochenden Adern. In ihren Ohren konnte sie das dumpfe Pochen ihres Herzschlages hören. Hektisch half Merle Joanna dabei, ihr das Höschen von den Hüften zu schieben.

Mit einem leisen Seufzer platzierte Joanna sich wieder zwischen ihren Beinen und blies sanfte Küsse auf Merles Scham, die dies mit einem heiseren Schrei quittierte.

Als Joannas Finger in sie eindrang, explodierte Merle. Sie presste sich eine Faust in ihren Mund, um ihre Schreie zu dämpfen. Ihre Beine begannen unkontrolliert zu zucken. Mit jedem Zungenschlag Joannas floss heiße Flüssigkeit aus Merle hinaus, die direkt von Joannas Mund aufgenommen und in ihn aufgesaugt wurde.

Alles um sie herum verlor an Bedeutung. Es gab nur noch sie beide, die sich unermüdlich zu neuen Höhen brachten. Die sich ihre Leidenschaft erfüllten, als gäbe es kein Morgen mehr. Irgendwann sanken sie eng umschlungen in einen tiefen Schlaf.

17

Als Merle am nächsten Morgen die Augen öffnete, brauchte sie einen Moment, um sich zu orientieren. Ein Geräusch von der Seite ließ sie herumfahren und direkt in Joannas braune Augen sehen. »Guten Morgen.« Merle lächelte Joanna glücklich an, doch das Lächeln gefror ihr augenblicklich im Gesicht, da Joanna sie nur abweisend musterte.

»Wenn du fertig bist, können wir nach Hause fliegen. Ich warte unten auf dich.« Damit nahm sie ihre Tasche und verließ das Zimmer.

»Aber«, stammelte Merle, doch die Tür hatte sich bereits hinter Joanna geschlossen. Fassungslos starrte Merle auf die Tür. Die Gedanken rasten in ihrem Kopf, in dem alles leer und unsortiert wirkte. Als wäre sie in einer Blase gefangen, die alle rationalen Gedanken von ihr fernhielt.

Sie ging ins Bad und nahm eine kalte Dusche. Während das Wasser über ihren Körper lief, versuchte sie zu verstehen, was zuvor passiert war. Sie erinnerte sich an den Abend zuvor. An den Empfang bei Agnetha und die anderen Frauen dort. Und sie erinnerte sich an die zarten Küsse, genauso wie an Joannas Reserviertheit, nachdem sie im gemeinsamen Zimmer angekommen waren. Und noch viel mehr erinnerte sie sich an die Leidenschaft, mit der sie sich die ganze Nacht geliebt hatten. Allein beim Gedanken an Joanna und ihre Leidenschaft bekam Merle weiche Knie. Was war nur schiefgelaufen? Was hatte sie falsch gemacht? Immerhin hatte sie Merle noch geduzt, das war schon ein Schritt mehr als am Vorabend.

Seufzend zog Merle sich an und packte ihre Tasche. Nur Joanna allein würde ihr diese Fragen beantworten können. Sie war sich nur nicht sicher, wie sie ihr gegenübertreten sollte. Konnte sie sie direkt darauf ansprechen? Oder war Joanna wieder in die Rolle ihrer Chefin gefallen und würde ihr keine Rede und Antwort stehen? Nun, sie würde es ja sehen.

Damit zog Merle die Tür hinter sich zu und ging mit einem unbehaglichen Gefühl nach unten, wo Joanna mit ausdruckslosem Gesicht auf sie wartete.

Stumm fuhren sie mit dem Taxi zu dem Flugplatz. Saßen sie normalerweise beide gemeinsam auf der Rückbank, so hatte Joanna sich nun neben den Fahrer gesetzt.

Sie will bloß keinen Kontakt mit dir riskieren. Denk nach, Merle, denk nach! Was hast du nur getan?

Völlig automatisiert überprüfte Merle die Maschine und kletterte auf ihren Sitz. Sie wollte etwas sagen, doch ihre Stimme versagte, und sie räusperte sich trocken. Ihr Herz pochte ihr bis zum Hals und verschloss ihre Kehle, sodass sie kaum genug Luft zum Atmen bekam. Mühsam schluckte sie den Kloß herunter. Nach dieser wundervollen Nacht war sie nun von einer unendlichen Angst und Traurigkeit erfüllt.

Tapfer drehte sie sich zu Joanna, die ohne erkennbare Regung nach vorn sah. »Dein Gurt ist nicht richtig«, murmelte Merle und zeigte mit einem zitternden Finger auf die fehlenden Schultergurte. Automatisch griff sie nach den Gurten und zog sie über Joannas Brust nach unten. Dabei streifte sie mit ihrem Handrücken über Joannas weichen Hügel. Die zarte Berührung, so unschuldig sie in diesem Moment auch war, ließ bei Merle die Röte ins Gesicht steigen, wie sie anhand der Hitze in ihren Wangen bemerkte. Zu deutlich erinnerte sie sich daran, wie sie den kleinen Hügel in der vergangenen Nacht liebkost hatte, wie sie Joanna geliebt hatte.

Joanna hielt die Augen fest geschlossen und saß weiter regungslos vor ihr.

Merle hakte die Gurte ein und wollte sich gerade nach vorn drehen, als Joanna plötzlich ihre Augen öffnete und sie mit einem Blick bedachte, dass Merle das ganze Blut aus dem Gesicht wich.

»Was habe ich getan? Bitte Joanna, kannst du mir das sagen?« Die Worte verließen Merles Mund, bevor sie sie zurückhalten konnte. Der Schmerz in ihrer Stimme klang dumpf in der kleinen Flugzeugkabine.

»Können wir jetzt los? Ich habe noch einiges zu erledigen«, kam es kalt von Joannas Lippen.

Merle schluckte ihre Enttäuschung herunter, bat um die Freigabe und ließ die Piper zum Start rollen.

Während des ganzen Fluges hielt sie den Blick starr nach vorn gerichtet. Sie befürchtete, dass sie die Fassung vollends verlieren würde, wenn sie Joanna ansähe. Immer wieder tauchten Szenen der vergangenen Nacht vor ihrem inneren Auge auf. Sie sah Joannas süßes Lächeln, ihren nackten Körper, der sich unter ihren Liebkosungen wand. Sie konnte sogar die lustvollen Schreie in ihren Ohren hören. Wenn sie nicht gleich damit aufhörte, würde sie noch den Verstand verlieren.

Nach der Landung kletterte Joanna aus dem Sitz und ging, ohne sich nach Merle umzudrehen, zum Parkplatz, wo Alfred schon auf sie wartete.

Merle überlegte kurz, ob sie ihr nachgehen sollte. Doch dann entschied sie sich dagegen, gab Alfred durch ein kurzes Winken mit der Hand Bescheid und blieb an ihrer Maschine.

Noch immer wusste sie nicht, was schiefgelaufen war. Auf Joannas Bitten hin hatte sie ihre Freundin gespielt. Hatte sie, als es in Frage gestellt wurde, geküsst und es mehr als genossen. Und auch Joanna hatte zu diesem Zeitpunkt nicht den Anschein erweckt, als hätte ihr die Nähe missfallen. Dass sie danach auf einmal distanziert gewesen war, das hatte Merle irritiert. Und doch hatten sie danach eine Liebesnacht verbracht, die alle Träume Merles in den Schatten gestellt hatte. Warum nur war Joanna nun so kalt und abweisend? Und warum sagte sie ihr nicht, was sie falsch gemacht hatte?

Entkräftet lehnte Merle sich mit der heißen Stirn gegen das kühle Metall ihrer Piper. Seufzend zog Merle ihr Handy aus der Tasche und wählte eine Nummer.

»Merle, endlich. Ich sitz hier schon wie auf heißen Kohlen«, drang die fröhliche Stimme ihrer besten Freundin aus dem Hörer. »Wie war der Empfang? Los, sag schon! Wer war alles da?«

»Hast du heute schon was vor?« Merle blickte über den Flugplatz zum Parkplatz, wo Joannas Limousine gerade abfuhr.

»Geht es dir gut? Du klingst so komisch.« Alle Fröhlichkeit war aus Tamaras Stimme verschwunden.

Müde fuhr Merle sich mit der Hand über die Augen. Sie konnte Tamara wohl nichts vormachen, dafür kannten sie sich einfach zu lange. Aber konnte sie ihr sagen, was geschehen war? »Alles gut, ich dachte nur, dass du vielleicht Lust auf ein Glas Bier hast.«

»Natürlich. Treffen wir uns im Bistro?«

»Gern, ich fahre gleich los. Brauch etwa eine halbe Stunde.«

»Dann bis gleich, Merle. Ich freue mich, dich endlich mal wiederzusehen.«

Merle verschloss die Piper und brachte den Schlüssel und die Papiere ins Büro. Sie warf nur einen kurzen Blick auf die geschlossene Tür zu Piets Reich. Durch die Tür konnte sie seine laute Stimme hören. Beinahe erleichtert nahm Merle zur Kenntnis, dass er am Telefon war. Auf ein Gespräch mit ihrem langjährigen Freund konnte sie im Moment gut verzichten.

Still und leise nahm sie sich ihren Helm aus dem Regal. Seit sie bei Joanna wohnte und Alfred sie immer gemeinsam an den Flugplatz gefahren hatte, seitdem stand ihr Motorrad meistens hier geparkt. Ein Umstand, der ihr nun zugutekam.

»So, und nun will ich endlich alles wissen, über den Empfang, über deine Arbeit, deine Chefin, einfach alles.« Tamara sah ihr mit glänzenden Augen entgegen, während sie das Bistro betrat. »Wir haben uns schon viel zu lang nicht mehr gesehen, und heute weichst du mir nicht mehr aus.«

Merle ließ sich neben ihr auf einen Stuhl fallen und bestellte sich ein alkoholfreies Bier.

»Merle, was ist los?« Tamara legte ihr sanft die Hand auf den Arm und drückte auffordernd dagegen.

Müde hob Merle den Kopf und erwiderte traurig den herausfordernden Blick ihrer Freundin.

»Merle?« Tamara sah sie bestürzt an, als Merle mit den Tränen kämpfte. »Was ist passiert?« Sacht legte Tamara ihr den Arm um die Schulter und zog sie zu sich heran.

»Ich habe keine Ahnung. Im Moment weiß ich nicht einmal, ob ich morgen noch einen Arbeitsplatz habe.«

»Wie bitte?« Ungläubig sah Tamara sie an. »Wieso das denn? Was hast du denn gemacht?«

»Einen großen Fehler, wie es scheint.« Merle leerte ihr Glas und stellte es vor sich auf den Tisch. »Ich muss los.« Sie wollte aufstehen, doch Tamara hielt sie am Arm zurück.

»Kommt gar nicht in Frage. Du erzählst mir jetzt sofort, was passiert ist. Vorher lass ich dich nicht gehen.«

Bedrückt sank Merle auf den Stuhl zurück und starrte vor sich ins Leere. »Ich weiß nicht, wo ich anfangen soll.«

»Wie wäre es einfach ganz am Anfang?«

»Das wird dann eine lange Geschichte.«

»Macht nichts, ich habe Zeit. Komm, Merle, erzähl mir alles.« Tamara lächelte liebevoll ihrer Freundin zu.

Merle sortierte einen Moment ihre Gedanken. »Du weißt, dass ich vor vier Monaten von Joanna für einen Flug gebucht wurde.«

»Ja, ja, natürlich und daraus hat sich dann ein Angebot entwickelt.«

»Genau.« Merle legte den Kopf schräg. »Ein Angebot, das ich gar nicht ausschlagen konnte. Joanna, Frau von Gronewald, ist eine tolle Chefin. Ich habe mehr verdient als in der Werkstatt und hatte zudem noch Kost und Logis frei, da ich bei ihr in der Villa wohnen durfte. Also gar keine Frage, dass ich das Angebot annehmen musste.«

»So hatte ich das beim letzten Mal auch verstanden. Aber was ist jetzt passiert?« Tamaras wache Augen ruhten besorgt auf Merle.

»Ich habe dir auch von dem Empfang in München erzählt.«

»Ja, deshalb wollte ich dich auch sofort wiedersehen, damit du mir davon erzählen kannst. Aber irgendwas muss dort passiert sein, oder?« Tamaras schnelle Auffassungsgabe ließ Merle gequält den Kopf auf die Brust senken.

»Nun, sie hatte mich gebeten, sie zu begleiten.«

»Als ihre Pilotin?« Allein durch ihre Stimmlage machte Tamara deutlich, dass sie dies nicht wirklich glauben wollte.

»Nein, zumindest nicht nur.« Merle fuhr sich durch ihre widerspenstigen Haare. »Nein, sie bat mich als ihre Freundin mitzukommen.«

»Das ist ja ein Ding. Warum nur?« Mit großen Augen sah Tamara sie an.

Merle nahm ihr Glas und drehte es zwischen ihren Fingern. »Ich weiß nicht alles, aber es ging darum, dass wir dort auf Menschen aus ihrer Vergangenheit treffen würden. Menschen, denen sie etwas vorspielen wollte. Und so war es dann auch.«

»Ah so ...« Der skeptische Ton in Tamaras Stimme ließ Merle innerlich aufseufzen.

»Wie gesagt, ich weiß nicht alles. Aber sie bat mich als ihre Freundin aufzutreten, und das habe ich getan.«

»Und weiter? Komm, Merle, lass dir doch nicht jedes Wort aus der Nase ziehen.«

Zögernd sprach Merle weiter. »Wir haben uns gut verstanden, und irgendwann haben wir uns geküsst. Lange und unheimlich schön.« Gepeinigt schloss Merle die Augen und lehnte sich auf dem Stuhl zurück. Die Erinnerung an die süßen Küsse tat weh.

»Hey, ist alles okay mit dir?« Besorgt strich Tamara ihr über die Wange.

»Als wir auf das Zimmer sind, da war sie auf einmal total distanziert. Hat mich sogar wieder gesiezt.«

»Warum das denn?« Tamara war genauso irritiert, wie Merle es in diesem Moment gewesen war.

»Ich habe keine Ahnung, aber das ist auch noch lange nicht alles.« Ein tiefer Seufzer entkam Merles Brust, während sie Tamara beschämt in die Augen sah.

»Ich kann es mir fast denken, aber wo ist nun das Problem?« Ihr aufmunterndes Lächeln erleichterte es Merle weiterzureden.

»Wir hatten eine unglaublich schöne Nacht. Oh, Tammy, ich habe noch nie so eine leidenschaftliche Nacht erlebt.« Ein heftiges Schluchzen schüttelte ihren schmalen Körper. »Und als ich wach wurde, da hat sie mich kaum angesehen, wollte nur nach

Hause. Auf dem Flug hat sie kein einziges Wort mit mir gesprochen, und ich habe keine Ahnung warum. Tammy, ich weiß nicht, was ich tun soll.«

»Ach, Süße, ich wünschte, ich könnte dir da einen Rat geben. Vielleicht fragst du sie einfach direkt? Durch diese Ungewissheit wirst du ja noch völlig irre.« Tamara strich ihr sanft über die Wange.

»Na klar, ich marschier einfach zu ihr nach Hause und sag ihr, dass sie mir Rede und Antwort stehen soll. Da kann ich doch gleich meine Kündigung schreiben und einreichen. Das kommt dann aufs Gleiche raus.« Die Worte quollen nur so aus Merles Mund.

»Und jetzt? Was hast du vor?«

»Wenn ich das nur wüsste, ich habe doch keine Ahnung.« Traurig ließ Merle ihren Kopf hängen.

»Merle? Liebst du sie?« Tamaras leise Stimme ließ Merle den Kopf heben.

»Ich weiß es nicht. Es war schön an ihrer Seite zu sein. Und es war noch viel schöner, sie zu küssen und die Nacht mit ihr zu verbringen. Aber egal, wie meine Gefühle für sie sind, sie spielt in einer völlig anderen Liga, und da werde ich niemals hineinpassen. Und ich könnte mir vorstellen, dass dies auch der Grund für ihr Verhalten ist. Ihr ist klargeworden, dass ich eben doch nur ihre Angestellte bin und ihr nicht ebenbürtig.« Niedergeschlagen schloss Merle die Augen.

»Meinst du nicht, dass du dich jetzt ein wenig zu schlecht darstellst? Komm, Merle, du bist eine intelligente, junge Frau. Bildhübsch noch dazu. Jede Frau würde sich glücklich schätzen, wenn sie dich als Partnerin haben könnte. Also ich kenne eine ganze Menge, die dich gern kennenlernen wollten.«

Überrascht hob Merle den Kopf und sah ihre Freundin an. »Tut mir leid, Tammy, ich bin gerade einfach nur überfordert. Ich denke, ich sollte nach Hause fahren. Und vielleicht erfahre ich ja wirklich mehr oder bekomme meine Kündigung. Egal, was es sein wird, diese Unsicherheit macht mich krank.«

Sie ging an die Bar, um ihre Rechnung zu zahlen, als sie von der Seite her angesprochen wurde.

»Oh, Merle, das ist ja eine Überraschung. Ist Joanna auch hier?«

Merle drehte sich um und sah in das glänzende Gesicht jener Giftschleuder, die sie in München schon ausgefragt hatte. Erneut hatte sie dieses nagende Gefühl in sich, dass sie sie vor dem Empfang schon einmal gesehen hatte, aber die Erleuchtung wollte einfach nicht kommen.

Entnervt drehte sie sich zur Bar zurück und legte einen Geldschein auf ihre Rechnung. »Nein, Joanna ist nicht hier, aber ich fahre jetzt nach Hause. Soll ich ihr etwas bestellen?«

»Nicht nötig.« Die leise Stimme war direkt an ihrem Ohr und jagte Merle eine Gänsehaut über den Rücken.

Sie machte einen kleinen Schritt zur Seite, um etwas mehr Distanz aufzubauen, doch die Frau folgte ihr und legte ihre Finger auf Merles Hand. Sacht begann sie, Merles Haut zu streicheln. Die Berührung war Merle mehr als unangenehm. Mit einem Ruck zog sie ihre Hand von der Theke und drehte sich verärgert zu der Frau, die sie mit einem lüsternen Funkeln in den Augen musterte.

»Musst du schon nach Hause, oder hast du noch einen Moment Zeit für mich?« Bevor Merle etwas sagen konnte, trat sie auf sie zu, legte ihr die Hand in den Nacken und versuchte sie zu küssen.

Mit beiden Händen stemmte Merle sich gegen ihre Schultern und drückte sie von sich fort. »Was fällt dir ein?«, schimpfte sie wütend.

»Nicht doch.« Die Frau kam wieder auf sie zu und strich Merle mit der Hand über die Wange. »Wer wird denn gleich so aufbrausend sein? Ich dachte, wir könnten ein wenig Spaß zusammen haben.«

»Vergiss es!« Merle nahm ihr Wechselgeld von der Theke, steckte es in ihre Hosentasche und wollte zum Ausgang gehen, als sie plötzlich am Arm gepackt und herumgerissen wurde. Bevor sie reagieren konnte, wurden kalte Lippen auf ihre gepresst. Eine feste Hand fuhr ihr über den Po und presste ihren Körper an den der Frau. Merle war so überrascht von dem Angriff, dass sie einen kurzen Moment brauchte, bis sie sich von ihr lösen konnte. Wütend blitzte sie die Frau an. »Bist du total übergeschnappt? Was soll das? Ich will nichts von dir, also lass mich gefälligst in Ruhe!«

Die fremde Frau grinste sie noch einmal lüstern an und verließ dann das Bistro.

»Was war das? Und vor allem, wer war das?« Tamara drückte sich durch die Menge und blickte an Merle vorbei auf die bereits geschlossene Tür.

»Ich habe keine Ahnung, was sie von mir wollte. Sie ist eine der Frauen von dem Empfang in München, und dort hat sie schon ihr Gift verspritzt. Was sie hier will, und vor allem, was sie gerade von mir wollte, das kann ich dir nicht beantworten.« Angewidert fuhr Merle sich über den Mund. »Hast du das gesehen, Tammy?«

»Nun, ich habe einiges gesehen.« Tamara warf ihr einen undurchsichtigen Blick zu, der Merle leise aufstöhnen ließ.

»Komm schon, du glaubst doch nicht, dass ich dir gerade von Joanna vorheule und dann eine andere Frau küsse, oder?« Merles Stimme klang schrill.

»Nein, das glaube ich nicht. Das passt nicht zu dir. Aber es sah für einen Moment so aus, als wärst du ihr gegenüber nicht abgeneigt.«

»Um Gottes willen, nein!« Bei dem bloßen Gedanken schüttelte Merle sich. »Ich kenne sie überhaupt nicht, weiß nicht einmal ihren Namen.«

Dass sie den bald darauf erfahren sollte, das konnte sie in diesem Moment nicht erahnen. Irritiert und durcheinander verabschiedete sie sich von ihrer Freundin und fuhr mit dem Motorrad durch die Stadt nach Hause. Immer wieder schüttelte sie den Kopf, wenn sie an die fremde Frau dachte, die sie so heftig bedrängt hatte. Was wollte sie nur von ihr?

18

Mit klopfendem Herzen ließ Merle das Motorrad vor Joannas Villa ausrollen. Würde sie überhaupt willkommen sein? Oder würde sie direkt ihre Kündigung erhalten?

Sie blieb einen Moment länger als nötig auf der Maschine sitzen und sah auf das große Haus, das ihr in den letzten Wochen zum Zuhause geworden war. Es würde ihr schwerfallen, wieder in eine kleine Einzimmerwohnung zurückzukehren, und noch viel schlimmer wäre es, Joanna nicht mehr sehen zu dürfen. Aber wenn sie nicht endlich mit ihr redete, dann würde sie noch wahnsinnig werden. Entschlossen stieg sie die Treppen nach oben und trat in das Haus ein.

»Hallo, Merle, da bist du ja endlich. Frau von Gronewald möchte dich sehen. Sie ist im Wohnzimmer.« Yasmin war ihr entgegengetreten und sah sie mit zusammengekniffenen Augenbrauen an. »Du solltest sie nicht länger warten lassen. Möchtest du etwas trinken?«

»Nein danke, Yasmin.« Merle schluckte trocken und bemerkte den Kloß, der ihr die Kehle zudrückte. Mühsam versuchte sie, ihn zu lösen. Erst dann setzte sie sich in Bewegung und ging in das Wohnzimmer, wo Joanna in ihrem Sessel saß und vor sich ins Leere starrte.

»Sie wollten mich sprechen, Joanna?« Angesichts der unterkühlten Stimmung des Rückfluges hielt Merle es für besser, sich selbst distanziert zu zeigen.

»Arbeiten Sie gern für mich?« Joanna hatte eine Augenbraue nach oben gezogen und musterte Merle, die unruhig von einem Bein auf das andere trat.

»Ja, das tue ich.« Überrascht blieb Merle stehen und sah in die sonst so unglaublich schönen Augen, die sie nun ausdruckslos musterten.

»Gibt es etwas, das Ihnen fehlt oder das Sie gern ändern würden?«

»Es tut mir leid, Joanna, ich verstehe nicht.«

»Nun …« Joanna stand auf und trat langsam auf Merle zu, der auf einmal unheimlich kalt wurde. »Haben Sie einen Wunsch, den ich Ihnen erfüllen kann?«

»Nein.« Beinahe unfähig sich zu bewegen, schüttelte Merle benommen den Kopf. Wie hypnotisiert starrte sie weiter in Joannas Augen, die auf einmal hart und kalt wurden.

»Warum bestehlen Sie mich dann?«

»Was?«, keuchte Merle und sah Joanna fassungslos an. Sie hatte das Gefühl, ihr würde der Boden unter den Füßen weggezogen.

»Wenn Sie doch gern für mich arbeiten und es Ihnen an nichts fehlt, warum bestehlen Sie mich dann?« Mit jedem Wort wurde Joannas Stimme eine Nuance lauter.

»Ich habe keine Ahnung, wovon Sie sprechen.« Merle spürte, wie ihr angesichts dieser ungeheuerlichen Behauptung alle Farbe aus dem Gesicht wich.

Joanna zog ein Blatt Papier hinter ihrem Rücken hervor und hielt es Merle vor.

»Was ist das dann hier?« Sie fuchtelte mit dem Papier vor Merles Nase herum. »Na los. Sagen Sie es mir, Merle!« Joannas Stimme war so kalt wie noch nie zuvor und jagte Merle einen Schauer nach dem anderen über ihren Rücken.

Mit zitternden Fingern nahm sie das Blatt und begann zu lesen. Ihre Augen weiteten sich, als ihr bewusst wurde, was sie da in ihren Fingern hielt. »Joanna, das ist nicht von mir. Das habe ich niemals ausgestellt.«

»Es trägt Ihr Kürzel, oder etwa nicht?«, konterte Joanna.

»Aber, das kann nicht sein. Ich habe das nicht ausgestellt. Was sollte ich denn mit so viel Geld anstellen?«

»Vielleicht dachten Sie ja, dass Sie sich so einen besonderen Wunsch erfüllen könnten. Oder Sie dachten einfach, dass Sie mich wie eine Kuh melken könnten. Wie eine besonders dumme Kuh.« Voller Wut hob Joanna die Hand und gab Merle eine klatschende Ohrfeige. »Verschwinden Sie aus diesem Haus. Das Geld bekomme ich wieder. Jeden einzelnen Cent, dass wir uns da verstanden haben. Ansonsten jage ich Ihnen die Polizei ins Haus.«

»Aber, Joanna, ich habe das Geld nicht. Ich war das wirklich nicht. Um Himmels willen, Sie müssen mir glauben. Warum sollte ich das tun? Joanna, bitte!« Merle rieb sich die schmerzende Wange, doch viel größer war der dumpfe Schmerz in ihrem Herzen. Diese Leere, die sich in ihr ausbreitete und die sie zu lähmen schien. »Sie können mein Zimmer durchsuchen, mit meiner Bank sprechen, mit Piet und Tamara, den einzigen Freunden, die ich habe. Bitte, Joanna, ich habe kein Geld veruntreut.« Erschüttert sank Merle auf die Knie und sah Joanna mit Tränen in den Augen an.

»Es ist Ihr Kürzel auf der Anweisung, und die Bank hat alles bestätigt. Sie haben das Geld dort geholt.«

»Ich? Bei welcher Bank? Wann und wo? Bitte, Joanna, Sie müssen mir das sagen. Vielleicht kann ich Ihnen so meine Unschuld beweisen.« Merle schüttelte weiter ungläubig den Kopf. Hinter ihren Schläfen begann es dumpf zu pochen. Es war, als befände sie sich in einem bösen Alptraum.

»Das Datum war der Fünfundzwanzigste und es war in der Filiale in Sachsenhausen. Um siebzehn Uhr, kurz vor Filialschluss.« Joanna hatte das Blatt wieder an sich genommen, drehte es in ihren Fingern um und las die Daten darauf vor.

Die Gedanken kreisten in Merles Kopf. »Warten Sie bitte, Joanna.« Sie erhob sich vom Boden, ging an den Schreibtisch und startete den Computer. Die Zeit, bis dieser endlich hochgefahren war, kam ihr wie eine Ewigkeit vor. Ungeduldig trommelte sie mit den Fingern auf die Tastatur, als könnte sie so den Computer damit zwingen, schneller zu starten. Merle hatte das Gefühl, dass der Raum immer enger und enger wurde und ihr die Luft zum Atmen nahm. Sie musste sich zwingen, einen einigermaßen klaren Kopf zu bewahren, damit sie Joanna von ihrer Unschuld überzeugen konnte. »Sehen Sie, ich war am fünfundzwanzigsten um diese Zeit gar nicht in der Stadt. Falls Sie sich erinnern, wir sind gemeinsam nach Wien geflogen. Ich bin direkt nach der Arbeit zum Flugplatz gekommen. Da war ich doch noch in der Werkstatt angestellt. Und um siebzehn Uhr, da waren wir bereits in der Luft. Erinnern Sie sich nicht?« Sie drehte den Bildschirm so, dass Joanna ihn sehen konnte, und zeigte darauf. »Bitte, sehen Sie es sich an. Ich kann es nicht gewesen sein.«

Es war, als würde alle Luft aus Joanna herausgelassen. Bevor sie in sich zusammensackte, packte Merle sie und schob sie vorsichtig zur Couch, wo sie sie sanft niederdrückte.

»Ich war es wirklich nicht. Nicht an diesem Tag und auch nicht an einem anderen. Joanna, ich würde Sie niemals bestehlen, das müssen Sie mir glauben.« Besorgt fuhr sie mit ihren Fingern durch Joannas Haare und schob sie hinter ihr Ohr.

»Ich konnte es kaum glauben, aber es passte alles. Die Papiere, Ihr Kürzel, die Bank, die sagte, dass Sie dort gewesen seien. Wer hat denn nun das Geld geholt? Wer ist dafür verantwortlich?« Kreidebleich saß Joanna auf der Couch und drehte das Blatt zwischen ihren Fingern.

»Darf ich mir das noch einmal ansehen?« Merle nahm ihr das Papier aus der Hand und las es sich sorgsam durch. »Wenn das angeblich am fünfundzwanzigsten war, warum ist Ihnen nicht aufgefallen, dass so viel Geld abgehoben wurde?«

»Was meinst du damit?«

Überrascht vom plötzlichen Wechsel auf das vertraute Du setzte Merle sich neben Joanna und hielt ihr das Blatt vor die Nase. »Der Fünfundzwanzigste, das ist schon fast einen Monat her. Hast du keine Buchhaltung, die solche Abhebungen kontrolliert?«

»Doch, habe ich.«

»Und die haben keinen Alarm geschlagen? Immerhin reden wir hier von fünfzigtausend Euro, das ist ja kein Pappenstiel. Woher hast du dieses Papier denn?«

»Es war heute im Briefkasten.«

»Mit Umschlag?«

Als Joanna stumm nickte, stand Merle auf und ging an den Schreibtisch. Sie nahm den Umschlag und drehte ihn zwischen ihren Fingern hin und her. »Er hat keine Briefmarke, er wurde also bei dir eingeworfen. Ich habe noch keine Bank erlebt, die solche Post persönlich in den Briefkasten wirft. Was kann man mit so einem Papier, das sich immer mehr als Fälschung erweist, bezwecken?«

»Wie kommst du auf eine Fälschung? Die Bank hat bestätigt, dass das Geld abgehoben wurde. Und sie haben deine Beschreibung gegeben.«

In Merles Ohren dröhnte ihr Blut. »Mit wem hast du gesprochen? Mit der Filiale selbst?«

»Nein, Vassiliki hat es mir gesagt.«

Misstrauisch zog Merle die Luft ein. »Was hat Vassiliki damit zu tun?«

»Ich habe dir doch gesagt, dass sie meine Geschäftspartnerin ist. Sie kümmert sich um die Finanzen der Firma, und sie macht auch die Steuer für mich.«

»Und sie hat dir bestätigt, dass am Fünfundzwanzigsten das Geld abgehoben wurde? Von mir?« Schockiert setzte Merle sich wieder neben Joanna. »Warum lügt sie dich an?«

»Wieso sollte sie das tun? Warum beschuldigst du Vassiliki?« Wütend fuhr Joanna auf, nur um kurz darauf wieder in die Kissen zu gleiten. »Warum sollte sie dir und mir so etwas antun?«

»Frag sie doch. Das würde uns vielleicht beiden Klarheit schaffen.«

Bewegungslos blieb Joanna auf der Couch sitzen und sah vor sich ins Leere.

»Fehlt denn noch mehr Geld?« Merle ahnte Böses.

»Ich weiß es nicht«, gab Joanna kraftlos zu.

Merle spürte, wie sich der Knoten in ihrer Magengegend wieder zusammenzog. Kurz nur, als sie den Verdacht gegen sich selbst ausräumen konnte, da hatte er sich gelöst. Doch nun saß Joanna stumm neben ihr, da presste eine Faust ihre Eingeweide abermals zusammen. Sie hatte wieder das Gefühl keine Luft mehr zu bekommen.

Und Joanna schien es ganz ähnlich zu gehen. Pfeifend versuchte sie Sauerstoff in ihre Lungen zu pumpen.

Sanft legte Merle ihr die Hand auf den Bauch. »Langsam, Joanna, du atmest zu schnell, du hyperventilierst. Atme langsamer, kontrolliert, langsam.« Mit ihrer besonnenen Art schaffte sie es schließlich, Joanna zu beruhigen. »Geht es wieder?« Mit einem Finger schob sie eine Strähne von Joannas weichem Haar aus ihrer schweißglänzenden Stirn.

»Warum sollte sie mir so etwas antun? Wir sind Freunde und das bereits seit dreißig Jahren. Warum sollte sie das tun?« Voller Verzweiflung ließ Joanna ihren Tränen freien Lauf. Schluchzend saß sie neben Merle, die sie tröstend in die Arme zog.

»Schsch, wir finden die Wahrheit heraus. Vielleicht war sie es ja gar nicht, sondern jemand anders. Wir müssen nur alle Möglichkeiten überprüfen.« Zärtlich strich Merle über Joannas zitternde Schultern.

»Warum bist du noch hier?«

Überrascht von Joannas leisen Worten hob Merle den Kopf und sah sie an. Joannas sonst so schöne Augen schimmerten feucht. Dunkle Schattenringe lagen unter ihnen und ließen Joanna älter wirken, als sie war.

»Ich habe dich rausgeworfen, angeschrien und sogar geschlagen. Warum bist du noch hier, Merle?« Ihr zitternder Finger strich sanft über Merles geschwollene Wange.

Merle atmete zweimal tief ein und aus. »Weil ich nicht zulassen konnte, dass du so etwas von mir denkst. Ich würde niemals etwas tun, das dir schaden könnte oder dich verletzen würde. Niemals.«

»Es tut mir leid, Merle. Ich hätte es wissen müssen. Aber das Schreiben hier und die SMS heute Morgen, das war einfach zu viel für mich.«

»Moment …« Irritiert hob Merle den Kopf. »Welche SMS?« Davon hörte sie gerade zum ersten Mal.

»Sie war der Grund, warum ich heute Morgen so distanziert war«, gab Joanna leise zu.

»Das habe ich jetzt schon fast vermutet, aber worum ging es, und von wem war sie?«

»Diana, die Frau, mit der du auf dem Empfang gesprochen hast.«

Vor Merle tauchte das Gesicht der Frau auf, die sie in München bösartig angegrinst, und die sie hier in Frankfurt bedrängt hatte. »Sie ist hier in Frankfurt.«

»Wer?« Nun war es an Joanna sie verständnislos anzusehen.

»Diana, wenn sie es denn ist. Ich kenne sie ja nicht. Aber die Frau, die in München so gehässig war, die ist auch hier in Frankfurt.«

»Woher weißt du das?«

»Ich habe sie gesehen. Um genauer zu sein, sie hat mich gesehen, und sie hat mich ziemlich bedrängt.«

»Wo und wann?« Joannas Stimme war nur ein schwacher Hauch.

Merle konnte keine Regung in Joannas abgewandtem Gesicht erkennen, aber die Art, wie sie ihre Hände ineinander wob, ließ sie vermuten, dass Joanna wütend war. Jetzt ging es nur noch darum, herauszufinden, auf wen sich ihre Wut richtete. »Nach unserer Landung habe ich mich mit meiner Freundin in einem Bistro getroffen. Als ich gehen wollte, stand Diana neben mir. Jedenfalls denke ich, dass sie das war. Auf jeden Fall stand sie neben mir und hat mich angegrapscht. Sie hat versucht mich zu küssen und das gleich mehrfach. Wenn ich nicht noch hätte zahlen müssen, dann wäre ich schneller gegangen, aber so musste ich einen Moment stehenbleiben, und das war sehr unangenehm für mich.«

Joanna stand auf und rannte wortlos aus dem Zimmer. Verblüfft sah Merle ihr hinterher. Es dauerte nicht lang, bis Joanna zurückkehrte. Sie reichte Merle ein Bild. »Ist sie darauf zu sehen?«

Merle brauchte nicht lange, um die Frauen auf dem Bild zu identifizieren. Allerdings sagte sie das nicht sofort, sondern nutzte den Moment, um sich das Bild genauer anzusehen.

»Und? Ist sie darauf zu sehen?«, fragte Joanna nochmals ungeduldig.

»Ja, das hier ist sie.« Mit dem Finger zeigte sie auf Diana, die zwischen Vassiliki und Joanna stand. Agnetha war im Hintergrund mit einer anderen Frau zu sehen, die Merle noch nie gesehen hatte.

Vor Wut zitternd starrte Joanna auf das Bild in Merles Hand, nahm es ihr ab und zerriss es in ihren Fingern.

»Könnte Agnetha etwas mit der Veruntreuung zu tun haben?«

»Wieso kommst du auf sie?« Joanna warf die Papierfetzen in den Kamin und zündete sie an.

»Ihr seid alle befreundet, oder nicht?«

»Wir waren es. Bis zu jenem Tag vor sieben Jahren.«

»Was ist geschehen?« Merle stand von der Couch auf und trat neben Joanna, die mit bleichem Gesicht ins Feuer sah. »Könnte dies der Schlüssel für Dianas Verhalten sein?«

»Ich möchte nicht darüber reden. Nicht heute und nicht morgen, verstehst du? Es ist lange her und sollte vergessen sein.«

»Aber du kannst es nicht vergessen und Diana offensichtlich auch nicht.«

»Bitte, Merle, ich kann nicht darüber reden.« Die Qual in ihrem Gesicht war so groß, dass Merle sie beschützend in ihre Arme zog.

»Joanna ...« Sanft begann sie durch ihre langen Haare zu streichen. »Was können wir jetzt tun?«

»Wir werden gar nichts tun. Ich werde herausfinden, wer für die Veruntreuung verantwortlich ist.«

»Und was ist mit Diana und ihren Bosheiten?«

»Das sind zwei Paar Schuhe und hat nichts miteinander zu tun.«

»Bist du sicher?« Merle konnte Joannas Gedankengänge nicht nachvollziehen. Für sie könnten die Aktionen durchaus miteinander verbunden sein. »Und wie willst du das allein anstellen? Ich kann dir helfen. Bitte, Joanna, wer auch immer dafür verantwortlich ist, hat auch mich angegriffen.«

»Das geht nur mich etwas an.« Joanna versuchte sich von Merle zu lösen, doch die hielt sie weiter fest.

»Falsch. Und nach letzter Nacht solltest du auch wissen, dass ich ziemlich viel für dich empfinde, und damit bin ich doppelt betroffen. Einmal meinetwegen und, weil ich mich um dich sorge.«

»Du sorgst dich um mich? Ha!« Joanna ließ ein kurzes Lachen ertönen »Vergiss es, vergiss mich. Such dir eine andere mit weniger Altlasten, und vor allem eine, die es auch wert ist.« Vehement stemmte sie sich gegen Merles Arme und drückte sie von sich fern. »Du gehst jetzt besser, Merle.«

Enttäuscht starrte Merle in Joannas fiebrig glänzende Augen. »Nein«, entgegnete sie ihr bestimmt.

»Was?« Joanna riss ihre Augen weit auf.

»Nein, ich gehe nicht. Nicht jetzt und nicht nachher. Himmel nochmal, Joanna, ich habe mich in dich verliebt.« Entschlossen trat sie auf Joanna zu und zog sie in ihre Arme. »Hast du das denn nicht gespürt letzte Nacht?«

Ein Zittern lief durch Joannas Körper. »Letzte Nacht«, flüsterte sie heiser, »das war nur eine Nacht.«

»Joanna, bitte. Sieh mich an und sag mir, dass du nichts empfunden hast. Dass es wirklich nur eine unbedeutende Nacht für dich war.« Merle fühlte ihr Herz, das ihr bis zum Hals klopfte. Sanft legte sie ihren Finger unter Joannas Kinn und hob ihr Gesicht zu sich heran. »Sag es mir, Joanna. Was war ich für dich letzte Nacht?«

Seufzend ließ Joanna sich in ihre Arme sinken und hob ihren Kopf weiter zu ihr an, sodass sich ihre Lippen zu einem zarten Kuss trafen.

Nach einer gefühlten Ewigkeit lösten sie sich voneinander, und Joanna zog Merle mit sich auf die Couch.

»Letzte Nacht . . .« Sie nahm Merles Hand und strich sanft über ihre Finger. »Letzte Nacht, das hat mich sehr aufgewühlt, Merle.«

»Und mich etwa nicht?« Merle sah Joanna liebevoll ins Gesicht. »Vor allem, nachdem du auf einmal wieder so distanziert zu mir warst.«

»Ja, das war sicher komisch für dich. So wie der ganze Abend komisch gewesen sein musste.«

»Es ging eigentlich.« Merle lächelte sie sanft an. »Vor allem war es sehr schön.«

»Du tanzt sehr gut und vor allem küsst du sehr gut.« Joanna wusste genau, was Merle gemeint hatte. »Ich habe mich schon lange nicht mehr so wohlgefühlt wie in deinen Armen.«

»Das ging mir genauso«, gab Merle zu. »Warum warst du im Zimmer dann auf einmal so komisch? Du hast mich kaum angesehen.«

»Weil ich nicht wusste, was ich von dir verlangen durfte. Was du bereit warst mir zu geben.«

»Oh, Joanna. Nach den ganzen Küssen hast du dich das ernsthaft gefragt?«

»Ja, habe ich tatsächlich.« Nun war es an Joanna den Kopf verlegen zu senken. »Aber ich hatte auch Angst. Angst vor mir, vor dir, vor dem was geschehen konnte. Es war so lange her.« Ihre Stimme war nur noch ein Hauch. »Du bist eine wundervolle Frau, Merle, und eine ausgesprochen fantasievolle Liebhaberin noch dazu.«

»Oh, Joanna, dich lieben zu dürfen war wundervoll.« Zärtlich strich Merle ihr über die Wange. Joanna drückte leicht gegen ihre Finger und sah sie mit glänzenden Augen an.

»Warum warst du heute Morgen so kurz angebunden? Ich dachte, ich hätte etwas falsch gemacht.«

Seufzend schloss Joanna für einen Moment ihre Augen. »Ich bin früh aufgewacht.« Ihre Stimme war so leise, dass Merle sich anstrengen musste sie zu verstehen. »Ich wollte dich nicht wecken und habe mein Handy eingeschaltet.«

Stumm blieb Merle neben ihr sitzen und beobachtete sie, wie sie offensichtlich nach den richtigen Worten rang.

»Es waren einige Nachrichten eingegangen. Von Agnetha und von einigen anderen, die uns auf dem Empfang zusammen gesehen hatten. Du erinnerst dich, dass ich dich aus einem besonderen Grund gebeten hatte, mich zu begleiten?«

»Ja, natürlich weiß ich das noch.«

»Gut, die Nachricht von Vassiliki konnte ich ja noch verstehen. Sie war wütend auf mich, dass ich mit dir auf den Empfang gewesen war.«

»Das, was ich erwartet hatte, oder? Eine deiner Freundinnen hat es ihr gleich brühwarm erzählen müssen.« Merle war bei der bloßen Erwähnung von Vassiliki zusammengezuckt.

»Ja«, nickte Joanna traurig, »aber Diana hatte mir auch eine SMS geschickt und die hat mich sehr getroffen. Diesen Schmerz habe ich dann an dir ausgelassen, und das tut mir wirklich sehr leid. Bitte entschuldige, Merle.«

»Was stand denn in der SMS?« Neugierig legte Merle ihren Kopf schräg und sah Joanna von der Seite her an.

»Es waren viele gehässige Bosheiten, und ich hätte sie einfach ignorieren sollen. Aber ich konnte es nicht, dafür hat es mich zu sehr getroffen. Es tut mir leid, Merle.«

»Ist schon gut. Solange es nicht mehr zwischen uns steht.« Sachte legte Merle ihren Finger unter Joannas Gesicht und hob es zu sich heran. »Oder?«

Joanna lächelte Merle kurz zu. »Nein, es steht nicht mehr zwischen uns.« Nachdenklich senkte sie wieder ihren Kopf »Aber es erklärt noch immer nicht, wo das Geld abgeblieben ist und warum Diana in Frankfurt ist.«

»Wir können sie ja fragen.« Entschlossen stand Merle auf und streckte Joanna ihre Hand entgegen. »Komm, wir suchen sie und fragen.«

»Ich bin nicht sicher, ob ich ihre Antwort ertragen kann.« Joanna schaffte es nicht, Merle ins Gesicht zu sehen.

»Denkst du immer noch, dass ich etwas damit zu tun habe?« Selbst wenn sie es gewollt hätte, Merle konnte die Enttäuschung in ihrer Stimme nicht verbergen.

»Ich weiß nicht mehr, was ich denken soll.«

»Ich habe dir gesagt, was ich für dich empfinde, und ich dachte, dass du dasselbe für mich fühlst. Habe ich mich da wirklich geirrt?«

Als Joanna ihr keine Antwort gab, schüttelte sie traurig den Kopf. »Es scheint so, ich habe mich wirklich in dir geirrt.«

Niedergeschlagen drehte Merle sich um und ging aus dem Haus. Sie konnte die warmen Tränen spüren, die ihr über die Wangen liefen und wischte sie wütend fort.

»Geh nicht, Merle.« Joannas leise Stimme wurde durch den Sommerwind zu Merle getragen.

Sie fuhr herum und starrte in Joannas schönes Gesicht. Ihr Herz pochte bis zum Hals, und sie konnte nur dastehen und Joanna ansehen, die in der offenen Tür stand und zu ihr heruntersah.

»Bleib bei mir!«

Immer zwei Stufen auf einmal nehmend sprang Merle die Treppe nach oben, wo Joanna sie in ihre Arme schloss.

»Es tut mir leid, Merle. Verzeih mir bitte.« Mit glitzernden Augen sah Joanna sie an. »Ich habe mich fehlleiten lassen, nicht nur heute, sondern auch schon früher, und ich habe es damals schon bitter bereut. Aber das gehört zu einem anderen Leben und ist Teil meiner Vergangenheit, aber nicht meiner Zukunft.«

»Und was heißt das jetzt für mich?« Merle spürte die Anspannung in ihrem ganzen Körper. Sie suchte in Joannas Gesicht nach einer Antwort, bevor sie die Worte aussprechen konnte.

Mit ihrem süßen Lächeln auf ihren Lippen beugte Joanna sich ihr entgegen, bis sich ihre Lippen trafen.

Aufseufzend und überglücklich zog Merle sie in ihre Arme. Sie küssten sich mit einer Sanftheit, die Merle einmal mehr den Atem raubte und ihr Blut in kochende Lava verwandelte, die heiß und unendlich langsam durch ihre Adern floss.

»Merle, süße Merle«, flüsterte Joanna, umfasste ihr Gesicht mit beiden Händen und zog ihren Kopf enger zu sich heran. Nach einer gefühlten Ewigkeit löste Joanna sich von ihr und streckte Merle ihre Hand entgegen. Ohne zu zögern, ergriff Merle sie. Schweigend gingen sie die Treppe nach oben in Joannas Zimmer. Flink entkleideten sie sich und fielen engumschlungen in die weichen Laken.

Merle glaubte zu schweben, als Joanna sie sanft küsste und ihren Körper in kürzester Zeit in ein Flammenmeer verwandelte. Jede Faser schrie nach Joannas Berührungen, nach ihren zärtlichen Küssen und Streicheleinheiten. Und Joanna ließ sich unendlich viel Zeit, um Merles Begehren zu erfüllen.

Sie liebten sich immer wieder in dieser Nacht. Immer nur von kurzen Ruhepausen unterbrochen, in denen sie sich zärtlich aneinanderschmiegten und küssten. An Schlaf dachten sie beide nicht. Erst als der Morgen schon graute, schliefen sie eng umschlungen ein.

Als Merle aufwachte, wusste sie sofort, dass etwas nicht stimmte. Es war wie ein böses Déjà-vu. Sie drehte ihren Kopf und sah in Joannas Augen, die sie voller Wut anfunkelten.

Verunsichert richtete Merle sich auf und bedeckte ihre Blöße mit dem dünnen Laken. »Joanna? Was ist passiert?« Sie spürte diese Eiseskälte, die durch ihre Adern kroch und sie zittern ließ. Angst presste ihre Eingeweide zusammen, bis sie das Gefühl hatte, als sei in ihr nur noch ein einziger Klumpen.

»Du kannst gehen. Und du brauchst nicht noch einmal wiederzukommen.« Joanna stand auf und wollte den Raum verlassen, als Leben in Merle kam.

Sie sprang aus dem Bett und hielt Joanna am Arm fest. »Bitte, Joanna. Sag mir warum? Was um Himmels willen ist denn jetzt wieder passiert?«

»Als ob du das nicht wüsstest. Spiel nicht das Unschuldslamm! Was hat sie dir dafür geboten, dass du mich zum Narren hältst? Wie viel war es dir oder auch ihr wert? Obwohl, das Geld hast du ja inzwischen selbst, nicht wahr?« Mit jedem Wort, das Joanna Merle entgegenschleuderte, trommelte sie ihr wütend gegen die Brust.

Verzweifelt hielt Merle ihre Hände fest. »Wovon sprichst du überhaupt?« Ratlos stand Merle vor ihr und sah Joanna tieftraurig an. »Ich habe keine Ahnung, wovon du da redest. Geht es immer noch um das Geld? Ich habe es nicht. Ich dachte, wir hätten das geklärt.«

»Nein, du weißt es wirklich nicht, oder?« Joanna löste ihre Hände aus Merles Griff. »Dann sieh dir das an. Vielleicht hilft das deinem Gedächtnis auf die Sprünge. Aber vergiss nicht, deine Sachen zu packen und das Haus zu verlassen. Ich will dich nie mehr sehen. Nie mehr.« Joanna zog einen Umschlag aus ihrer Tasche, warf ihn auf das Bett und verließ fluchtartig das Zimmer.

Fassungslos ließ Merle sich auf die Bettkante sinken und sah ihr hinterher. Das konnte doch einfach nicht wahr sein. Mit zitternden Fingern nahm sie den Umschlag und ließ den Inhalt auf die Decke gleiten. Entsetzt sah sie in ihr eigenes Gesicht und in das von Diana, die sie im Bistro geküsst hatte. Bild für Bild ging Merle durch und stöhnte leise auf. So gesehen konnte sie Joanna verstehen, doch da fehlten viele Bilder. Nämlich die, die ihre Abwehr zeigten. Die, die zeigten, dass sie Diana von sich weggedrückt hatte. Merle schluckte ihre aufkommenden Tränen herunter. Sie war genauso reingelegt worden wie Joanna. Nur wie konnte sie das beweisen? Joanna wollte sie nicht mehr sehen und selbst wenn, nach den Bildern hier würde sie ihr eh nicht glauben. Merle schlich in ihr Zimmer und zog sich an. Niedergeschlagen ging sie nach unten und suchte Joanna, die in der Küche bei Yasmin stand und ihr kalt entgegensah.

»Ich dachte, ich hätte mich klar ausgedrückt? Du sollst deine Sachen packen und verschwinden.«

»Joanna, bitte hör mir zu. Bitte.« Flehentlich hob Merle ihre Hände, doch Joanna drehte sich angewidert von ihr weg. Enttäuscht ließ Merle ihre Hände sinken. Um Hilfe suchend sah sie auf Yasmin, die stumm den Kopf schüttelte.

»Es tut mir leid. Die ganze Geschichte ist eine Lüge. Leider zeigen die Bilder das nicht, denn es fehlen ganz viele Abzüge. Jene, die zeigen, wie ich Diana wegschiebe zum Beispiel. Ich habe es dir doch gestern erzählt, oder nicht?« Merle wollte nicht so einfach aufgeben, dafür war ihr Joanna viel zu wichtig.

»Und das soll ich dir jetzt glauben? Du warst clever, hast mir im Vorfeld schon einmal eine Geschichte aufgetischt, damit es gut für dich aussieht. Die arme Merle, die von der bösen Diana bedrängt wurde. Doch halt, die Bilder zeigen eine ganz andere Version, nicht wahr?« Wütend trat Joanna Merle entgegen, die erschrocken einen Schritt nach hinten wich. »Eine bessere Geschichte hättest du dir schon ausdenken können. Aber es spielt eh keine Rolle mehr. Geh zu Diana! Erzähl ihr, wie du mich reingelegt hast und wie sie es einmal mehr geschafft hat mich zu verletzen. Das war das letzte Mal, das kannst du ihr auch sagen.«

»Aber, Joanna, bis du mir gestern das Bild von euch gezeigt hast, bis dahin wusste ich nicht einmal wer sie ist. Und warum hätte ich dir eine Geschichte erzählen sollen? Ich wusste doch gar nichts von diesen Fotos. Bitte, Joanna, du musst mir das glauben.« Ratlos hatte Merle ihre Hände gehoben und sah auf Joanna, die ihr mit wild glänzenden Augen entgegentrat.

»Ich glaube dir gar nichts mehr. Ihr macht gemeinsame Sache.«

»Nein, ich habe nichts mit ihr zu tun. Bitte, Joanna, traust du mir das wirklich zu? Nach allem, was zwischen uns war?«

»Was zwischen uns war?« Joanna spie ihr die Worte nur so entgegen. »Es war nichts weiter als eine Charade, nicht wahr? Du hast die Worte sogar selbst benutzt. Auch wenn ich zugeben muss, dass du überzeugend warst. Hat es dir wenigstens Spaß gemacht, mich an der Nase herumzuführen?«

»Falls du dich erinnerst, warst du es doch, die diese Charade wollte. Joanna, du hast mich gebeten, als deine Freundin aufzutreten, nicht andersherum.« Merle zog alle Register, um Joanna zur Besinnung zu bringen.

»Ich habe dir direkt in die Karten gespielt. Hätte es dir kaum einfacher machen können, oder?«

»Joanna, wie kannst du das von mir denken?« Eine unendliche Last drückte Merles Schultern nach unten. *Wie kann sie nur? Wie kann sie nur so über mich denken? Nach allem, was zwischen uns vorgefallen ist.*

»Weißt du, was das Schlimmste dabei ist?« Aus Joannas Augen schossen giftige Pfeile und trafen direkt in Merles Herz. »Ich habe mal wieder einen Fehler begangen. Einen, den ich nicht noch einmal begehen wollte. Aber sie hat es schon wieder geschafft. Ich habe dir vertraut, Merle Fischer, und du, du hast mich belogen, betrogen und bestohlen. Verschwinde endlich! Ich will

dich nie mehr sehen. Geh, Merle, geh endlich und werde glücklich mit Diana und dem Geld.«

Wie ein geprügelter Hund schlich Merle aus dem Haus und fuhr mit dem Motorrad davon. Sie kam nicht weit. Von Tränen geschüttelt hielt sie am Straßenrand an. Mit beiden Händen schlug sie sich gegen den Helm. Wie hatte sie nur so dumm sein können? Sie hatte es nicht kommen sehen. Wie auch? Und vor allem, was bezweckte diese Diana mit ihren verlogenen Behauptungen? Erst das Geld und dann noch zur Sicherheit die Bilder untergejubelt. Sie machte auf jeden Fall keine halben Sachen, so viel war klar. Merle brauchte eine ganze Weile, bis sie sich soweit beruhigt hatte, dass sie weiterfahren konnte.

19

Wer ist da?«, klang es blechern aus der Türsprechanlage.

»Tammy, ich bin es«, antwortete Merle mit niedergeschlagener Stimme.

»Merle? Was machst du denn hier?«

»Wenn du mich reinlässt, dann erklär ich es dir.«

»Ja sicher, komm hoch.«

Der Türöffner summte leise, und Merle drückte die Tür auf.

Tamara sah ihr gespannt entgegen, während sie die Treppe nach oben kletterte.

»Oh, oh, das sieht nicht gut aus. Komm rein.« Aufmerksam wie sie war, erkannte Tamara sofort, dass etwas nicht stimmte, wobei in diesem Fall selbst ein Blinder bemerkt hätte, dass es Merle nicht gut ging.

»Entschuldige, dass ich so bei dir reinplatze, aber ich wusste nicht, wo ich sonst hinsollte.« Merles Augen waren tränennass und stark gerötet. Trauer, Enttäuschung, Wut und Schmerz tanzten auf ihrem Gesicht.

»Was ist mit Joanna?«

»Sie hat mich rausgeschmissen.«

»Warum denn? Hast du mit ihr geredet?«

Merle ließ sich auf das zerschlissene Sofa fallen und schloss traurig die Augen. »Ja, habe ich. Und das war nicht einfach.«

Tamara kochte Tee und hielt Merle eine Tasse unter die Nase. »Trink einen Schluck, und dann erzählst du mir alles von Anfang an.«

Vorsichtig nippte Merle an dem heißen Gebräu. »Kannst du dir vorstellen, als ich zu ihr kam, da hat Joanna mir vorgeworfen, ich hätte Geld veruntreut.«

»Was? Wie kommt sie denn auf so eine dumme Idee?« Tamara sah sie entrüstet an.

»Sie hatte Beweise.« Bedrückt ließ Merle den Kopf auf die Brust sinken.

»Ach du grüne Neune, Merle, du hast doch nicht?« Ihre Freundin konnte den Satz nicht zu Ende bringen. Dieser Verdacht gegen Merle konnte einfach nicht stimmen.

»Nein, natürlich nicht.« Abwehrend hob Merle die Hand.

»Ja, aber, was sind das für angebliche Beweise und was ist weiter passiert?« Tamara setzte sich neben Merle und sah sie bestürzt an.

»Sie hatte einen Auszug von der Bank erhalten, und der war mit meinem Kürzel versehen.« Bevor Tamara etwas sagen konnte, sprach Merle schnell weiter. »Das Ganze ist Blödsinn, und für einen kurzen Moment konnte ich ihr beweisen, dass ich nichts damit zu tun habe. Auch wenn es etwas gedauert hat. Denn als das Geld abgeholt wurde, da war ich mit Joanna im Flieger unterwegs nach Wien. Da musste sie mir dann doch glauben, und ich dachte, es sei wieder alles gut zwischen uns.«

»Um wie viel Geld ging es überhaupt?«

»Fünfzigtausend Euro.«

»Krasse Sache«, entfuhr es Tamara. »Das ist eine Menge Holz. Wer hat das Geld genommen?«

»Ich habe einen Verdacht, aber das wollte Joanna nicht wirklich hören.« Müde drehte Merle den Kopf und sah ihre Freundin an.

»Warum? Was denkst du, wer es sein könnte?«

»Diese Vassiliki, die habe ich im Verdacht.« Merle vernahm Wut und Enttäuschung, die durch sie hindurchflossen und sie zittern ließen.

»Okay, und wer zur Hölle ist das? Von der hast du bisher noch nie erzählt.«

»Doch habe ich. Das ist die Freundin, die mich so böse angemacht hat, als wir sie in Hamburg getroffen haben. Kannst du dich daran erinnern?«

»Du meinst die, die dir unterstellt hat, dass du nur des Geldes wegen bei Joanna seist?«

»Ja«, Merle lehnte sich in die Kissen zurück und schloss die Augen, »ganz genau die.«

»Aber warum denkst du, dass sie das Geld veruntreut hat?«

»Sie ist Joannas Geschäftspartnerin und verantwortlich für die Finanzen und die Steuer.«

Tamara pfiff leise durch ihre Zähne. »Und du denkst, dass sie das Geld unterschlagen hat?«

»Ich vermute im Moment etwas ganz anderes, aber das ist noch lange nicht alles.« Ihr betrübter Gesichtsausdruck alarmierte Tamara, die ihr besorgt die Hand auf das Knie legte.

»Was ist noch passiert?«

»Ich dachte, ich hätte Joanna von meiner Unschuld überzeugt. Zumindest für den Moment.«

»Und? Was heißt das?«

»Wir haben die Nacht zusammen verbracht. Und ich dachte wirklich, es sei alles geklärt und gut zwischen uns.«

»Aber dem war nicht so?« Tamara rutschte aufgeregt auf ihrer Couch hin und her.

»Nein, absolut nicht. Großer Irrtum meinerseits.« Merle zog den Umschlag mit den Bildern aus ihrer Jacke und hielt sie Tamara hin.

Leise pfeifend besah Tamara jedes einzelne Bild. »Okay, woher kommen die Fotos, und wer war das nochmal?«

»Das ist Diana, eine Bekannte aus Joannas Vergangenheit. Frag mich bitte nicht, was zwischen den beiden vorgefallen ist, das hat Joanna mir nicht gesagt. Aber es muss etwas Schwerwiegendes sein, und es lastet noch heute auf den beiden. Woher die Fotos kommen, da kann ich nur vermuten, dass Diana selbst sie geschickt hat und ich hab keine Ahnung, was sie damit bezwecken wollte.«

»Hast du sie geküsst?«

»Aber, nein. Was denkst du denn?« Entrüstet richtete Merle sich auf. »Sie hat mich bedrängt und ich habe sie weggeschoben. Ich dachte, du hättest das gesehen.«

»Aber das sieht man auf diesen Bildern nicht«, gab Tamara zu bedenken.

»Nein und das ist mein Problem. Wer auch immer die Fotos gemacht hat, die wichtigsten haben sie nicht mit in den Umschlag gelegt.«

»Und wegen der Bilder hat Joanna dich rausgeworfen?«, fragte Tamara mit sanfter Stimme.

»Ja. Sie will mich nie mehr wiedersehen. Sie ist davon überzeugt, dass Diana und ich sie reingelegt haben. Dass ich mich nur aus Spaß an sie herangemacht habe, um sie zu demütigen. Und sie ist nun noch mehr als zuvor davon überzeugt, dass ich auch das Geld genommen habe.«

»Was meintest du vorhin, als du gesagt hast, dass du etwas anderes vermutest?« Tamara zeigte einmal mehr, dass sie eine sehr aufmerksame Zuhörerin war.

»Lassen wir die Bilder und Diana mal kurz außen vor. Irgendjemand versucht mir eine Unterschlagung in die Schuhe zu schieben, und ich habe mich natürlich gefragt, wer und vor allem warum. Bei Joannas Vermögen, da sind fünfzigtausend doch eher ein Betrag für die Portokasse, oder?«

Nachdenklich rieb sich Tamara über ihre Nasenwurzel. »Soweit ich weiß, liegt ihr Vermögen bei einigen Millionen.« Sie sah Merle entsetzt an. »Du denkst, dass da noch mehr Geld verschwunden sein könnte?«

Merle schluckte hart. »Wer weiß, es wäre auf jeden Fall eine Möglichkeit.«

»Aber warum sollte diese Vassiliki das tun? Hat sie nicht selbst genug Geld? Und warum sollte sie dir das in die Schuhe schieben?« Tamara sprach die Zweifel aus, die Merle selbst plagten.

»Ich weiß so gar nichts über sie. Nur ihren Namen, Vassiliki Niarchos. Aber ich weiß eines ganz genau: Sie hasst mich, und ich habe keine Ahnung warum. Ich dachte eine Zeit lang, dass sie etwas von Joanna will, aber dem ist nicht so. Zumindest hatte ich nicht den Eindruck, als ich sie zusammen gesehen habe.« Hinter ihren Schläfen begann es dumpf zu pochen. »Was also könnte sonst das Problem sein?« Ein Gedanke begann sich zu formen. »Als ich Joannas Pilotin war, da hat sie mich beleidigt und angegriffen. Ich war schon kurz davor, Joanna zu verlassen, konnte es aber nicht. Aber dann, als Joanna mich als ihre Assistentin mitgenommen und mich als ihre Freundin in München vorgestellt hat, da hat sie zum Rundumschlag ausgeholt. Sie will mich um jeden Preis loswerden.«

»Aber warum? Welche Gefahr könntest du für sie darstellen?« Tamara runzelte nachdenklich die Stirn.

»Vielleicht hat sie Angst, dass ich Joanna beeinflussen könnte? Dass ich sie dazu bringen könnte, die Bücher prüfen zu lassen? Immerhin habe ich auch gesehen, dass dieser Enzo in Mailand Dreck am Stecken hat.«

»Du denkst wirklich, dass sie Geld unterschlagen hat und es so vertuschen will?«

»Ich weiß es nicht.« Kraftlos ließ Merle ihren Kopf sinken. »Wenn ich doch nur wüsste, was hier gespielt wird und welche Rolle Vassiliki und auch Diana spielen.«

»Ich schau mal, was ich über sie herausfinde. Ruh dich mal einen Moment aus. Du siehst müde aus.«

»Ich kann mich jetzt nicht ausruhen, ich muss meine Unschuld beweisen!« Merle sprang von der Couch auf, doch Tamara zog sie wieder neben sich.

»Das kann ich verstehen, Merle. Aber wenn du jetzt zusammenklappst, dann hilft dir das auch nicht weiter.«

»Ich kann das nicht so auf sich beruhen lassen. Oh, Tammy, ich habe nichts getan und will herausfinden, was es mit dem Ganzen auf sich hat. Hilfst du mir?« Mit Tränen in den Augen sah Merle ihre Freundin an.

»Wie stellst du dir das vor?«

»Wenn ich das wüsste. Vielleicht fang ich erst einmal mit Diana an. Ich muss die anderen Fotos finden.«

»Merle ...«, stammelte Tamara vor sich hin.

Merle konnte ihre Unsicherheit spüren und blitzte sie verärgert an. »Du glaubst mir auch nicht, oder? Denkst du wirklich, ich könnte so durchtrieben sein und dir von Joanna vorheulen und im nächsten Moment eine andere küssen? Es gibt diese Fotos, und ich werde sie finden. Bitte, Tamara, hilf mir.«

»Ach, Merle. Natürlich glaube ich dir und werde dir helfen.«

Dankbar legte Merle sich auf die Couch und schloss die Augen. Innerhalb weniger Sekunden war sie auch schon eingeschlafen.

20

Tamara saß am Küchentisch und sah Merle entgegen, die müde und benommen aus dem Wohnzimmer kam. »Bist du aufnahmefähig?«

Von einer Sekunde zur anderen war Merle hellwach. »Was hast du herausgefunden?« Sie zog einen Stuhl heran und setzte sich neben Tamara an den Tisch.

»Es geht um diese Vassiliki. In welcher Beziehung steht sie noch einmal zu Joanna?«

»Puh, soweit ich weiß, kennen sie sich seit vielen Jahren. Über dreißig, hat Joanna gesagt. Ansonsten weiß ich nur, dass sie

Geschäftspartner sind und Vassiliki für Joanna die Finanzen und die Steuern regelt.« Merle hob den Blick und sah ihre Freundin an, die sie aufmerksam musterte. »Bevor ich das erfuhr, fand ich ihre Beziehung schon seltsam. Vassiliki ist sehr dominant und hat Joanna ziemlich unter der Fuchtel, wenn man das so sagen kann. Ich kann das schwer erklären, es ist auch nur so ein Gefühl. Aber Joanna benimmt sich völlig anders, wenn Vassiliki in der Nähe ist.«

Tamara nickte zustimmend mit dem Kopf und begann zu lesen. »Vassiliki Niarchos ist bereits zum zweiten Mal Witwe geworden. Ihre Männer haben ihr ein Vermögen vermacht, von dem aber wohl nicht mehr viel da zu sein scheint. Warum, das weiß nur sie selbst. Aber laut Finanzbehörde ist es nicht mehr so viel her mit ihrem Geld.«

»Woher weißt du das alles?« Atemlos hatte Merle ihren Ausführungen gelauscht.

»Ich habe so meine Beziehungen, das habe ich dir doch gesagt.« Grinsend sah Tamara sie an und las weiter. »Vor sieben Jahren wurde sie von Joanna als Partnerin in ihr Imperium aufgenommen. Seitdem geht es mit Joannas Unternehmen stetig bergab. Sie hat vor allem in den ersten Jahren viel Geld verloren. Durch falsche Käufe, schlechte Investitionen und noch so ein paar dubiose Geschäfte an der Börse. Wenn du mich fragst, dann ist sie mit Vassiliki äußerst schlecht beraten. Seit kurzem scheint Joanna wieder die Zügel angezogen zu haben und sich mehr um ihre Geschäfte zu kümmern.«

»Woher weißt du das alles?« Fasziniert sah Merle auf Tamara, die sie fröhlich angrinste.

»Es geht doch nichts über Google und ein paar gutgelaunte Ex-Freundinnen.« Mit zusammengezogenen Augenbrauen sah sie auf den Bildschirm. »Was denkst du über die Sache mit Vassiliki?« Tamara lehnte sich in ihrem Stuhl zurück und nippte an ihrem Tee.

Merle rieb sich mit dem Finger über die Nasenwurzel. »Könnte es sein, dass diese Vassiliki systematisch Geld aus Joannas Firma abzieht?«

»Durchaus möglich.«

»Mmmm.« Merle fuhr sich mit der Hand über ihre brennenden Augen. Tamaras nächste Worte ließen sie alarmiert in die Höhe schnellen.

»Aber wäre sie dann nicht ein großes Risiko eingegangen, indem sie dich der Veruntreuung beschuldigt?«

»Wie meinst du das?« Mit großen Augen sah sie Tamara an.

»Jetzt hat sie Joanna aufgeschreckt. Was, wenn Joanna sie doch noch anspricht und von ihr eine Offenlegung der Bücher fordert?«

»Ach du dickes Ei.« Merle bemerkte, wie sich ihr Herzschlag beschleunigte. »Wenn sie wirklich Joanna bestiehlt, wer weiß, wozu sie noch alles fähig ist. Wir müssen endlich herausfinden, was hier gespielt wird.«

»Und wie willst du das anfangen? Willst du einfach so bei Vassiliki auftauchen?«

»Nein, vielleicht fangen wir wirklich erst einmal bei Diana und den Fotos an. Wenn es mir nicht gelingt, Joanna von meiner Unschuld zu überzeugen, dann werde ich nie herausfinden können, was hier wirklich gespielt wird.« Bitter sah sie Tamara an. »Und es würde dann auch keine Rolle mehr spielen. Immerhin will sie mich ja nicht mehr sehen.«

»Wie willst du die Fotos finden?«

»Ich weiß es noch nicht. Hast du dir die Bilder genau angesehen? Womöglich gibt es irgendwo ein Zeichen auf den Fotografien.«

»Ich habe die Vorder- und die Rückseite angesehen. Da ist nirgends was.« Bedauernd zog Tamara ihre Schultern nach oben.

»Schade, wäre ja auch zu einfach gewesen«, zischte Merle vor sich hin.

»Wo wohnt denn diese Diana? Vielleicht können wir da ansetzen?«

»Puh«, Merle kratzte sich hinter dem Ohr, »ich weiß gar nichts von ihr. Wenn Joanna ihren Namen nicht gesagt hätte, dann wüsste ich nicht einmal den. Auch wenn ich dieses ungute Gefühl im Magen habe, ich hätte sie schon einmal gesehen.«

»Ich dachte, sie war auch bei dem Empfang in München?«

»Ja schon, aber das meine ich nicht. Wenn ich mich nur erinnern könnte! Ich bin mir sicher, das würde helfen.«

»Am besten wir gehen ins Bistro und schauen, ob wir da etwas herausfinden. Wenn wir Glück haben, dann hat jemand den Fotografen bemerkt und kann uns dazu etwas sagen.«

Erstaunt blickte Merle ihre Freundin an. »Du hast recht, das ist im Moment unsere einzige Chance. Komm, lass uns gehen.«

Im Bistro teilten sich die beiden auf und befragten nach und nach die anderen Gäste, von denen sie wussten, dass sie öfters da waren. Immer wieder trafen sie sich an der Bar, um ihre Ergebnisse auszutauschen.

»Bisher hat keiner was gesehen.« Tamara fuhr sich durch die Haare und warf Merle einen enttäuschten Blick zu. »Ich hatte gehofft, dass dies der richtige Weg sei.«

»Ich weiß, Tammy. Es geht mir genauso. Komm, lass uns weitermachen. Noch sind ein paar da, die vielleicht doch etwas gesehen haben.«

Sie trennten sich erneut, und Merle ging an der Theke entlang, als Tamara plötzlich wild gestikulierend auf sie zustürzte. In ihrem Schlepptau hatte sie einen jungen Mann, der Merle ängstlich entgegensah.

»Du wirst es nicht glauben, aber ich weiß, wer der Fotograf war!«

»Echt jetzt? Komm schon, Tammy, rück es raus! Wer denn?« Merles Herz begann schmerzhaft in ihrer Brust zu schlagen, während Tamara sie strahlend ansah.

Tamara schob den jungen Mann vor sich. »Hier, er hier war es.«

»Was? Ist jetzt nicht dein Ernst?« Ungläubig sah Merle dem jungen Mann ins Gesicht, der unter ihrem Blick zusehends schrumpfte. »Wer bist du? Und warum hast du diese Fotos gemacht?«

»Erik, und sie hat mich dafür bezahlt.« Er quiekte wie ein Schwein, das zum Schlachthof geführt wurde.

»Wer hat dich bezahlt, und was genau hat sie dir gesagt?« Merle musste sich zusammenreißen, dass sie ihm nicht an die Gurgel ging.

Erik schaffte es nicht, Merle in die Augen zu sehen und richtete seinen Blick auf einen Punkt am Boden. »Ich kenne sie nicht. Und wirklich gesagt hat sie auch nichts. Nur, dass ich mich auf sie konzentrieren und jede Menge Fotos schießen soll.«

»Wann war das?«

»Sie hat mich gestern in meinem Studio aufgesucht und mir den Auftrag erteilt.«

»Woher wusste sie, dass ich hier im Bistro sein würde?« Merle konnte vor Aufregung kaum atmen. Sie spürte, dass sie auf der richtigen Spur waren.

»Das wusste sie nicht.«

»Aber, ich verstehe nicht.« Irritiert fuhr Merle sich durch die Haare.

»Wir sind an den Flugplatz gefahren, und dann sind wir hinter dir her bis zu diesem Bistro. Danach hat sie mir gesagt, worauf ich besonders zu achten habe. Das habe ich getan. Anschließend hat sie sich die Fotos von mir geben lassen und ist weg.« Erik hatte den Kopf zwischen seine eckigen Schultern gezogen und sah Merle von unten an. Er war so demütig wie ein geprügelter Hund.

Wenn ich nicht so wütend auf dich wäre, könntest du mir fast leidtun. »Also wusste sie zumindest, dass wir unterwegs waren. Das herauszufinden war nicht ganz so schwer.« Sie sah Erik nachdenklich an. »Und wo sind die Fotos jetzt?«

»Sie hat sie.«

»Alle?« Merle spürte, kaum dass ihre anfängliche Euphorie abgeklungen war, die Enttäuschung, die von ihr Besitz ergriff.

»Ja, alle.« Er hatte den Kopf noch weiter gesenkt und sah sie unter halb geschlossenen Augen an.

»Du lügst doch.« Tamara war hinter ihn getreten und gab ihm einen Klapps auf den Hinterkopf. »Sag die Wahrheit, hast du noch Fotos zurückbehalten?«

»Nein.« Er hob den Kopf und bleckte seine Zähne. »Aber ich habe sie noch auf der Festplatte.«

Erleichterung durchflutete Merle.

Tamara hob ihr die Hand entgegen und sie klatschte energisch ab.

»Wo sind die Fotos?«

»Bei mir im Studio.«

»Na dann, worauf warten wir noch. Ich habe meine Unschuld zu beweisen.«

Sie fuhren mit Erik in sein Studio, wo er die Fotos noch einmal entwickelte. Dieses Mal war es ein viel größerer Packen als der, den Joanna ihr gegeben hatte.

Merle blätterte die einzelnen Fotos durch. »Hier, siehst du?« Sie hielt Tamara das Foto unter die Nase, auf dem sie Diana von sich gestoßen hatte. Allein ihr wütender Gesichtsausdruck sollte eigentlich reichen, um Joanna von ihrer Unschuld zu überzeugen.

»Und jetzt? Willst du einfach zu Joanna gehen und ihr die Bilder zeigen?« Tamara sah sie mit gerunzelter Stirn an.

»Das hatte ich vor, warum?«

»Und du denkst, dass das reichen wird? Ich bin mir da nicht so sicher.«

»Aber warum denn? Die Fotos sprechen doch für mich.« Merle konnte nicht aufhören, nervös durch ihre Haare zu wuscheln.

»Nach allem, was bereits geschehen ist, brauchen wir noch mehr Beweise. Ich denke, wir sollten diese Diana finden, und sie zu einem Geständnis bringen.«

»Als ob das so einfach wäre«, gab Merle zu bedenken. »Erst einmal weiß ich gar nicht, wo sie wohnt, und wie soll ich das anstellen? Außerdem erklärt das immer noch nicht die Sache mit dem Geld und welche Rolle diese Vassiliki spielt, falls überhaupt.«

»Wir haben die Bilder, damit könnten wir sie aus der Reserve locken. Und du musst natürlich ein Mikrofon tragen.«

»Ach, Tammy, du hast zu viele Krimis gesehen. Wo bekomme ich denn so ein Mikrofon her?«

»Öhm, falls ich euch helfen kann. Ich habe eines.« Erik schob sich sachte zwischen Tamara und Merle und sah sie grinsend an.

»Echt jetzt?«

»Ja, habe ich, und ich kann euch auch mit einem Video helfen, wenn ihr das wollt.« Merle konnte es kaum fassen.

Das nennt sich wohl Glück im Unglück. »Dann müssen wir jetzt nur mehr herausfinden, wo sie wohnt und ihr eine Falle stellen.«

Tamara hängte sich an den Laptop und gab Dianas und Joannas Namen in die Suchmaschine ein. Sie klickte sich durch eine riesige Anzahl an Bildern, bis sie auf einmal einen spitzen Schrei ausstieß. »Ich habe sie, Merle!«

Wie elektrisiert trat Merle hinter sie und starrte auf das Bild, das ihr von dem Computerbildschirm entgegensah. »Diana Morgan.« Leise las sie die Zeilen, die unter dem Bild standen.

»Jetzt sollten wir nur noch herausfinden, wo sie wohnt und wie wir an sie herankommen.« Auch wenn sie den ersten Schritt geschafft hatten, lag noch viel vor ihnen, und sie konnte nicht sicher sein, ob es ihr zu ihrem Ziel verhelfen würde.

Wie ein unruhiger Tiger im Käfig lief sie durch das Atelier, bis Tamara kurz darauf erneut nach ihr rief.

»Nun die Adresse habe ich schon einmal.« Triumphierend lachend schwenkte Tamara einen Zettel.

»Krass, wie hast du das denn geschafft?« Erfreut klopfte Merle ihr auf die Schulter.

»Nun, du weißt bestimmt noch, dass ich einmal eine Freundin bei der Meldebehörde hatte?«

»Aber die war doch hier in Frankfurt, oder nicht?«

»Richtig, da ist sie immer noch. Aber sie hat sich Zugriff auf die ganze Datenbank verschafft, und sie war mir noch einen Gefallen schuldig.«

»Danke, Tammy. Was würde ich nur ohne dich und deine unzähligen Ex-Freundinnen machen. Jetzt müssen wir uns nur noch einen Plan überlegen, wie wir an sie herankommen.«

»Die Frage ist hier doch eher, was wollte sie mit den Bildern bezwecken?«

»Ich weiß nicht, was du meinst.« Merle lehnte mit dem Rücken an einem der hohen Fenster und sah Tamara an, die aufzählend die Finger hob.

»Will sie dir schaden oder eher Joanna?«

Merle fuhr sich durch die kurzen Haare. »Sie kennt mich kaum. Ich kann mir nicht vorstellen, dass es wirklich mit mir zu tun hat. Also wird sie eher Joanna schaden wollen.«

»Das denke ich auch. Also, sie will Joanna schaden. Entweder du bringst sie dazu, zu denken, dass du das auch willst, oder du konfrontierst sie direkt mit den ganzen Bildern, die unser Held hier geschossen hat.« Tamara zeigte mit dem Kopf auf Erik, der unruhig in der Ecke saß. »Wenn du es geschickt anstellst, dann erzählt sie dir bestimmt, was das Ganze soll.«

27

Wie funktioniert die Kamera?« Merle drehte das kleine Teil zwischen ihren Fingern.

Leben kam in Erik, während er Merle die kleine Minikamera erklärte. »Sie ist sprachgesteuert, das heißt, sie wird sich einschalten, sobald sie deine Stimme vernimmt. Danach sendet sie das Video an einen Empfänger, der nicht zu weit entfernt stehen sollte. Wegen der Qualität der Tonübertragung.«

»Das heißt, wir müssten mit dem Empfänger in der Nähe bleiben.« Nervös strich sich Merle über ihr Gesicht. »Wie kann ich sie dazu bringen, mir die Wahrheit über ihre Hintergründe zu erzählen?«

»Du könntest ihr etwas vorspielen.« Tamara war völlig hin und weg von der Idee. Mit hektischen Flecken auf ihrem Gesicht sah sie Merle an.

»Das halte ich für keine gute Idee.« Merle schüttelte nachdenklich den Kopf und sah weiter auf Dianas Bild. »Ich will ihr nichts vorspielen, das nachher womöglich noch nach hinten losgeht. Von solchen Charaden habe ich genug. Nein, ich denke, ich habe nur eine einzige Chance, und die muss ich nutzen. Am besten gehe ich in die Offensive und präsentiere ihr die Fotos. Und dann mal sehen, was sie dazu zu sagen hat.«

»Und was ist mit dem Geld?« Tamara ließ ihre Blicke zwischen dem Laptop und Merle hin und her gleiten.

»Ich bin nicht sicher, ob sie etwas damit zu tun hat, oder ob das zwei getrennte Ereignisse sind. Joanna war davon zuerst überzeugt, hat sich dann aber komplett auf mich eingeschossen.« Sie fuhr sich über die brennenden Augen. »Aber wenn ich sie einmal vor der Kamera habe, dann kann ich sie ja fragen. Eines zumindest ist sicher: Sie kennt Vassiliki gut. Sie gehörte genauso zu Joannas Freunden wie Vassiliki, diese Agnetha und noch eine andere Frau, von der ich den Namen nicht kenne.« Ein Gedanke formte sich in ihrem Kopf. »Sag mal, Tammy. Kannst du für mich noch etwas herausfinden?«

»Worum geht es?« Tamara fand offensichtlich Gefallen daran, Detektivin zu spielen.

»Vor sieben Jahren muss etwas in München geschehen sein, das mit den Frauen zu tun hat. Mit Joanna, Vassiliki und dieser Diana.«

»Und was soll das gewesen sein?«

»Ich habe keine Ahnung. Aber du hast doch selbst schon einmal erwähnt, dass es da einen Skandal gegeben haben muss. Kannst du nicht mal ein wenig nachforschen? Du hast bisher doch schon wahre Wunder geleistet.«

»Ich kann es versuchen, aber ich kann nichts versprechen. Außerdem könnte das eine ganze Weile dauern.«

»Wenn ich etwas habe, dann wohl Zeit. Denn zumindest im Moment bin ich arbeitslos. Apropos, kann ich eigentlich bei dir wohnen, Tammy?«

»Wir kriegen das wieder hin, Merle. Ganz sicher. Und bis dahin kannst du selbstverständlich bei mir wohnen. Alles andere wäre ja noch schöner.«

»Danke, Tammy.« Wie festgeklebt hing Merle an Dianas Bild. Was hatte sie nur getan? Warum hasste Diana Joanna so sehr?

»Wie kommen wir nach München?« Tamaras Stimme brachte Merle dazu ihren Blick von dem Computerbildschirm zu lösen.

»Ich frage Piet, ob wir eine seiner Maschinen ausleihen dürfen. Joanna kann ich ja wohl kaum fragen.« Die Trauer in ihrer Stimme blieb Tamara nicht verborgen.

»Es tut mir leid, Merle. Ich hoffe sehr, dass wir alles auflösen können.«

»Danke, Tammy, für alles.«

»Wozu sind denn Freunde da?«, strahlte sie Merle an. In ihrem Blick lag so viel Zuversicht, dass Merle doch etwas leichter ums Herz wurde.

»Na dann, viel Erfolg.« Erik drückte ihr die Kamera in die Hand und wollte sich wieder verkrümeln, als Tamaras Stimme ihn zurückzog.

»Wo willst du hin, Erik? Du kommst jedenfalls mit. Immerhin ist das deine Technik, und du musst mir helfen, das Gespräch aufzuzeichnen.«

»Aber ich habe Flugangst, ganz entsetzlich sogar.«

»Komm schon, du Held, ich pack eine Spucktüte extra für dich ein.« Mit fester Hand klatschte Tamara ihm auf den Rücken, dass es nur so durch das Atelier schallte.

Niedergeschlagen ergab er sich seinem Schicksal und packte das nötige Equipment zusammen.

Am Flughafen kam ihnen Piet mit sorgenvoller Miene entgegen. Er musterte Merle einen Augenblick stumm, dann zog er sie mit seinen Pranken an sich und drückte sie fest. »Wenn ich etwas für dich tun kann, Merle, dann sag es mir.« Er schob sie ein Stück von sich. »Frau von Gronewald hat mich angerufen und mir gesagt, dass du die Piper nicht mehr fliegen darfst.«

Merle zuckte getroffen zusammen und sah von unten herauf in Piets Gesicht.

»Die Piper steht also nicht zur Debatte, dafür kannst du aber die Cessna nehmen.« Grinsend ließ Piet einen Schlüssel vor Merles Gesicht baumeln.

Erleichtert nahm Merle den Schlüssel aus seinen riesigen Händen entgegen. »Ich hoffe, du bekommst keinen Ärger mit ihr?«

»Wieso?« Wieder verzog Piet sein Gesicht zu einem fröhlichen Grinsen. »Zum einen ist es doch meine Maschine und nicht ihre, und zum anderen werde ich es ihr sicher nicht erzählen. Und du wahrscheinlich auch nicht, oder?«

»Nein, das habe ich nicht vor.« Merle schluckte trocken. »Danke, Piet, das vergesse ich dir nie.«

Einen Augenblick blieb Piet noch vor ihr stehen. »Was ist denn überhaupt passiert? Ich meine, ich dachte, du hättest den Jackpot getroffen. Beruflich als auch privat.« Bevor Merle ihm jedoch antworten konnte, hob Piet die Hand. »Es geht mich nichts an, Merle, und ich möchte nicht neugierig sein. Ich möchte nur, dass du weißt, dass du immer auf mich zählen kannst.« Damit drehte er sich um und ging davon.

Nachdenklich sah Merle ihrem Freund hinterher.

»Lass uns losfliegen, Merle.« Tamara war neben sie getreten und hatte ihr die Hand auf die Schulter gelegt.

Sie flogen zusammen nach München und fuhren mit einem Mietauto an die Adresse, die Tamara herausgefunden hatte.

Merle bemerkte, wie sich ihr Magen bei jedem Kilometer, den sie sich Dianas Adresse näherten, immer stärker zusammenzog. Sie wollte Diana unbedingt dazu bringen, ihr die Wahrheit zu sagen. Auch wenn die Bilder allein womöglich schon reichen könnten, wollte sie nichts mehr dem Zufall überlassen. Und der

Gedanke, Joanna für immer verloren zu haben, dieser Gedanke verlieh Merle Flügel – im wahrsten Sinne des Wortes.

Sie hielten in gebührender Entfernung zu Dianas Haus an. Sorgsam darauf bedacht, dass sie nicht zu sehen war, steckte Merle sich die Minikamera an ihren Kragen.

»Merle, ist alles in Ordnung? Du bist kreidebleich.« Besorgt legte Tamara ihr die Hand auf die Schulter.

»Ich habe Angst. Ich will Joanna nicht verlieren und befürchte, dass es doch schon zu spät ist. Was, wenn wir hier nichts erreichen? Was, wenn ich sie nicht umstimmen kann? Tammy, was soll ich nur ohne sie tun?« Merle spürte die Angst, die ihr die Kehle zudrückte. Der Gedanke, Joanna vielleicht niemals wiedersehen zu dürfen … Sie unterdrückte den gequälten Schluchzer, der sich aus ihrer Brust löste.

»Merle, hör mir zu. Noch ist gar nichts entschieden. Wir wissen, dass du nichts getan hast, und wir werden das jetzt beweisen. Anschließend präsentieren wir alles deiner Joanna, und dann wird sie dich auch bestimmt wieder zurücknehmen.« Tamara versuchte sie mit ihren Worten zu überzeugen.

»Wenn das nur so einfach wäre«, brummte Merle leise und stieg aus dem Auto.

Erik startete den Computer und gab Merle das Startsignal.

Tief durchatmend ging Merle mit weichen Knien an die Tür und klingelte.

Es dauerte nur wenige Sekunden, bis Diana die Tür öffnete und Merle überrascht entgegensah.

»Oh, welch Überraschung, Merle. Ist Joanna etwa auch hier?« Ihre kalten Augen glitten über Merle hinweg und suchten die Straße auf und ab.

Ihr bösartiges Grinsen ließ Merle innerlich erzittern. Nur mühsam beherrschte sie ihre Wut.

»Nein, ich bin allein hier.«

»Sowas aber auch, und warum?«, säuselte Diana weiter.

»Weil ich gern eine Antwort von dir hätte.«

Diana zog ihre Stirn kraus, als Merle den Umschlag mit den Fotos aus ihrer Jacke hervorzog. »Die hast du an Joanna geschickt, falls du dich erinnern kannst.«

»Ist das so?« Immer noch lag ein teuflisches Grinsen auf Dianas Gesicht. Merles nächste Worte ließen ihre Züge jedoch gefrieren.

»Schade nur für dich, dass sie die Bilder nicht gesehen hat.«

»Was?«, wütend blitzte Diana sie an.

»Ja, ich habe den Umschlag geöffnet und ihr die Bilder nicht gezeigt. Denn komischerweise fehlen da einige. Die, die zeigen, dass ich dich abgewiesen habe zum Beispiel.«

»Und warum kommst du jetzt zu mir?« Ablehnend stand Diana in der Tür und sah Merle herausfordernd an.

»Weil ich gern von dir erfahren möchte, was du damit bezwecken wolltest. Was habe ich dir getan?«

»Du?« Diana lachte heiser auf. »Du hast mir nichts getan. Aber Joanna, sie wollte ich treffen. Schade, dass es nicht funktioniert hat. Es war ein so guter Plan.«

»Warum nur? Ich verstehe das nicht.« Ungläubig sah Merle in Dianas vor Wut gerötetes Gesicht.

»Das soll Joanna dir erklären. Ich bin durch mit ihr und auch mit dir!«

»Warte!« Merle packte sie am Arm, bevor sie in ihr Haus zurückgehen konnte. »Versprichst du mir, dass du uns in Zukunft in Ruhe lässt?«

»Es scheint ja so, dass ihr zwei euch gefunden habt. Ich wünsche dir viel Glück. Und ja«, Diana strich sich eine Strähne hinter ihr Ohr, »ich lass euch in Ruhe. Ich denke eh, dass ich ihr kleinstes Problem war und bin.« Damit drehte sie sich um und knallte Merle die Tür ins Gesicht.

»Das war fast zu einfach.« Erschöpft ließ Merle sich in den Sitz fallen und schloss die Augen.

»Merle, ist alles in Ordnung mit dir?«

»Hast du ihre Worte gehört? Sie sei Joannas kleinstes Problem.« Dianas Worte hallten noch immer in Merles Kopf.

Tamara zuckte unbekümmert die Schultern. »Was wirst du Joanna sagen? Wirst du ihr überhaupt etwas von der Aktion hier berichten? Und du hast Diana auch nicht bezüglich des Geldes angesprochen.«

»Ja, irgendwie kam ich nicht dazu.« Ratlos sah Merle in die Ferne. »Aber weißt du was? Ich bin mehr denn je überzeugt, dass sie mit dem Geld nichts zu tun hat, sondern dass das Vassilikis

Handschrift trägt. Dennoch frage ich mich, ob die ganze Aktion hier überhaupt Sinn gemacht hat. Ich denke, dass ich mit den Bildern am ehesten etwas erreichen kann.« Seufzend schloss sie ihre Augen. »Jetzt muss ich Joanna nur noch dazu bringen, dass sie mir zuhört. Das wird im Moment der wohl schwierigere Part werden.«

»Wer fliegt sie denn zurzeit?«

Überrascht riss Merle ihre Augen auf. »Grandios, du bist unglaublich! Danke, Tamara, das ist die Idee überhaupt.«

»Was habe ich denn gesagt?« Irritiert warf Tamara Erik einen Blick zu, der aber nur unwissend mit den Schultern zuckte.

22

Während Merle darauf wartete, eine Nachricht von Piet zu erhalten, saß sie bei Tamara auf der Couch und starrte Löcher in die Decke. Jeden Tag fragte sie sich aufs Neue, wer hinter der ganzen Aktion stecken konnte. Dianas Worte hallten weiter in ihrem Kopf nach. Wer war Joannas größeres Problem? *Oh Gott, Joanna, worauf hast du dich da eingelassen, und wie kann ich dir meine Unschuld beweisen?*

»Merle, kommst du mal?« Tamara war von der Arbeit gekommen und hatte ihren Laptop gestartet.

»Ja?« Merle trat in die Küche und sah ihre Freundin erwartungsvoll an.

»Ich habe jetzt sehr lange das Internet nach Joanna durchforstet, aber seltsamerweise konnte ich nichts über einen Skandal finden.« Nachdenklich rieb sie sich über ihr Kinn. »Und ich bin absolut sicher, dass da etwas war.«

»Und was heißt das jetzt?« Ratlos ließ Merle sich neben sie auf einen Stuhl sinken.

»Ich kann dir nur so viel sagen: Bis vor sieben Jahren war Joanna ein gern gesehener Gast auf allen möglichen High-Society-Events in ganz Europa. Danach ist sie komplett von der Bildfläche verschwunden. Das Einzige, das ich finden konnte, war eine kleine Notiz über eine familiäre Tragödie. Doch worum es da ging, das steht nirgends. Es ist fast, als hätte jemand dafür gesorgt, dass alle Nachrichten entfernt wurden.«

»Aber, geht das denn überhaupt?« Auch wenn Merle nicht so viel über das Internet wusste, dies kam ihr doch seltsam vor.

»Bis vor kurzem hätte ich gesagt, dass das unmöglich sei.« Tamara presste ihre Augen zu schmalen Schlitzen zusammen und sah gebannt auf den Bildschirm vor ihr. »Aber hier ist es wohl tatsächlich gelungen. Wenn ich nicht absolut sicher wäre, dass da etwas vorgefallen ist, würde ich jetzt niemals einen Verdacht hegen.«

»Und dass du dich eventuell getäuscht hast und der Skandal gar nicht Joanna betraf?« Merle sah ihre Freundin aufmerksam an.

»Nein.« Tamara schüttelte vehement den Kopf. »Ich bin mir absolut sicher. Da war etwas.« Seufzend klappte sie ihren Laptop zu. »Aber es bringt jetzt nichts. Vielleicht kannst du deine Joanna einmal danach fragen.«

Meine Joanna, wenn es doch nur wahr wäre! Merle biss sich auf die Lippen, damit Tamara nicht sehen konnte, dass sie zitterten.

Es dauerte etwas länger, als Merle gehofft hatte, doch einige Tage später summte ihr Handy und zeigte die erlösende Nachricht von Piet. Mit klopfendem Herzen fuhr sie mit Tamara an den Flugplatz, wo Piet ihr mit gerunzelter Stirn entgegenkam.

»Du siehst bleich aus, Merle.« Er musterte sie mit seinen wachen Augen. »Und du bist dünn geworden.«

Merle verzog ihre Lippen zu einem schwachen Lächeln. »Das täuscht Piet, du hast mich nur schon länger nicht mehr gesehen.«

»Das stimmt«, er nickte bedächtig mit seinem großen Kopf, »ändert aber nichts an der Tatsache, dass du schon mal besser ausgesehen hast.«

»Ich weiß«, gab Merle schließlich zu. »Die letzte Zeit war sehr aufreibend. Es ist viel passiert, und ich wollte, so schnell es geht, Joanna meine Unschuld beweisen, aber dafür musste ich auf den richtigen Zeitpunkt warten. Das hat mich mehr ausgelaugt als alles andere zuvor.«

Lächelnd drückte Piet sie kurz an sich. »Geduld war noch nie deine Stärke.« Er hob den Kopf. »Schnell, versteckt euch. Da kommt die Limousine von Frau von Gronewald. Sie soll euch ja nicht sehen.«

»Danke, Piet. Das vergesse ich dir nie!« Merle winkte Piet kurz zu, griff nach Tamaras Arm und zog sie mit sich, damit sie sich hinter einem Schuppen verstecken konnten.

Aus ihrem Versteck heraus beobachtete sie, wie die Limousine auf den Parkplatz fuhr und Joanna ihr entstieg. Merles Herz machte einen gewaltigen Satz, als sie Joannas schmale Gestalt sah, die energisch über den Flugplatz schritt.

Piet eilte ihr entgegen und brachte sie zur Piper, die für sie bereitstand. Er gab Merle ein Zeichen.

Mit Tamara im Schlepptau lief sie über den Platz zur wartenden Maschine. Merle griff nach der Tür und zögerte einen kurzen Moment, bevor sie die Tür aufzog und einstieg.

Joanna saß auf ihrem Sitz und blätterte in einigen Papieren. Erst als hinter ihr Tamara auf die Bank kletterte, hob Joanna den Kopf und sah sich verwundert um. Ihre Miene verfinsterte sich, als sie Merle erkannte, die sie nervös beobachtete.

»Was soll das? Wo ist Piet?« Eisige Kälte lag auf ihren sonst so schönen Zügen und ließ Merle innerlich zittern. Feine Fältchen umrahmten Joannas bernsteinfarbene Augen, die tief in ihren Höhlen lagen. Und selbst das teure Make-up konnte die Müdigkeit und die Erschöpfung, die auf ihrem Gesicht lag, nicht verdecken.

»Bitte, Joanna, hör mir zu.« Merle ließ die kleine Maschine anrollen.

»Da gibt es nichts mehr zu bereden. Halt die Maschine an und steig aus. Sofort!« Joanna brüllte die letzten Worte beinahe in das Mikrofon ihres Kopfhörers.

Trotzdem versuchte Merle, Ruhe zu bewahren. »Joanna, bitte, ich kann beweisen, dass ich nichts getan habe. Tammy, zeig ihr die Fotos.«

Von der hinteren Sitzbank streckte Tamara den Umschlag mit den Bildern nach vorn.

Joanna warf ihr einen bösen Blick zu, nahm den Umschlag aber entgegen.

»Und was soll das bringen?«

»Ich weiß es nicht. Aber egal was daraus wird, es wird dir auf jeden Fall zeigen, dass ich nichts Falsches getan habe. Diana hat mich reingelegt und wollte dir damit schaden. Bitte, sieh dir die Fotos an.« Merle gab Schub und startete die Piper.

Zögernd ließ Joanna die Fotos aus dem Umschlag herausgleiten und begann sie durchzusehen. Überrascht zog sie die Luft ein, als sie die Bilder in der richtigen Reihenfolge, nun auch mit den fehlenden dazwischen, sah. Verwundert ging ihr Blick zu Merle, die sie aufmerksam beobachtete.

»Bitte, Joanna, zu diesem Zeitpunkt kannte ich noch nicht einmal ihren Namen. Ich wusste nur, dass sie Teil deiner Vergangenheit war, so wie du es genannt hattest. Und ich hätte sie niemals, absolut niemals, geküsst oder womöglich noch mehr. Das musst du mir glauben.« Flehentlich sah Merle sie an.

»Und wenn schon.« Joanna packte die Bilder zurück in den Umschlag und reichte ihn nach hinten zu Tamara. »Was soll das jetzt noch ändern?«

»Aber …« Merle versuchte die Enttäuschung aus ihrer Stimme herauszuhalten. »Aber das ändert doch alles, oder nicht? Ich meine, ich habe nichts getan, was du mir vorgeworfen hast.«

»Mag ja sein, aber was kommt als nächstes?« Joanna drehte ihren Kopf und sah nach draußen. »Diana wird sicher etwas Neues finden, womit sie mir schaden kann. Wenn nicht mit dir, dann mit jemand anderem. Es spielt alles keine Rolle mehr, Merle. Ich gebe mich geschlagen. Es bringt einfach nichts mehr.« Ihre Hände umklammerten ihre Knie, doch Merle konnte sehen wie sie zitterten.

»Joanna.« Merle legte ihre Finger über ihre Hand und drückte sanft. »Sie wird dich in Zukunft in Ruhe lassen.«

»Wie kommst du darauf?« Müde sah Joanna sie mit ihren Katzenaugen an.

»Weil sie es mir gesagt hat.«

»Was?« Joannas Augen begannen feucht zu glänzen.

»Zeig ihr bitte das Video, Tammy.«

Tamara reichte ein Tablet mit eingestöpselten Kopfhörern nach vorn zu Joanna, die das Tablet nur zögernd nahm.

Tamara wartete, bis Joanna die Kopfhörer getauscht hatte, und drückte auf den Startknopf.

Mit wachsender Unruhe beobachtete Merle, wie Joanna auf den Bildschirm starrte. Diana trat vor die Tür und sie konnte sehen, wie sich ihre Lippen bewegten. Den Ton hörte in diesem Moment nur Joanna über die kleinen Kopfhörer, doch Merle hatte das Video inzwischen so oft gesehen, dass sie die Worte auswendig konnte.

Mit zitternden Händen umklammerte Joanna das Tablet, sodass ihre Knöchel weiß hervorstachen.

»Warum hast du das getan?« Sie hatte sich die großen Kopfhörer wieder aufgesetzt und sah Merle mit gerunzelter Stirn an.

»Weil ich dir beweisen wollte, dass ich dich nicht belogen oder betrogen habe. Joanna, bitte, du musst mir glauben. Ich würde niemals etwas tun, das dir schaden könnte. Himmel, was muss ich denn noch tun, damit du nicht mehr böse auf mich bist und mir endlich glaubst?«

»Oh, Merle.« Joannas sanfter Finger strich über Merles Arm und ließ ihre feinen Härchen nach oben stehen. »Ich bin nicht böse, ich war es auch nie. Ich war nur so enttäuscht. Nach allem, was zwischen uns war. Zumindest nach allem, was ich dachte, was gewesen sei, und dann auf einmal diese Bilder zu sehen ... Dazu noch Dianas SMS vom Empfang, da passte auf einmal wieder alles zusammen.«

»Was stand denn in der SMS? Du hast es mir nicht gesagt.«

»Nein, habe ich nicht. Sie hat mir Dinge geschrieben, die mich so tief verletzt und getroffen haben, dass ich zu keinem klaren Gedanken mehr fähig war. Und als ich dann zu Hause war, da fand ich den Zettel von der Bank. Was sollte ich denn da denken?« Joannas Stimme wurde immer leiser.

»Warum hast du nicht mit mir gesprochen?« Merle hatte ihre Hand auf Joannas Knie gelegt und drückte sanft dagegen. »Hab ich dir jemals das Gefühl gegeben, dass ich hinter deinem Geld her sei? Oder dass ich ein Spiel mit dir spielen wolle?«

»Nein, hast du nicht. Aber nach allem, was geschehen ist, und dann noch das Geld und die Fotos, da wurde ich von so vielen Zweifeln überrollt, ich konnte nicht mehr klar denken. Ich hätte dir glauben sollen. Es tut mir leid, Merle. Ich hätte dir vertrauen sollen. Immerhin wusste ich ja, dass sie hinter dem Ganzen steckte.« Joanna legte ihre Hand über Merles und strich sachte darüber.

»Was ist zwischen euch vorgefallen? Ich meine, warum hasst sie dich so sehr?«

»Das ist eine lange Geschichte.« Joanna lies den Kopf hängen.

»Wir haben noch eine halbe Stunde Zeit, dann landen wir. Falls du es mir erzählen willst, nur zu.« Merle schenkte Joanna ein aufmunterndes Lächeln.

»Wir waren einmal Partner. Privat und auch beruflich verbunden. Ich habe einige Fehler gemacht in dieser Zeit. Habe mich auf meine Karriere konzentriert und sie auf der Strecke gelassen. Beruflich genauso wie privat, wenn du verstehst, was ich meine.« Joanna strich sich durch die langen Haare und sah Merle mit ihren braunen Augen an.

»Ich kann es mir denken.«

»Ich bin nicht stolz auf diese Zeit. Aber es war nicht nur ich allein. Sie hat genauso ihre Fehler gemacht. Versteh mich nicht falsch, ich möchte mich nicht rechtfertigen, aber es ist so lange her und so schrecklich viel geschehen. Aber dann, dann hat sie eine Grenze überschritten und alles ist zusammengebrochen. Unsere Freundschaft, mein Leben, einfach alles. Ich habe lange gebraucht, um wieder auf die Beine zu kommen. Damals habe ich auch Vassiliki als meine Geschäftspartnerin aufgenommen, damit sie sich um alles kümmerte, während ich einfach nur leiden wollte.« Ihre Augen hatten sich verdunkelt, ihr Kopf sank zwischen ihre schmalen Schultern.

Merle warf einen Blick über die Schulter zu Tamara, die aufmerksam zuhörte. Also hatte sie doch recht gehabt und es gab etwas. Doch was das war, das hatte Joanna immer noch nicht preisgegeben. »Warum wolltest du nicht allein zu dem Empfang in München gehen?«

»Ich habe geahnt, dass sie da sein würde. Immerhin war ich nach sieben Jahren das erste Mal wieder in München, und ich dachte mir schon, dass Agnetha ihr das mitteilen würde. Und ich wollte nicht, dass sie denkt, ich könnte einsam sein. Den Triumph wollte ich ihr nicht gönnen. Im Gegenteil, sie sollte denken, dass ich endlich mein Glück gefunden hatte. Aber im Endeffekt habe ich ihr damit erst recht wieder Munition gegen mich geliefert. Das verstehe ich jetzt.«

»Sie hatte mich angesprochen, und sie war es auch, die behauptet hatte, dass wir nicht wirklich zusammen seien.«

»Oh, dann habe ich ihr zu verdanken, dass du mich geküsst hast?« Ein süßes Lächeln umspielte Joannas weiche Lippen und brachte Merles Herz zum Springen. »Es war ein so schönes Gefühl in deinen Armen zu liegen, Merle.«

Aus dem Augenwinkel sah Merle ein gelbes Licht auf ihrem Armaturenbrett blinken. Sie drehte den Kopf, als die Turbinen auf einmal zu stottern begannen.

»Was ist das?« Alarmiert krallte Joanna ihre Hand in Merles Oberschenkel.

»Ich habe keine Ahnung«, antwortete Merle angespannt und betätigte einige Schalter. Mit einem Dreh schaltete sie Joannas und Tamaras Kopfhörer auf taub und setzte einen Notruf ab. Sie versuchte die Maschine zu drehen, doch die Ruder reagierten nicht auf ihre Manöver. Sie begann die Schubzufuhr der einzelnen Turbinen zu regulieren und schaffte es damit, die Piper in eine wackelige Kurve zu bringen. Doch bevor sie die Drehung beenden konnte, stotterten die Turbinen erneut, und Merle schaltete eines der Triebwerke ab. Mit viel Glück würde sie so noch ein klein wenig Luft gewinnen, um einen sicheren Landeplatz zu erreichen.

»Was ist los? Merle, was passiert hier?« Die Panik auf Joannas Gesicht versetzte Merle einen Stich im Herzen.

Sie öffnete das Mikrofon. »Joanna, wir haben hier ein Problem. Nimm deine Jacke und leg sie dir über deine Knie. Wenn ich es sage, dann wirst du mit beiden Händen deine Beine umfassen und den Kopf in deine Jacke drücken. Hast du mich verstanden?«

»Wir stürzen ab?« Joannas Stimme überschlug sich vor Angst.

»Nein, aber ich muss notlanden. Die Hydraulik macht Ärger und wir haben keinen Sprit mehr.« Merle hätte ihr gern etwas anderes gesagt, doch sie sah keinen Sinn darin, Joanna anzulügen.

»Aber wie kann das sein? Piet hat doch sicher vollgetankt?«

»Ja, hat er, das habe ich an der Anzeige gesehen. Aber entweder die Anzeige war schon defekt, oder aber es wurde daran herummanipuliert. Warum sonst sollte auch die Hydraulik spinnen?«

»Und was heißt das jetzt?«

Beruhigend lächelte Merle ihr zu. »Ich krieg das hin, das verspreche ich dir. Aber ich muss mich jetzt um den Funk und die Landung kümmern. Bitte, Joanna, polstere deine Knie mit der Jacke ab und warte auf mein Zeichen.«

Sie warf einen kurzen Blick über die Schulter. »Tammy, hast du mir zugehört?«

»Ja, ist alles gut. Ich habe ein Kissen gefunden und noch ein zweites für Sie, Joanna.« Sie gab das Kissen an Joanna, die ihr dankbar zunickte.

»Okay, ich gebe euch das Signal. Dann Köpfe runter, Knie umfassen und so bleiben bis wir wirklich komplett stehen. Es könnte einige Hüpfer und Schläge geben, daher bitte erst wieder aufrichten, wenn wir zum Stillstand gekommen sind. Solange bleiben die Köpfe unten. Habt ihr das verstanden?«

Als die beiden Frauen nickten, konzentrierte sich Merle auf die nächsten Schritte.

Sie drehte an ihrem Funk und rief Piet an, der sich sofort meldete.

»Was ist los?« Seine Stimme klang so atemlos, wie Merle sich selbst fühlte.

»Piet, ich habe kaum noch Kerosin und die Hydraulik streikt.«

»Aber das kann nicht sein. Ich habe das Flugzeug selbst befüllt und auch durchgecheckt. Was läuft da schief?« Piet fluchte leise in das Mikrofon.

»Das weiß ich nicht.« Merle war genauso ratlos wie er.

»Wo bist du? Kannst du zurückfliegen?«

»Nein, das schaff ich nicht mehr.« Ein heftiges Rütteln ging durch die Piper. »Die Seitenruder haben blockiert. Ich habe zuerst über die Turbinen gedreht, aber jetzt ist das Kerosin fast alle, und ich bin im Sinkflug.«

»Ach du heiliges Kanonenrohr, Merle! Wo willst du landen?« Piets Panik war nicht zu überhören.

Merle sah hektisch nach draußen und suchte mit den Augen die Umgebung ab. »Ich sehe ein Weizenfeld. Was meinst du, könnte das klappen?«

»Gibt es nichts Besseres in Reichweite?«

»Ansonsten sehe ich nur noch Maisfelder und eine Autobahn mit viel zu vielen Autos. Piet, ich denke das Weizenfeld ist meine beste Chance. Es wird schon schwierig genug sein, es zu erreichen, immerhin kann ich kaum mehr lenken.«

»Oh Merle, ich wünschte, ich könnte dir helfen«, seine Stimme vibrierte vor Angst.

»Das kannst du, Piet. Drück uns die Daumen und alarmier schon einmal die Kavallerie.« Merle visierte das Feld an und senkte die Nase der Piper nach unten. Sie warf Joanna einen kurzen Blick zu, die bleich und angespannt neben ihr saß und stumm die Lippen bewegte. »Alles wird gut, das verspreche ich dir.«

Joannas Kopf ruckte herum, als Merles Stimme auf einmal wieder ihren Kopfhörer ausfüllte. Mit Tränen in den Augen nickte sie Merle tapfer zu.

»Köpfe runter!« Merle sah, wie Joanna ihren Kopf in das Kissen drückte, und sie legte ihr zusätzlich die Hand in den Nacken, um sie zu stabilisieren. Dadurch konnte sie den Steuerknüppel nur mit einer Hand festhalten, doch das war ihr egal.

Mit einem harten Schlag traf die Piper den Rand des Feldes und pflügte den Weizen beiseite. Die Windschutzscheibe zerbarst mit einem mächtigen Klirren, und Merle flogen die Scherben nur so um die Ohren. Sie kniff die Augen zusammen und hoffte, dass die Splitter keinen größeren Schaden anrichten würden. Richtig schützen konnte sie sich nicht davor.

Das Flugzeug bockte wie ein Pferd, das versuchte seinen Reiter abzuwerfen.

Mit jedem weiteren Schlag schoss ein dumpfer Schmerz Merles Arm entlang. Dicke Schweißperlen flossen ihr über die Stirn und brannten in ihren Augen. Heftig drückte sie die Bremspedale, aber die Geschwindigkeit verringerte sich nur quälend langsam. Endlich und mit einem letzten Schlag kam die Piper zum Stehen. Für ein paar Sekunden herrschte absolute Stille. Eine dicke Staubwolke umhüllte das Flugzeug, sodass Merle zuerst nichts sehen konnte.

»Joanna, geht es dir gut?«, fragte Merle besorgt.

»Mir geht es prima, danke der Nachfrage.« Tamaras Humor war bewundernswert, selbst in solch einer ernsten Situation war sie um eine spitze Bemerkung nicht verlegen. Sie richtete sich auf der Rückbank auf und klopfte Merle kurz anerkennend auf die Schulter.

»Joanna?« Besorgt strich Merle über Joannas Nacken, bis sie ihren Puls unter ihren Fingerspitzen fühlte. »Joanna, wir sind unten. Du kannst dich aufrichten. Geht es dir gut? Bitte, sprich mit mir.«

»Ich werde nie wieder fliegen.« Joanna richtete sich auf und sah Merle mit blutunterlaufenden Augen an.

Erleichtert lachte Merle auf. »Das gibt sich wieder. Kannst du bitte deine Finger bewegen und deine Zehen? Hast du irgendwo Schmerzen? Tammy, ist bei dir alles heil?«

»Du blutest.« Joanna zeigte mit einem zitternden Finger auf Merles geschundenes Gesicht.

»Sind nur ein paar Kratzer, kein Problem. Kannst du aussteigen? Du auch, Tammy? Aber vorsichtig, bitte, es ist unebener Boden. Ich muss zuvor noch den Notsender aktivieren.«

Unter großen Schmerzen löste Merle ihre verkrampfte Hand vom Steuerknüppel. So wie es aussah, war der Arm bestimmt gebrochen.

Joannas Augen ruhten stumpf auf Merle. »Was ist passiert?«

»Ich weiß es noch nicht. Aber wir werden es herausfinden.« Merle musterte Joanna besorgt. Sie war sich sicher, dass sie unter Schock stand.

»Kann Piet uns abholen?«

Seufzend fuhr Merle sich mit dem gesunden Arm über die Augen. »Er könnte uns schon abholen, wobei da wohl eher ein Krankenwagen angebracht wäre. Außerdem weiß ich nicht, wie lange Piet braucht, bis er hier ist. Wir sind ja doch eine Strecke geflogen. Das Flugzeug geht aber ganz sicher zur BFU.«

»Was heißt das? Wer ist das?«

»Die Bundesstelle für Flugunfalluntersuchung kümmert sich um alle Fälle, die außer der Reihe sind. Entgegen dem geordneten Flugverkehr, sozusagen.« Sie rang sich ein bitteres Lächeln ab und versuchte Joanna damit zu beruhigen. »Und wir fallen ganz sicher unter diese Rubrik.«

»Was denkst du, ist passiert?« Die Ruhe in Joannas Stimme ließ bei Merle die Nackenhaare aufrichten.

»Das willst du jetzt nicht wissen.« Ernst sah sie Joanna in die Augen. »Alles, was ich weiß, ist, dass das Flugzeug in einem tadellosen Zustand und auch voll betankt war. Dafür und für Piet würde ich meine Hand ins Feuer legen. Alles andere wäre jetzt wilde Spekulation, und da werde ich mich zurückhalten.«

»Kannst du dir vorstellen, dass Diana damit etwas zu tun hat?« Joanna sprach leise, doch ihre Worte dröhnten in Merles Ohren.

Gequält sah sie nach draußen. In der Ferne konnte sie das Blaulicht der Rettung sehen. »Traust du ihr das zu? Immerhin kennst du sie länger als ich.«

Joanna sah sie nur stumm an. Ihre sonst so strahlenden Augen blickten stumpf, beinahe schwarz an Merle vorbei.

Vorsichtig kletterten die drei aus dem zerbeulten Flugzeug. Als Joanna die Schneise der Verwüstung hinter ihnen sah, brach sie in Tränen aus. Sanft zog Merle sie in ihre Arme und strich ihr über die Haare. Dabei zog sie einige kleine Splitter hervor.

»Krasse Sache, Merle.« Tamara trat zu ihnen und klopfte Merle nochmals anerkennend auf die Schulter. »Dir ist schon klar, dass der Bauer nicht beglückt sein wird, dass du sein Feld ruiniert hast.«

Merle hob nur kurz den Kopf und warf ihr einen genervten Blick zu. »Darum wird sich die Versicherung kümmern, da mach ich mir jetzt keinen Kopf. Wie wäre es, wenn du schon einmal zur Straße gehst und dort auf die Polizei und den Rettungswagen wartest?«

»Hab's verstanden.« Tamara winkte kurz mit der Hand und ging dann leise vor sich hingrummelnd durch das Feld zur Straße.

Erneut zog Merle Joanna an sich und drückte ihr einen sanften Kuss auf die Wange.

»Wenn sie das war, dann hat sie versucht uns umzubringen«, brachte Joanna unter leisem Schluchzen hervor.

»Joanna, tu mir und dir bitte einen Gefallen, und sprich das jetzt nicht laut aus. Wir werden sicher von der BFU vernommen, und wenn du ohne jedwede Beweise mit so einem Verdacht kommst, könnte das nach hinten losgehen.«

»Aber willst du sie davonkommen lassen? Du denkst doch auch, dass sie das war, oder nicht?«

»Es könnte sein.« Merle vergrub ihr Gesicht in Joannas Haaren, damit sie ihren schmerzerfüllten Gesichtsausdruck nicht sehen konnte. »Aber trotzdem werde ich es erst einmal nicht aussprechen. Wir werden unsere eigenen Untersuchungen durchführen, das verspreche ich dir. Und je nachdem, was die BFU findet, wird dann eh die Polizei eingeschaltet.«

In diesem Moment kam ein Polizeiauto zu ihnen auf das Feld gefahren. Kaum dass es zum Stillstand kam, stieg ein Polizist aus und trat auf Merle und Joanna zu.

»Sind Sie verletzt?« Er ließ seine Blicke über die Frauen gleiten und blieb an der zerstörten Piper hängen. »Das sieht nach einer heftigen Landung aus. Wie ist das passiert?«

Merle folgte seinem Blick zur Piper. »Die Lampe für das Kerosin ging an, da habe ich noch an einen Fehler gedacht. Immerhin weiß ich, dass die Maschine vollgetankt war.«

Der Polizist nickte nur und lief um das Wrack herum, während Merle weitersprach. Joanna stand wie angewurzelt da. Sie bewegte sich keinen Millimeter und blickte verloren in die Ferne.

»Auf einmal haben die Ruder nicht mehr reagiert, und ich konnte kaum mehr lenken. Ich habe es über den Schub der Turbinen versucht, aber das ging nur bis zu einem gewissen Grad, und dann war das Kerosin fast alle. Ich habe zuerst eine Turbine abgeschaltet, aber es hat nicht mehr viel gebracht, und die zweite lief auch leer. Da wusste ich, dass ich landen musste.« Merle verzog erneut gequält ihr Gesicht, als sie die zerstörte Piper sah.

»Es war eine gute Entscheidung, dass Sie sich das Weizenfeld ausgesucht haben.«

»Ich hatte nicht wirklich viele Optionen, und es war so schon hart genug, aber ja, ich denke, das Feld hat uns gerettet. Allerdings hat es dabei sehr gelitten. Der Bauer wird nicht erfreut sein.« Merle konnte sich ein schiefes Grinsen nicht verkneifen, da sie Tamaras Worte von zuvor aufgriff.

Der zweite Polizist stieg aus und hielt Merle ein Handy entgegen. »Ein Anruf für Sie.«

Überrascht nahm Merle das Handy aus seiner Hand und hielt es an ihr Ohr. »Ja?«

»Gott sei Dank, Merle«, tönte Piets atemlose Stimme aus dem Hörer. »Ich habe dich schon mindestens zehnmal auf deinem Handy angerufen.«

»Oh!« Merle sah auf das Wrack der Piper »Das Handy liegt noch irgendwo in der Maschine.«

»Was ist passiert und noch viel wichtiger, wie geht es euch?«

»Es geht uns gut, Piet.« Merle schloss erschöpft die Augen. »Aber die Piper ist Schrott.«

»Das Flugzeug ist versichert, Merle. Mach dir darüber keine Gedanken. Seid ihr verletzt?«

Merles Blick ging zu ihrem Arm, der verdreht an ihrer Seite hing. »Nur ein paar Kratzer, nichts Schlimmes.«

»Ich bin bereits auf dem Weg. Fahrt ihr schon einmal ins Krankenhaus. Ich komm dann dort hin.«

»Ich muss auf die BFU warten«, protestierte Merle leise.

»Kommt nicht in Frage! Das regle ich mit denen. Wenn sie noch Fragen haben, dann können sie zu dir ins Krankenhaus kommen. Bitte, Merle, sei vernünftig und geh ins Krankenhaus«, flehte Piet durch das Telefon.

»Du hast ja recht. Danke, Piet.« Merle war sehr dankbar, dass sich ihr Freund um die ersten Gespräche kümmern wollte. Sie hatte höllische Schmerzen und machte sich zudem große Sorgen um die traumatisierte Joanna, die, seitdem sie aus dem Flugzeug geklettert waren, kaum ein Wort gesprochen hatte. Sie gab das Handy dem Polizisten zurück. »Was geschieht jetzt?«

»Wir warten hier auf die Mitarbeiter der BFU. Die entscheiden das weitere Vorgehen. Ich bin sicher, dass sie die Maschine erst einmal beschlagnahmen werden, um sie gründlich zu untersuchen.« Der Polizist neigte seinen Kopf zur Seite. »Sie sollten ins Krankenhaus fahren und sich behandeln lassen. Ihr Arm sieht nicht gesund aus, und die Kratzer im Gesicht gehören auch verarztet.«

»Sollen wir nicht auf die BFU warten?« Unsicher ließ Merle ihre Blicke hin und her wandern.

»Kümmern Sie sich erst einmal um Ihre Gesundheit. Die BFU wird sich noch früh genug mit Ihnen auseinandersetzen.« Er nickte Merle freundlich zu und ging zu seinem Kollegen, der neben der Piper stand.

Merle legte ihren gesunden Arm um Joanna und ging langsam mit ihr durch das Feld zur Straße, wo Tamara bereits am Rettungswagen stand und mit der Sanitäterin flirtete.

»Da seid ihr ja endlich. Ich dachte, ihr wolltet gar nicht mehr aus dem Feld kommen.«

»Setzen Sie sich auf die Trage.« Die Sanitäterin wollte ihr helfen, doch Merle wehrte sie ab.

»Mir geht es gut, wirklich. Lassen Sie Joanna auf die Trage.«

»Unsinn, mir fehlt nichts«, protestierte Joanna und zeigte auf Merles Arm. »Aber du bist ganz schön lädiert und solltest dich endlich verarzten lassen.« Sie schien sich wieder gefangen zu haben und brachte Merle mit sanftem Druck dazu, sich auf die Trage zu setzen und sah zu, wie ihre unzähligen Schnitt- und Platzwunden gereinigt und vorsorglich verbunden wurden.

»Das muss geröntgt werden.« Die Sanitäterin zeigte auf Merles Kopf. »So wie der Arm auch. Dass der gebrochen ist, sieht man, aber wo und wie oft, das muss abgeklärt werden.«

Während der Fahrt ins Krankenhaus setzte Joanna sich neben Merle auf die Trage und lehnte sich an ihre Schulter.

Tamara konnte sich auf einen Sitz neben die Sanitäterin setzen und erzählte in einem zu, wie Merle die Piper in das Feld gelenkt hatte. Ihr ohnehin schon schnelles Sprechtempo hatte sich verdreifacht. Die Worte sprudelten nur so aus ihr heraus.

Tammy, Tammy. Die arme Sanitäterin kann dir schon gar nicht mehr folgen, dachte Merle und schmunzelte ein wenig dabei.

23

Traust du Diana das wirklich zu?« Der Verdacht hatte Merle nicht mehr losgelassen. »Dass sie dich umbringen würde?«

»Ich weiß es nicht. Im ersten Moment war ich sicher, dass sie es war. Aber jetzt …« Joanna hob ihre schmalen Schultern nach oben. »Ich halte sie für vieles verantwortlich, aber wenn ich genauer darüber nachdenke, dann traue ich ihr diese Grausamkeit nicht zu. Aus vielen Gründen. Außerdem wüsste ich auch nicht, wie sie es hätte bewerkstelligen können.« Sie sah Merle mit trüben Augen an. »Ich meine, ich habe keine Ahnung von Flugzeugen. Ich wüsste nicht, was man und vor allem wie man es anstellen könnte, dass es zum Absturz kommt. Woher sollte sie das wissen?«

Merle nickte bedächtig. »Man kann vieles im Internet nachforschen und dann auf gut Glück agieren. Viel wichtiger ist aber, woher sollte sie wissen, wann du mit welchem Flugzeug fliegst? Das kommt mir sehr konstruiert vor. Nein, das muss jemand mit Insiderwissen gemacht haben.«

»Aber wer bleibt dann noch?« Fragend sahen Joanna und Merle sich an.

»Wer wusste, dass du heute fliegst?«

»Alfred und Yasmin. Aber die scheiden auf jeden Fall aus. Genauso wie Piet.« Joannas braune Augen schimmerten im Neonlicht über ihnen.

»Ja, das sehe ich auch so. Wer noch?«

Merle konnte sehen, wie Joannas Kieferknochen kräftig zu mahlen begannen. Sanft legte sie ihr die Hand unter das Kinn und drehte ihren Kopf zu sich. »Wer noch, Joanna?«

»Vassiliki«, kam es tonlos von Joannas Lippen.

Merle spürte die Kälte, die ihr über den Rücken kroch. »Das würde passen. Jetzt ist nur die Frage, kennt sie sich mit Flugzeugen gut genug aus, um uns so zu sabotieren, oder brauchte sie einen Helfer?«

»Oh nein ... Merle! Sie hat den Flugschein.« Auf Joannas Gesicht zeigten sich hektische Flecken, als sie Merle diese Neuigkeit offenbarte.

»Wie bitte?« Merle konnte kaum glauben, was sie da gerade gehört hatte.

»Ja, sie hat den schon seit ich sie kenne, also dreißig Jahre mindestens. Sie fliegt doch auch immer selbst zu unseren Treffen.«

Das erklärte zumindest, warum sie immer und überall auftauchte. Doch wäre sie wirklich in der Lage, Joanna zu töten? Merle schloss gequält die Augen. Vor lauter Schmerzen in ihrem Arm war sie nicht mehr in der Lage, klar zu denken. Sie mussten jetzt erst einmal warten, was die Bergung des Flugzeuges preisgeben würde.

Sie bestand darauf, auf ihren eigenen Beinen in die Notaufnahme zu laufen, ließ sich dort aber erschöpft in einen Rollstuhl sinken. Nach dem Röntgen wurde die größte Platzwunde an ihrem Kopf mit einigen Stichen genäht. Die Splitterwunden waren ausgewaschen und ebenfalls versorgt worden.

Zeitgleich wurden auch Tamara und Joanna gründlich untersucht und für unverletzt befunden. Ein Umstand, der Merle sehr erleichterte.

Joanna und Tamara waren bei ihr im Zimmer, als die Ärztin kam und die Diagnose Merles Arm betreffend verkündete. »Ihr Arm ist an drei Stellen gebrochen. Da werden wir eine Schiene einsetzen müssen, damit der Knochen stabil gehalten wird und gut heilen kann. Aber eine gewisse Zeit wird es schon dauern.«

»Es tut mir leid, Merle.« In Joannas Augen glitzerten die Tränen.

»Hey, nicht doch. Du kannst doch nichts dafür und außerdem ...« Merle sah sie liebevoll an. »Es hätte durchaus schlimmer ausgehen können. Für uns alle. Und ...« Sie hob den Finger und wedelte damit vor Joannas Gesicht. »Wir sind wieder zusammen, das ist doch das Allerwichtigste, oder nicht? Wir sind doch zusammen?«, schob sie leise nach, als Joanna die Augen schloss.

»Ja, sind wir. Und das habe ich nur dir und deiner Hartnäckigkeit zu verdanken. Was siehst du nur in mir, dass du dir so viel Mühe gibst?« Joannas Augen schimmerten feucht, während sie Merle ansah.

Tamara und die Ärztin verließen leise das Zimmer.

Merle strahlte sie an. »Du bist eine unglaubliche Frau. Und ich war vom ersten Moment an fasziniert von dir.«

»Obwohl ich ziemlich ungeduldig und garstig zu dir war?« Ungläubig schüttelte Joanna den Kopf.

Leise lachend legte Merle den Kopf schief. »Anfangs konnte ich selbst nicht ganz verstehen, warum ich so intensiv auf dich reagierte, denn bereits bei unserem ersten gemeinsamen Flug bemerkte ich, wie meine Gefühle für dich aufkamen. Und ja ...« Sie gab Joanna einen liebevollen Kuss. »Du kannst ganz schön wild schauen und ziemlich herrisch sein, wenn dir etwas nicht passt, das stimmt.«

»Ich habe dir den Arm blutig gekratzt«, gab Joanna zu bedenken.

»Du hattest eine Panikattacke, und da hast du mir zum ersten Mal deine verletzliche Seite offenbart. Auch wenn du später sogleich wieder die taffe Geschäftsfrau warst, du hast dich verraten. Oder besser ...«. Sie sah ihr in die geliebten, bernsteinfarbenen Augen. »Deine Augen haben dich verraten.«

»Was meinst du?«

»Du hattest mich wie eine Tigerin angefaucht, doch als ich das Taxi für dich geordert habe, da lag so viel Wärme in deinem Blick, das hat mich regelrecht umgehauen. Und ...« Sie spürte, wie ihr die Röte warm den Nacken entlangkroch. Lächelnd ließ sie ihren Blick auf den Boden schweifen. »Und wenn du mich berührtest, dann war das jedes Mal wie ein elektrischer Schock, der durch mich hindurch ist. So etwas habe ich noch bei keiner Frau zuvor erlebt.« Merle musterte Joanna einen Moment, bevor sie weitersprach. »Ich saß in Hamburg im Restaurant und habe dich mit Vassiliki gesehen. Und da fühlte ich schon den ersten Anflug von Eifersucht. Ich konnte es selbst kaum fassen, da wir uns zu diesem Zeitpunkt ja eigentlich noch gar nicht kannten. Danach dachte ich, ich würde dich nie mehr wiedersehen, bis du bei mir in der Werkstatt aufgetaucht bist.«

Joanna lächelte schief. »Ja, der pfeifende Primat.«

»Ich war so wütend auf meinen Kollegen, weil er dir gegenüber so respektlos war. Und ich war sehr froh, als du über meine Worte gelacht hast.«

Sanft strich Merle über Joannas Wange. »Ich konnte mein Glück kaum fassen, als du mich für einen weiteren Flug gebucht hast. Ich glaube, ich habe die ganze Zeit vor mich hin gegrinst und konnte es kaum abwarten, bis ich dich wiedersehen durfte.«

»Ich hatte mich in deiner Gesellschaft sicher gefühlt und gehofft, dass du nicht Nein sagen würdest.« Ein süßes Lächeln umspielte Joannas Lippen, als sie Merle ansah.

Mit einem Mal hob Merle die Decke. »Würdest du mir Gesellschaft leisten? Ich möchte nicht allein sein, nie mehr.« *Wenn es nach mir geht, dann lass ich dich sowieso nie mehr gehen.*

Joanna musterte sie einen Moment, bevor sie ihre Schuhe auszog und sich neben sie legte. »Das war in Mailand.«

»Was meinst du?«, fragte Merle verdutzt. Im ersten Moment wusste sie nicht, worauf Joanna anspielte, doch dann fiel bei ihr der Groschen. »Stimmt, du bist zu mir ins Zimmer gekommen, weil du nicht allein sein wolltest. Was war passiert?«

»Ich bekam eine SMS von Vassiliki. Ein Geschäft, das sie für mich tätigen sollte, war in letzter Sekunde geplatzt. Ich wollte sofort zurück, aber das ging wegen des Nachtflugverbots nicht. Und dann kam noch die Erinnerung an etwas anderes. Etwas, das ich verdrängt und ganz tief in meinem Gedächtnis vergraben hatte. Aber Vassiliki hatte mich mit ihrer Nachricht auch daran erinnert. Danach habe ich mich so einsam und allein gefühlt wie schon lange nicht mehr. Du hast mir deine Schulter geboten, ohne die Situation auszunutzen. Das hat mich schwer beeindruckt, auch wenn ich es nicht gezeigt habe und dich da sogar noch böse angeschnauzt habe.«

»Ja, ich durchlebte ein ständiges Wechselbad der Gefühle mit dir. Auf der einen Seite warst du hart und unnahbar, und auf der anderen Seite hast du deine verletzlichen Züge offenbart und so meinen Beschützerinstinkt für dich geweckt.« Merle strich sanft über Joannas Nacken. »Das Geschäft ... Könnte es sein, dass Vassiliki es absichtlich hat platzen lassen?«

»Ich weiß es nicht, ich habe sie nie danach gefragt. Warum auch, ich habe ja bisher nie an ihren Motiven gezweifelt.«

»Ja sicher, warum auch.« Sanft küsste Merle Joannas heiße Stirn. »Darf ich dich etwas fragen?«

»Sicher.«

»Du hast mir einmal gesagt, dass du deine Geschäfte hast schleifen lassen. Dass du dich um dein Leiden gekümmert und deshalb Vassiliki als deine Partnerin aufgenommen hast.«

»Ja, das stimmt, warum?«

Merle konnte fühlen, wie Joanna sich in ihren Armen verkrampfte. Beruhigend streichelte sie über ihren Rücken. »Ich habe mich die ganze Zeit gefragt, ich welcher Beziehung ihr zueinander steht. Sie war so von sich eingenommen, und sie hat dich unter Druck gesetzt. Das hat sie, auch wenn du das verneint hast, und ich nicht wusste warum.«

»Das ist eine lange Geschichte, Merle.« Seufzend schloss Joanna die Augen und kuschelte sich enger an Merle. »Wir haben eine gemeinsame Vergangenheit, haben viel zusammen erlebt. Als um mich herum alles zusammenbrach, da habe ich mich verkrochen.«

»Was ist passiert, Joanna?«

»Was passiert ist?« Joanna versuchte sich aus Merles Arm zu befreien, doch Merle hielt sie mühelos fest.

Sie konnte sehen, wie es hinter Joannas Stirn arbeitete. Die Ader an ihrer Schläfe pochte deutlich sichtbar, und ihr Herzschlag, den Merle an ihrer Brust spürte, ging auf einmal rasend schnell. »Es ist gut, Joanna, du brauchst es mir nicht sofort zu sagen. Nimm dir die Zeit, die du brauchst. Denk daran, ich bin immer für dich da.«

»Ich brauchte Hilfe und Vassiliki hat sie mir gegeben.« Joanna sprach sehr leise, als würde sie zu sich selbst sprechen. »Die erste Zeit war ich ihr sehr dankbar. Ich war nicht in der Lage, mich um irgendetwas zu kümmern, nicht einmal um das Essen. Sie war da und hat mich unterstützt, und ich habe sie walten lassen. Dann fing ich, an mein Leben wieder in den Griff zu bekommen und mich wieder vermehrt um die Hotels zu kümmern. Ich bin wieder auf Reisen gegangen, und bei einem Event habe ich Piet kennengelernt. Er hat mich auf die Idee mit dem Charterflug gebracht, anstatt mich auf die Linienflüge verlassen zu müssen. Und vor allem hat er dich wärmstens empfohlen, Merle.«

»Echt?« Merle lächelte erfreut.

»Ja. Ich habe Vassiliki zuerst nichts gesagt. Ich wollte mich langsam an alles herantasten, und auch wenn ich es nicht wirklich erklären konnte, ich ahnte schon, dass sie davon nicht begeistert sein würde.« Zärtlich strich ihre Hand über Merles Bauch.

»Aber irgendwann habe ich gemerkt, dass sie mich kontrolliert hat. Wo immer ich war, da war sie auch. Ich dachte, dass sie mich weiterhin beschützen wollte.«

»Also war das nicht immer so geplant? Ich meine, ich dachte, ihr trefft euch eben ständig. So wie in Hamburg und dann auch in Wien.«

»Ja, und in Wien bist du ihr aufgefallen, und sie hat mich auf dich angesprochen. Bis dahin hatte ich ihr noch nicht erzählt, dass ich dich als Pilotin eingestellt hatte.«

Also waren die Treffen gar nicht von Joanna geplant gewesen. Merle bemerkte die Erleichterung, die sie bei Joannas Worten durchflutete.

»Das erklärt, warum du mich jedes Mal ignoriert hast, wenn sie dabei war, zum Frühstück aber bei mir gesessen hast.« Lächelnd küsste sie Joanna auf die Nasenspitze. »Sie war komischerweise direkt danach in Frankfurt.«

»Was meinst du damit?« Joanna hob den Kopf und sah sie fragend an.

»Wir sind aus Wien zurück, und ich bin noch mit Tamara in unser Bistro. Dort stand auf einmal Vassiliki an der Theke. Ich kannte ihren Namen noch nicht, aber ich habe sie sofort erkannt.« Auf einmal fuhr Merle heftig zusammen.

»Was ist los?« Besorgt wollte Joanna sich von ihr lösen, doch Merle hielt sie fest an sich gepresst.

»Daher kam mir Diana bekannt vor! Sie hat sich mit Vassiliki dort getroffen. Sie haben stark diskutiert und das Lokal sehr schnell wieder verlassen. Ich kannte Diana ja nicht und wusste damals noch nicht, in welcher Beziehung du mit ihr stehst. Ich dachte auch, dass Vassiliki mich nicht erkannt hatte, aber wenn du sagst, dass ich ihr in Wien aufgefallen war ... Das erklärt jetzt so einiges.«

»Ich verstehe nicht ...« Joanna zog ihre Stirn kraus.

»Ich kann vieles nur vermuten, aber so langsam fügen sich einige lose Puzzleteile zusammen. Als du ihr von mir erzählt hast, wie hat sie reagiert?«

»Sie war wütend. Und sie hat mir direkt auf den Kopf zugesagt, dass du nur hinter meinem Geld her seist.«

»Deshalb hat sie so gestichelt und mich provoziert. Sie wollte einen Keil zwischen uns bringen. Ich frage mich nur, warum sie mich so als Risiko betrachtet hat. Wovor hatte sie Angst?« Nachdenklich legte sie ihre Stirn in Falten und presste ihren Mund gegen Joannas Kopf.

»Ich verstehe das alles nicht. Worauf willst du hinaus, Merle?« Joannas Finger strichen sanft über Merles Wange.

»Du hast ihr nicht von München erzählt, oder? Ich meine, dass du überhaupt dorthin geflogen bist und dann auch noch mit mir zusammen als deine Begleitung.« Merle zögerte einen kurzen Moment, bevor sie weitersprach. »Du hast gesagt, dass jemand sie darüber informiert hat und sie wütend war. Wusste sie, dass da zwischen uns etwas passiert war? Ich meine, die Entwicklung konnte man nicht unbedingt vorhersehen, oder? Bis dahin war ich deine Pilotin, in Mailand tauchte ich schon als deine Assistentin auf, und in München war ich auf einmal die Frau an deiner Seite.«

»Nein, davon wusste sie nichts, und ich glaube, sie war von allen am meisten überrascht. Eigentlich schien sie sogar schockiert zu sein.«

Ein schrecklicher Verdacht nagte an Merle. Zögernd nur sprach sie die Worte aus, die ihr schwer im Magen lagen. »Joanna, wer erbt dein Vermögen, sollte dir etwas passieren?«

»Es geht in eine Stiftung.«

»Und wer verwaltet die?«

»Vassiliki«, antwortete Joanna, die skeptisch ihre Augenbrauen zusammenzog.

Eisige Kälte kroch durch Merles Adern. »Am Morgen nach München hast du die SMS von Diana bekommen. Danach das

Schreiben bezüglich meiner vermeintlichen Unterschlagung, und dann auch noch die Bilder von Diana und mir, in scheinbarer Zweisamkeit. Alles Punkte, um dich und mich auseinanderzubringen.«

»Ist das jetzt nicht ein bisschen viel Konstrukt? Und vor allem, warum das Ganze?« Joanna war alles andere als überzeugt.

»Was, wenn es wirklich nur um dein Geld geht? Wenn Vassiliki Angst hatte, dass ich Einfluss auf dich nehmen könnte, und sie dadurch womöglich auffliegt?« Merle wollte den Gedanken nicht so einfach aufgeben.

»Ich weiß es nicht. Vor allem hat sie sich, wenn sie es wirklich war, dann doch in Zugzwang gebracht. Denn durch deine angebliche Veruntreuung habe ich die Bücher von ihr angefordert.«

»Und hast damit womöglich dein Todesurteil unterschrieben.«

»Das klingt jetzt sehr theatralisch, findest du nicht?« Rote Flecken tanzten auf Joannas ansonsten bleichen Wangen.

»Ich weiß nicht, Joanna. Ich fand unseren Absturz ziemlich theatralisch. Um nicht zu sagen, mörderisch.« Merle war immer mehr und mehr davon überzeugt, dass Vassiliki zu allem fähig war.

»Was meinst du? Hängen Vassiliki und Diana da gemeinsam drin? Oder sind es zwei unabhängige Geschichten?« Joanna lehnte sich erschöpft gegen Merles Schulter.

»Ich glaube, dass es zwei getrennte Sachen sind. Es mag sein, dass sie bis zu einem gewissen Punkt gegen dich intrigiert haben, aber am Ende …« Merle schüttelte bedächtig den Kopf und stöhnte leise auf. Hinter ihren Schläfen dröhnte es in einem zu. Ihr Kopf schien zu zerplatzen. Nicht nur wegen der Kopfschmerzen durch den Absturz. Nein, viel zu viele schreckliche Gedanken, die sie beschäftigten.

»Ich denke, dass die Geschichte mit den Bildern einzig und allein auf Dianas Mist gewachsen ist und Vassiliki davon nichts wusste. Das Geld, da könnten sie gemeinsam mit drinhängen. Und der Absturz? Das trägt eher Vassilikis Handschrift.«

»Warum denkst du das?« Joanna löste sich vorsichtig von Merle und sah sie müde an.

»Erinnere dich an Dianas Worte in dem Video. Sie sei dein kleinstes Problem. Ich kann nur vermuten, aber ich denke, dass Vassiliki nichts von den Bildern wusste.«

»Und wieso glaubst du das?«

»Ganz einfach. Weil alles zusammen einfach zu dick aufgetragen war. Schau …«. Sie zog Joanna wieder ganz eng an sich heran und lauschte einen Moment ihrem Herzschlag. »Wir tauchen in München zusammen als Paar auf. Direkt danach werde ich der Unterschlagung beschuldigt, und dann tauchen auch noch diese Bilder auf. Wenn wir mal nur das Geld nehmen, was hättest du getan?«

»Ich verstehe nicht.« Verständnislos legte Joanna ihre Stirn in Falten.

»Nun, ich konnte dir beweisen, dass ich nicht dafür verantwortlich war. Es war also klar, dass jemand einen Keil zwischen uns treiben wollte. Wen hättest du deswegen verdächtigt?«

»Diana, natürlich.«

»Ja, du hättest dich auf sie eingeschossen. Ich weiß nur nicht, welchen Vorteil Vassiliki am Ende davongetragen hätte.«

»Aber ich weiß es.« Joannas Stimme war nur sehr undeutlich zu vernehmen. »Es hätte alte Wunden aufgerissen, und sie hat einfach gehofft, dass ich abermals einen Zusammenbruch erleide und ich mich daraufhin wieder aus den Geschäften zurückzöge und sie ihr überließe.«

»Das macht Sinn. Aber das zeigt auch, dass sie wirklich nichts von Dianas Bildern wusste, denn die allein hätten auch gereicht. Die waren eigentlich sogar noch viel besser, denn beim Geld konnte ich meine Unschuld sehr schnell beweisen, bei den Bildern war das durchaus schwieriger. Und sie haben dich noch viel mehr getroffen als mein vermeintlicher Diebstahl, oder?«

»Ja, das hat mir komplett den Boden unter den Füßen weggezogen«, gab Joanna zu.

Ein dumpfer Schmerz bildete sich hinter Merles pochenden Schläfen. »Lass uns morgen weiterreden, ich bin so müde.«

»Natürlich, Merle. Soll ich gehen?«

»Nein.« Sie zog Joanna noch enger in ihre Arme. »Auf gar keinen Fall. Wenn unsere Vermutung stimmt, dann hat sie versucht dich umzubringen. Und sie könnte es durchaus noch einmal versuchen, daher bleibst du bei mir. Wenn, dann muss sie uns beide töten.«

»Du traust ihr das wirklich zu, oder? Du kennst sie überhaupt nicht! Aber ich kenne sie seit dreißig Jahren.« Joanna schien nach wie vor skeptisch und alles andere als überzeugt von Merles Theorien.

»Menschen ändern sich. Und manchmal gibt es ganz einfache Motive.«

»Du denkst an das Geld, oder?«

»Geld war und ist ein sehr starkes Motiv. Ob es ihres ist, das wird sich noch zeigen.« Sie gab Joanna einen sanften Kuss auf die Wange und war im nächsten Moment schon eingeschlafen.

Es fühlte sich so gut an, Joanna neben sich zu spüren und zu wissen, dass sie zusammen waren. Obwohl sie so müde war, wachte Merle in dieser Nacht oft auf. Auf der einen Seite, weil sie sich vergewissern wollte, dass Joanna wirklich in ihrem Arm lag. Auf der anderen Seite aber auch, weil ihr so viele Gedanken durch den Kopf gingen, die sie einfach nicht zur Ruhe kommen ließen.

Als der Morgen endlich graute, hatte sie einen Plan gefasst. Jetzt musste sie nur noch Joanna dazu bringen, mitzumachen.

Still und zart lag sie in ihren Armen und atmete leise. Merle wollte sie nicht wecken, aber für ihren Plan ging es nicht anders. Sanft streichelte sie über Joannas Wange, bis ihre Augenlider zu flattern begannen und sie Merle mit ihren schönen Augen anstrahlte.

»Guten Morgen, Merle. Habe ich geschnarcht?«

»Nein, überhaupt nicht. Joanna, ich habe mir einen Plan überlegt.«

»Hast du nicht geschlafen?« Besorgt richtete Joanna sich auf und musterte Merle, die sie entspannt anlächelte.

»Doch, habe ich. Aber ich war auch oft wach. Wie können wir beweisen, dass Vassiliki wirklich für alles verantwortlich ist? Diana und die Fotos lassen wir da mal außen vor. Ich habe mir also überlegt, dass ich Vassiliki einfach direkt darauf anspreche und so tue, als wollte ich sie erpressen.«

»Aber, das würde doch keinen Sinn machen, wenn wir zusammen sind, oder?« Joannas schnelle Auffassung verblüffte Merle. Sie hatte damit gerechnet, dass sie ihr das ausführlicher erklären müsste.

»Das stimmt.« Bedächtig neigte sie ihren Kopf. »Und deshalb müssen wir so tun, als ob wir nicht zusammen seien. Ich habe es zwar versucht, aber du bist so ein alter Sturkopf, und daher ging mein Versuch in die Hose.«

»Und du denkst, dass sie das glaubt?«, gab Joanna zu bedenken.

»Ich hoffe es, denn so kann ich sie mit der Veruntreuung konfrontieren und das Geld davon verlangen. Weil ich ja jetzt keinen Job mehr habe und auch keine Aussicht auf dein Vermögen.«

Joannas Augen weiteten sich bei Merles Worten.

Sanft zog Merle sie an sich und gab ihr einen liebevollen Kuss. »Ich brauche dein Geld wirklich nicht und ich will es auch nicht. Ich habe schon immer für mich selbst gesorgt, und das, was ich mir nicht leisten kann, das brauche ich auch nicht. Alles, was ich will, ist mit dir zusammen glücklich zu sein. Und das schaffen wir nur, wenn wir beweisen können, wer und vor allem warum man dich umbringen wollte. Leider ist Vassiliki mein größter Verdacht.«

»Ich kann es immer noch nicht glauben. Warum sollte sie das tun? Sie hat mehr Geld als ich. Durch zwei Ehen, die immer mit dem Tod des Mannes endeten ...« Joanna verstummte und sah Merle schockiert an. »Denkst du etwa, dass sie da auch nachgeholfen hat?«

»Das weiß ich nicht. Aber wer weiß, womöglich ist sie so auf den Geschmack gekommen, falls es schon ein- oder zweimal funktioniert hat.«

»Und was genau ist jetzt dein Plan?« Joanna starrte sie mit offenem Mund an.

»Du verschwindest von der Bildfläche. Am besten wäre es, wenn du bei Tammy Unterschlupf fändest. Sie wird auf dich aufpassen und keinen an dich heranlassen.«

»Du denkst immer noch, dass sie es noch einmal versuchen könnte? Vorausgesetzt, dass sie es wirklich war.«

»Vorausgesetzt, dass ... ja, das denke ich durchaus. Und ich möchte dich auf keinen Fall einem Risiko aussetzen. Daher bitte ich dich inständig, fahr zu Tammy oder noch besser, ich ruf sie an, und sie soll dich abholen. Die wenigen hier im Krankenhaus, die uns zusammen gesehen haben, denen mach ich schon deutlich, dass sie besser schweigen. Und Piet wird eh nichts sagen. Er will natürlich auch herausfinden, warum sein Flugzeug demoliert wurde.«

Joanna löste sich nur ungern von Merle und stand auf. Mit starrem Blick sah sie zu, wie Merle mit Tamara telefonierte und sie ins Krankenhaus beorderte.

Wenig später traf ihre beste Freundin ein und wurde von Merle in ihren Verdacht eingeweiht.

»Selbstverständlich passe ich auf Frau von Gronewald auf. Niemand wird an sie herankommen, das verspreche ich dir.«

»Danke, Tammy. Ich weiß das sehr zu schätzen.« Merle musste schlucken, da sie dicke Tränen in Joannas Augen schimmern sah. Sanft zog sie sie in ihre Arme und küsste sie liebevoll. »Es ist nur für eine kurze Zeit. Wir können auf alle Fälle telefonieren, ich sag dann eben nur Schatz zu dir, damit keiner Verdacht schöpft.«

Joanna lächelte tapfer bei ihren Worten, doch es fiel ihr sichtlich schwer, Merle im Krankenhaus zurückzulassen.

»Pass gut auf sie auf, ich zähl auf dich!«, gab Merle Tamara noch mit auf den Weg.

»Absolut, keine Sorge.« Tamara winkte ihr mit gespielter Fröhlichkeit zu. Ihre zusammengepressten Lippen zeigten jedoch deutlich, unter welcher Anspannung auch sie sich befand.

24

Und auf einmal war Merle allein im Zimmer. Nur das leise Ticken ihrer Armbanduhr war in dem sterilen Krankenzimmer zu hören. Merle lehnte sich in die Kissen zurück und schloss die Augen. Sie würde sich einen Plan überlegen müssen, und zwar einen guten. Sonst hätte sie gegen Vassiliki keine Chance.

Sie grübelte noch, als Piet sie besuchen kam. Zaghaft klopfte er und schob seinen breiten Kopf um die Tür.

»Komm rein, Piet. Wie geht es dir?« Merle freute sich sehr, ihren Freund zu sehen.

»Oh, Merle. Wie es mir geht? Ich bin fast verrückt geworden vor Angst um euch. Erst deine Nachricht, dass du notlanden musst, und dann konnte ich dich nicht mehr erreichen, bis der Polizist dir das Handy gegeben hat. Und dann, zu allem

Überfluss, wollten die Ärzte mir gestern keine Auskunft geben. Wie schwer bist du verletzt?«, fragte Piet mit besorgter Miene.

»Ich habe ein paar Prellungen und Stauchungen, aber sonst geht es mir prima. Der Kopf ist gut und der Arm wird nachher operiert«, gab Merle lächelnd zurück. Seine Besorgnis war einfach rührend.

»Es ist nicht so schlimm, wie es aussieht. Ich werd schon wieder.« Aufmunternd zwinkerte sie ihren besorgten Freund an.

»Hach, du bist eine unverbesserliche Optimistin. Es tut mir leid, was passiert ist, Merle«. Piet brauchte offensichtlich noch Zeit, um die Geschehnisse zu verdauen. »Aber deine Landung, die war echt der Hammer! Ein Wunder, dass die Maschine sich nicht überschlagen hat oder auseinandergebrochen ist.« Er nickte anerkennend mit seinem Kopf.

»Ja, da haben wir tatsächlich Glück gehabt. Hast du schon etwas von der BFU gehört?«

Seufzend fuhr Piet sich über die Stirn. »Sie haben die Piper mitgenommen, viele Fotos gemacht und sich von mir und der Flugsicherung die Sachlage schildern lassen. Sie werden auf alle Fälle

noch mit dir und den anderen reden wollen. Übrigens ...« Er sah sich im Zimmer um. »Wo sind Frau von Gronewald und deine Freundin?«

»Das ist eine lange Geschichte. Hast du Zeit?«

»Alle Zeit, die du brauchst.« Piet lehnte sich in den Stuhl zurück, streckte seine Beine von sich und sah Merle aufmerksam an.

»Gut, denn ich werde auch deine Hilfe brauchen.« Mit ruhiger Stimme erzählte sie ihm ausführlich von ihrem Verdacht gegen Vassiliki und den ganzen Vorkommnissen, die sie und Joanna beinahe auseinandergebracht hätten.

»Ich dachte erst, dass es nicht möglich sei, aber Joanna hat mir erzählt, dass Vassiliki einen Flugschein hat, und daher nehme ich an, dass sie sich mit diesem Flugzeugtyp auskennt. Was auch immer sie nicht wusste, das konnte sie nachlesen oder hat einfach auf gut Glück manipuliert.«

Merle beobachtete Piet, dem eindeutig die Schweißperlen auf der Stirn standen und dessen Augen sich immer mehr weiteten.

»Piet?« Er zuckte heftig zusammen, nachdem sie ihn ansprach und kritisch musterte. »Was weißt du darüber?«

»Ich hatte keine Ahnung.« Kreidebleich saß er neben ihr und konnte ihr nicht mehr in die Augen sehen.

»Was meinst du damit?« Merle spürte, wie sich langsam ihre Kehle zuschnürte. Es war nicht schwer zu erraten, dass Piet keine guten Nachrichten für sie hatte.

»Sie war da, auf dem Flugplatz. Ich hatte sie ja schon einmal gesehen, als sie mit euch zusammen kam. Auf jeden Fall kam sie zu mir, während ich die Piper kontrollierte. Sie hat sich als Freundin von Frau von Gronewald vorgestellt und mit mir geplaudert. Ganz nett und belanglos. Wir sind dann irgendwie auf die Flugzeuge gekommen und die verschiedenen Typen. Wie konnte ich nur so dumm sein! Merle, ich habe ihr ganz genau erklärt, was sie wo anknipsen muss und ihr sogar noch das nötige Werkzeug dafür gezeigt.«

»Aber wieso denn? Bist du nicht misstrauisch geworden, warum sie das wissen wollte?«, fragte sie ihn fassungslos.

»Nein, sie hat gesagt, sie recherchiere für ein Buch und würde mich als Quelle nennen.«

»Oh, Piet. Und darauf bist du hereingefallen?«

»Sie war sehr überzeugend. Außerdem ...« Traurig ließ Piet den Kopf hängen. »Woher hätte ich denn auch ahnen sollen, dass sie so etwas plant. Ich meine, Merle, um Gottes Willen, das konnte ich doch nicht wissen!«

»Ist schon gut, Piet.« Ungläubig fuhr Merle sich über die Augen. »Du hast ja recht, das konnte niemand vorhersehen. Aber jetzt weiß ich wenigstens, dass ich auf der richtigen Spur bin. Kannst du sie mir beschreiben? Nur zur Sicherheit, dass wir wirklich von ein und derselben Frau reden.«

»Weißt du, ich kann sie dir beschreiben, aber noch viel deutlicher wird es, denke ich, wenn ich dir ihre Karte gebe. Die hat sie mir dagelassen, damit ich sie anrufe, wenn Frau von Gronewald das nächste Mal einen Flug plant.« Hektisch kramte Piet seine zerfledderte Brieftasche hervor und streckte Merle eine Visitenkarte entgegen.

»Was? Und wie hat sie dir das erklärt? Ich meine, du gibst doch sonst keine Flugdaten an Privatleute raus.« Merle konnte innerlich nur den Kopf schütteln, während sie ihren langjährigen Freund vor sich ansah, der sich zunehmend wand. Noch immer fassungslos nahm Merle die Karte aus seiner Hand und starrte auf die goldfarbenen Buchstaben. Vassiliki Niarchos, die Buchstaben begannen vor ihren brennenden Augen hin und her zu tanzen, sie beinahe höhnisch anzugrinsen.

Wieder fuhr Piet sich über die Stirn und sah Merle bettelnd an. »Ich sollte sie anrufen, wenn Frau von Gronewald auf Tour ging, dann könnte sie sie überraschen.«

»Und mit was?«

»Das hat sie mir nicht verraten. Hat nur gezwinkert und meinte, dass das unser Geheimnis bleiben müsste.«

»Ja, ist klar.« Merle ließ die Visitenkarte sinken und starrte vor sich auf die Decke. Die Dreistigkeit, mit der Vassiliki vorgegangen war, erschreckte sie zutiefst. Sie hatte nichts dem Zufall überlassen und hätte beinahe Erfolg gehabt. »Immerhin erklärt das, woher sie von Joannas Flug wusste. Denn soweit ich weiß, hat Joanna selbst ihr das erst sehr kurzfristig gesagt. Da hätte sie nicht mehr reagieren können. Puh.«

Piet ließ demütig seinen Kopf auf seine Brust sinken.

Erschöpft schloss Merle ihre Augen. Jetzt galt es, Vassiliki aus der Reserve zu locken und sie zu einem Geständnis zu bewegen.

Dass dies nicht einfach sein würde, das war Merle durchaus bewusst.

Doch all dies musste erst einmal warten, denn kurz darauf kamen zwei Pfleger in das Zimmer und brachten Merle in den Operationssaal.

In einer mehrstündigen OP wurde Merle der Knochen gerichtet und mittels einer Schiene fixiert.

Sie erwachte nach einiger Zeit aus der Narkose und fand sich in ihrem Zimmer wieder. Ihr linker Arm war dick einbandagiert und ruhte in einer Armbinde. Eine Bewegung an der Seite ließ sie den Kopf drehen.

»Hey, wie fühlst du dich?« Piet beugte sich über sie und sah sie mit seinen gütigen Augen an.

»Ich will hier raus, und zwar so schnell es geht.« Merle machte Anstalten, das Bett zu verlassen, doch Piet drückte sie mit sanfter Gewalt zurück in die Laken.

»Mach jetzt keinen Unsinn, Merle. Du musst noch ein paar Tage hierbleiben. Du hast zusätzlich zu deinem operierten Arm auch eine Gehirnerschütterung und musst zudem noch die Narkose verdauen.«

»Mir geht es prima. Alles, was ich will, ist raus hier und zu Joanna.« Trotz ihrer Worte ließ Merle sich erschöpft in das Bett zurücksinken.

»Ich weiß. Es geht ihr gut. Ich soll dich von ihr grüßen. Sie ist übrigens genauso schwer zu bändigen wie du. Ich glaube, Tamara hat sie sogar einschließen müssen, damit sie nicht zu dir ins Krankenhaus kommt.«

»Echt?« Ein glückliches Lächeln umspielte Merles Lippen, und ihr Herz begann wild in ihrer Brust zu schlagen. Der Gedanke an Joanna, die sich um sie sorgte, die zu ihr wollte, es hätte nicht besser sein können.

»Hast du mir zugehört?« Nur undeutlich drang Piets sonore Stimme an ihr Ohr.

»Was hast du gesagt?«

»Die BFU hat sich gemeldet. Die Leitungen wurden angeschnitten, das hatten wir ja schon befürchtet. Damit scheidet ein Unfall auf alle Fälle aus. Und nachdem du mir gesagt hast, wen du in Verdacht hattest, da war eh alles klar. Wie konnte ich nur so doof sein? Oh Gott, Merle, ich hätte dich beinahe auf dem Gewissen gehabt.«

»Du doch nicht, Piet. Du hast die Leitungen nicht durchtrennt.«

»Nein, aber ich habe ihr ganz genau gesagt, was und wie und wo sie schneiden müsste.«

»Ach, Piet, du hattest doch keine Ahnung, dass sie das tatsächlich machen würde. Es ging um ein Buch, wie sie dir erzählt hat. Warum hättest du an ihren Worten zweifeln sollen?«

»Es geht nicht darum, sondern einzig und allein um die Tatsache, dass sie euch beinahe umgebracht hätte, und ich ihr erklärt habe, wie sie es anstellen kann.« Piet quälten offensichtlich große Schuldgefühle.

»Du kannst dir das jetzt noch eine Weile so einreden. Es ändert aber nichts an der Tatsache, dass sie die Leitungen manipuliert hat und allein dafür verantwortlich ist. Wichtiger ist jetzt, wie können wir sie dafür zur Rechenschaft ziehen?« Obwohl die Narkose noch nicht lange her war, lief ihr Kopf schon wieder auf Hochtouren.

»Hast du schon einen Plan?« Piet stand am Fenster und sah Merle gespannt entgegen.

»Nein, nicht wirklich. Ich weiß noch nicht einmal hundertprozentig, warum sie Joanna töten wollte. Und ob es auch wirklich ihr galt.«

»Das dürfte außer Frage stehen«, warf Piet ein. »Sie bat mich, sie anzurufen, wenn Frau von Gronewald einen Flug buchte. Und da sie annehmen musste, dass ich selbst fliegen würde, brauchte sie sich auch keine Sorgen zu machen, dass ich jemandem von ihren Manipulationen erzählen könnte.«

»Moment mal, Piet.« Ein kalter Schauer kroch Merle über den Rücken. »Du hast recht. Sie wusste nicht, dass ich den Flug übernehmen würde. Sie hat dich ausgefragt und auch deinen Tod kaltblütig in Kauf genommen.« Blankes Entsetzen zeichnete sich auf Merles und Piets Gesicht ab.

In diesem Moment öffnete sich die Tür und ein Mann und eine Frau traten in den Raum. Mit wachen, aber nicht unbedingt freundlichen Augen musterten sie Merle, die ihren Blicken ernst entgegensah. Die Frau gab Piet ein Zeichen und schickte ihn so kurzerhand aus dem Raum.

»Ich seh dich nachher wieder.« Aufmunternd drückte er ihre gesunde Hand und verließ schnell das Zimmer.

»Wer sind Sie?« Mit großen Augen sah Merle auf das ungleiche Pärchen vor sich.

»Wir sind von der Bundesanstalt für Flugunfalluntersuchung. Das ist mein Kollege Janowitz und mein Name ist Barlow.« Die streng aussehende Frau hielt Merle einen Ausweis unter die Nase. »Sehen Sie sich in der Lage, uns einige Fragen zu beantworten, Frau Fischer?«

»Natürlich, legen Sie los.« Merle lehnte sich in ihrem Bett zurück.

»Was genau ist passiert? Erzählen Sie es bitte so detailliert wie möglich.«

Merle schloss für einen Moment die Augen. Leise begann sie den Flug noch einmal durchzugehen. Jede einzelne quälende Sekunde davon.

»Haben Sie das Flugzeug vor dem Start kontrolliert?«, schoss Frau Barlow dazwischen.

»Nein, das war Piet.«

Eine hochgezogene Augenbraue, die so gar nichts Erotisches darstellte, ließ Merles Magen sich fest zusammenziehen.

»Und getankt haben Sie auch nicht, wenn ich das richtig verstanden habe?« Ihre kühlen Augen hoben sich von ihrem Fragebogen und bohrten sich geradezu in Merle hinein.

»Nein, ich habe auch nicht selbst getankt. Auch das war Piet.«

»Ist es nicht so, dass man sich als Pilotin selbst ein Bild von der Maschine macht?«

Merle ließ ihre Blicke zwischen den beiden BFU-Mitarbeitern hin und her gleiten. Während Frau Barlow sie ausfragte, stand ihr Kollege unbeteiligt in der Ecke und blätterte in seinen Unterlagen.

»Es stimmt schon, dass ich mich normalerweise selbst für das Tanken verantwortlich zeichne und auch einen Blick auf die Maschine werfe. Dieses Mal gab es besondere Umstände, darum habe ich Piet Hinrichs Hilfe in Anspruch genommen.«

»Er hat also getankt und die Maschine kontrolliert?«

»Ja, das habe ich doch gerade gesagt.« Merle gefiel der Verlauf des Gespräches überhaupt nicht. Nervosität machte sich in ihr breit.

»Würden Sie ihm zutrauen, dass er die Maschine manipuliert hat?«

»Was?« Entsetzt richtete Merle sich auf. »Niemals! Auf gar keinen Fall. Das können Sie sofort wieder streichen. Piet hätte uns niemals in Gefahr gebracht, und wenn schon nicht wegen uns, dann hätte er ganz sicher nicht seine Maschine riskiert. Nein, das können Sie gleich wieder abhaken.«

»Wie können Sie so sicher sein? Im Moment ist er die einzige Schwachstelle und unser Hauptverdächtiger. Abgesehen von Ihnen natürlich«, tönte es bestimmt aus der Ecke.

»Wie bitte?« Merles Kopf ruckte herum, und sie sah in ein Paar wässrige Augen, die sie fixierten. »Wie meinen Sie das?« Tonlos formte Merle die Worte.

»Es gibt ein anonymes Schreiben, das sie sehr stark belastet.« Die tiefe Stimme des Beamten dröhnte in dem kleinen Zimmer und noch mehr in Merles Kopf.

»Und was steht da drin?« Merle bemerkte die eisige Kälte, die ihr durch die Adern kroch.

Nun war es wieder die Beamtin, die ihr antwortete. »Es ist die Rede von einer Veruntreuung, und dass Sie auf diese Art Frau von

Gronewald aus dem Weg räumen wollten. Durch ihren Tod würden Sie sich der Strafverfolgung entziehen wollen.«

Entsetzt lag Merle in ihrem Krankenbett. Damit hatte sie nicht gerechnet. Vassiliki hatte wirklich an alles gedacht und wollte wohl nichts dem Zufall überlassen.

Fassungslos schloss sie die Augen, während Frau Barlow weitersprach. »Was der Verfasser des anonymen Schreibens offensichtlich nicht wusste, ist, dass Sie selbst das Flugzeug geflogen haben. In dem Schreiben geht man davon aus, dass Sie die Leitungen durchtrennt haben und damit Herrn Hinrichs und Frau von Gronewald töten wollten.«

Es dauerte einen Moment, bis ihre Worte durch den Nebel in Merles Kopf drangen. Sie riss die Augen auf und sah entsetzt der Frau ins Gesicht. »Und was bedeutet das jetzt?«

»Nun, wenn Herr Hinrichs geflogen wäre, dann wäre jetzt die Polizei hier und würde Sie verhaften, wegen Mordversuchs.« Das kam erneut aus der Ecke, von Herrn Janowitz.

»Da aber Sie selbst geflogen sind, gehen wir davon aus, dass hier etwas ganz anderes läuft. Möchten Sie uns darüber aufklären?«

»Ich wünschte, ich könnte es.« Mit brennenden Augen sah Merle der BFU-Mitarbeiterin ins Gesicht. »Ich hätte Joanna niemals etwas getan, und ich habe kein Geld veruntreut.«

»Nun, das mit dem Geld geht uns nichts an. Aber die Tatsache, dass jemand die Leitungen gekappt hat, das geht uns sehr wohl etwas an, und wir wollen wissen, wer das war. Haben Sie einen Verdacht, Frau Fischer?«

»Es wäre in Ihrem eigenen Interesse, uns alles zu sagen.« Das kam wieder aus der hinteren Ecke.

»Ich hätte Joanna niemals etwas getan, und ich habe kein Geld veruntreut«, wiederholte Merle ihre Worte von eben.

»Frau Fischer, sagen Sie uns, was Sie wissen, bitte.« Beide Beamten sprachen gleichzeitig auf Merle ein. Ganz offensichtlich wussten sie, dass Merle ihnen etwas verschwieg.

»Alles, was ich weiß, ist, dass ich Joanna nie im Leben etwas tun würde.« Beinahe trotzig schob Merle ihr Kinn nach vorn. »Mehr habe ich nicht zu sagen.«

»Gut, wenn Sie meinen. Wir werden noch mit Frau von Gronewald reden müssen. Mal sehen, was sie zu dem anonymen Brief zu sagen hat, und ob sie sich das erklären kann.«

Die beiden Mitarbeiter der BFU machten Anstalten, das Zimmer zu verlassen. An der Tür drehte Frau Barlow sich noch einmal um und sah Merle durchdringend an. »Ich lasse Ihnen meine Karte hier, falls Ihnen doch noch etwas einfällt. Und übrigens, Ihre Landung war eine reife Leistung. Sie haben sehr besonnen reagiert und Ihre eigene Gesundheit sogar noch hintenangestellt.«

Auf Merles überraschten Blick nickte sie in Richtung ihres Armes. »Wenn Sie das Steuer mit beiden Händen gehalten hätten, dann wäre die Verletzung wahrscheinlich nicht so schwer ausgefallen.«

Sie verließen das Zimmer und ließen Merle mit ihren Gedanken allein.

25

Mühsam stand Merle auf, nahm sich ihre Kleidung aus dem Schrank, und wollte sich gerade anziehen, als sie ein Geräusch an der Tür hörte. So schnell sie konnte, legte sie sich wieder unter das Laken zurück. Sie wollte sich jetzt nicht auch noch auf eine Diskussion mit der Ärztin einlassen.

Vorsichtig und extrem langsam wurde die Tür aufgeschoben, und Vassiliki trat ein. Mit ihrem Eintreten schien die Temperatur in Merles Zimmer um einige Grad kälter zu werden. Behutsam, so als wolle sie Merle nicht wecken, schloss sie die Tür, drehte sich um und blieb wie angewurzelt stehen, als sie in Merles stahlblaue Augen sah.

»Oh, du bist ja wach. Das ist aber schön.« Ihr säuselnder Ton ließ bei Merle die Nackenhaare aufstehen.

Beim Anblick von Vassilikis grauen Augen stockte Merles Blut in ihren Adern. Wie eine Eisenfaust umklammerte die Wut ihre Eingeweide, presste sie zusammen und erschwerte ihr das Atmen. Diese Frau hätte absolut billigend Joannas und ihren Tod in

Kauf genommen. Merle schluckte trocken und schloss die Augen. Sie musste sich zwingen, ruhig zu bleiben, damit sie Vassiliki nicht an die Kehle ging. Noch konnte sie nicht viel beweisen. Sie hatte Piets Wort und ihren Verdacht, aber würde das vor der Staatsanwaltschaft bestehen? Vassiliki hatte sich schon als so clever erwiesen, da bezweifelte Merle, dass es reichen würde. »Was kann ich für dich tun?« Es kostete sie große Überwindung, ihre Stimme neutral zu halten.

»Ich habe von eurem Unfall gehört und wollte nach Joanna sehen, aber sie ist nicht auffindbar. Alfred hat sie nicht mehr gesehen, und auch Yasmin hat nichts von ihr gehört. Weißt du, wo ich sie finden kann? Außerdem wollte ich natürlich nach dir sehen und dir gute Besserung wünschen.« Ihr falsches Gesäusel war einfach widerlich.

Der Druck in Merles Brust verstärkte sich mit jedem von Vassilikis Worten. Sie sah ihr ins Gesicht und konnte einfach nicht fassen, mit welcher Dreistigkeit diese Frau vorging.

Harmlos, als könnte sie kein Wässerchen trüben, saß sie an Merles Bett und versuchte sie auszuhorchen. Dabei hätte sie wahrscheinlich am liebsten ein Messer genommen und es Merle direkt in die Brust gestoßen.

»Ich weiß nicht, wo Joanna ist.« Merle musste sich nicht einmal sehr anstrengen, um ihre Stimme müde klingen zu lassen.

»Wie kam es überhaupt, dass du sie geflogen hast? Ich dachte, ihr hättet euch zerstritten.« Vassiliki hatte ihren Kopf schräg gelegt und sah Merle aus halb geschlossenen Augen an.

Wenn sie denkt, dass das harmlos aussieht, dann hat sie sich getäuscht. Ich trau ihr keinen Meter. Merle beschloss auf der Hut zu bleiben.

»Ja, das hatten wir, und ich habe versucht noch einmal mit ihr zu reden. Aber bevor wir alles klären konnten, sind wir abgestürzt, und seitdem habe ich Joanna nicht mehr gesehen.«

»Worum ging es denn bei eurem Streit? Joanna wollte mir ja den genauen Grund nicht nennen, aber sie hat mir gesagt, dass wir einmal unsere Bücher überprüfen sollten. Was denkst du? Werde ich Unregelmäßigkeiten vorfinden?« Listig grinsend sah Vassiliki sie an. »Sagen wir mal, vorzugsweise seitdem du bei ihr angestellt warst?«

Merle wollte aufbrausen, doch Vassiliki war schneller. Sie packte Merle an den Schultern und drückte sie in das Kissen hinein. Mit irrem Blick starrte sie Merle an, der der Angstschweiß über den Rücken lief und deren Herz heftig gegen ihre Brust klopfte.

»Sag mir, wo ich Joanna finde, oder ich werde dafür sorgen, dass du für den Rest deines Lebens wegen Unterschlagung und Mordversuchs ins Gefängnis gehst.«

Es kostete Merle unmenschliche Anstrengung, Vassiliki ruhig ins Gesicht zu blicken und sie ihre Angst nicht sehen zu lassen. »Ich weiß nicht, wo Joanna ist. Und von dem Geld weiß ich auch nichts. Aber ich weiß, dass du sehr wohl am Flugplatz Erkundigungen eingeholt hast. Über die Technik und wie man ein Flugzeug manipulieren muss, um es fluguntauglich zu machen. Dumm nur, dass es einen kurzfristigen Pilotenwechsel gab, und ich statt Piet geflogen bin. Wenn dein Plan funktioniert hätte, dann wären jetzt wahrscheinlich beide tot – Joanna und Piet. Damit hätte es auch keine Zeugen mehr gegeben, und du wärst schön raus aus der Sache gewesen, oder?«

Bei ihren Worten hatte Vasiliki sie losgelassen und war einen Schritt zurückgetreten. Ihre Haare hingen ihr wild ins Gesicht, und weiße Schaumbläschen tanzten auf ihren Lippen.

»Das kannst du niemals beweisen. Niemals«, hauchte sie, zog ein Messer aus der Tasche und wollte sich auf Merle stürzen, die abwehrend die Hand hob und sie tatsächlich stoppen konnte.

»Warte, bevor du jetzt einen Fehler machst.« Schwer atmend lag Merle im Bett und fixierte die Klinge, die vor ihrem Gesicht schwebte. »Ich kann es nicht beweisen, und ich will es auch gar nicht. Wir beide, du und ich, wir sind durch mit Joanna. Aus unterschiedlichen Gründen, aber was soll es. Ich wollte noch einmal mit ihr reden, aber sie hat mich nur arrogant angesehen und hat mich eiskalt abserviert, die doofe Kuh.« Merle schluckte trocken und bat Joanna in Gedanken um Verzeihung. »Und ich renne niemandem hinterher, schon gar nicht einer Frau.« Erneut legte sie alle Entschlossenheit und Überzeugungskraft in ihre Worte und hoffte, dass Vassiliki ihr glauben würde.

Noch lagen Zweifel auf deren Gesicht, und noch immer hielt sie das Messer in der Hand. Allerdings hatte sie es bereits einige Zentimeter sinken lassen. »Und was heißt das jetzt?« Ihre Augen hatten noch immer diesen irren Blick, der Merle innerlich zittern ließ.

»Ganz einfach. Ich weiß, dass ich kein Geld veruntreut habe. Und ich weiß, dass du die Maschine manipuliert hast. Warte!« Erneut hatte Vassiliki die Klinge angehoben, und Merle beeilte sich weiterzusprechen. »Ich will mit der ganzen Angelegenheit nichts mehr zu tun haben. Nicht mit dir und auch nicht mehr mit Joanna, aber ich will auch nicht der Sündenbock sein, denn ich habe nichts getan. Daher mache ich dir einen Vorschlag. Ich werde zusehen, dass die BFU Ruhe gibt, und du gibst mir dafür das Geld, das ich ja angeblich veruntreut habe.« Sie pokerte hoch, das war Merle durchaus bewusst.

»Was hat die Bundesstelle damit zu tun?« Zumindest schien Vassiliki ihr zuzuhören. Ein erster Schritt in die hoffentlich richtige Richtung.

»Sie untersuchen den Unfall. Und sie waren schon hier, mit einem anonymen Schreiben. Du weißt nicht zufällig, wer das geschickt hat?«, funkelte Merle Vassiliki böse an.

»Ich konnte ja nicht ahnen, dass du in der Maschine sitzen würdest. Du hast alles vermasselt, weißt du das?« Ihre grauen Augen ruhten eiskalt auf Merle, die sich nicht sicher war, ob Vassiliki sie nicht doch noch mit dem Messer angreifen würde. »Was willst du mir jetzt vorschlagen? Du hast keine Beweise, ich hingegen habe einige manipulierte Bücher und kann deine Veruntreuung nachweisen. In mehr als einem Fall übrigens.«

In Merles Kopf kreisten die Gedanken. Was konnte sie Vassiliki als Köder hinschmeißen? Worauf würde sie anbeißen?

»Du hast Joanna seit vielen Jahren systematisch bestohlen.«

»Das kannst du nicht beweisen, die Bücher sind in einwandfreiem Zustand und halten jeder Prüfung stand. Außerdem ...« Vassiliki nahm sich einen Stuhl und setzte sich neben Merles Bett. »Warum sollte ich das nötig haben? Ich habe zwei Männer beerbt und lebe äußerst gut davon.« Herablassend streckte sie ihr Kinn nach oben.

»Nun, wenn ich das richtig verstanden habe, dann ist von deinem Erbe nicht mehr so viel übrig.« Merle sandte ein leises Danke an Tamara, die ihr die Informationen beschafft hatte. Und ein Blick in Vassilikis weißes Gesicht bestätigte die Angabe.

»Wie kommst du auf so eine ungeheure Behauptung?«, entgegnete sie mit flatternden Augenlidern.

»Ich habe so meine Quellen.« Merle konnte sich ein schmales triumphierendes Grinsen nicht verkneifen und schoss direkt nach. »Du bist mehrfach an der Börse gescheitert. Wenn Joanna dich nicht engagiert hätte, dann wärst du inzwischen pleite. Anstatt ihr aber dankbar zu sein und dein Geld ehrlich zu verdienen, hast du sie ausgenommen wie eine Weihnachtsgans. Dank eurer langen Freundschaft hast du ihr vollstes Vertrauen genossen. In der letzten Zeit wurde Joanna wohl jedoch misstrauisch. Ohne dich um Rat zu fragen, hat sie Entscheidungen getroffen, hat mich engagiert und ist wieder auf Reisen zu ihren Hotels gegangen. Dabei hat sie dann angefangen Fragen zu stellen. Unbequeme Fragen, wie es scheint, nicht wahr?«

Wieder tanzten die Schaumbläschen auf Vassilikis Lippen. »Es lief alles so gut. Jahrelang konnte ich walten, wie ich wollte. Aber auf einmal ging sie wieder auf Geschäftsreisen und muckte richtig auf. Sie hat sogar angefangen, Einsicht in die Bücher zu verlangen. Welchen Floh hast du ihr ins Ohr gesetzt?

»Ich?« Die Überraschung brauchte Merle nicht einmal zu spielen. »Damit habe ich gar nichts zu tun. Ich habe erst in Mailand bemerkt, dass da vielleicht ein paar Unstimmigkeiten sind.«

»Ja, Mailand. Enzo ist einfach unfähig, wenn es darum geht, ein wenig Geld auf die Seite zu schaffen.«

Merle verfluchte den Umstand, dass sie nicht mehr Eriks Minikamera besaß. Sie musste sich noch einmal mit Vassiliki treffen und dann mit der Kamera, damit sie einen Beweis für Vassilikis grausame Taten bekäme. Denn noch stand Aussage gegen Aussage. »Und was machen wir jetzt?«

»Was meinst du?« Das blitzende Messer lag noch immer in Vassilikis Hand.

»Ich habe dir einen Vorschlag gemacht. Nimmst du an?«

»Was genau war das nochmal?« Mit wachen Augen beobachtete Vassiliki sie.

»Ich kläre die Geschichte mit der BFU, und du gibst mir dafür die Fünfzigtausend, die ich ja angeblich eh schon im Besitz habe. Und noch ein wenig mehr. Sagen wir einmal, Hunderttausend extra, so als Schadensersatz.«

»Und dann? Willst du mich danach immer wieder erpressen?« Misstrauen lag auf Vassilikis Zügen.

»Nein, ich will fort von hier. Mir gefällt es hier nicht mehr, und ich möchte Joanna nicht mehr über den Weg laufen. Mit dem Geld fange ich woanders neu an, und du siehst mich nie wieder.«

»Und warum sollte ich dir das glauben?« Vassiliki war wirklich nicht so einfach zu überzeugen.

»Keine Ahnung.« Merle zog die Schultern nach oben. »Dein Risiko?«

»Die Geschichte ist mir zu heikel. Vor allem gibt es mir immer noch keine Lösung für mein Problem mit Joanna.« Vassiliki starrte Merle gehässig ins Gesicht.

Merle konnte es nicht fassen, dass Vassiliki ihre Gedanken so offen vor sich hertrug. Sie musste sich zusammenreißen, dass sie ihr nicht an die Gurgel ging.

»Okay, du hast ein Problem mit Joanna. Was, wenn ich dir da helfen kann?« Merles Herz schlug bis zum Hals. Sie wagte sich auf ganz dünnes Eis, das war ihr durchaus bewusst.

»Wie willst du mir da helfen?«

»Du musst sie aus dem Weg räumen, oder?« Merles Körper stand unter großer Anspannung, und ihr Herz pochte so heftig, dass es regelrecht zu explodieren drohte.

Ohne etwas zu sagen, blickte Vassiliki sie eisig an.

»Muss sie sterben, oder würde es reichen, wenn sie in eine Klinik käme? Eine Psychiatrie zum Beispiel?« Hinter Merles Schläfen pochte ein dumpfer Schmerz. *Reiß dich zusammen, Merle, du hast sie gleich soweit.*

»Das ist genial!« Ein durchtriebenes Lächeln umspielte Vassilikis Lippen. »Eine äußerst geniale Idee. Warum bin ich da selbst noch nicht draufgekommen? Aber halt.« Das Lächeln verschwand, und sie sah Merle böse an. »Vielleicht, weil es nicht so einfach ist jemanden, der gesund ist, einzuweisen?«

Himmel, sie hat sogar darüber schon einmal nachgedacht. Diese Frau ist die Verkörperung der Bosheit, schoss es Merle durch den Kopf.

»Wir hängen ihr einen Selbstmordversuch an. Damit müsstest du sie einweisen können. Wegen Selbstgefährdung.« Merle sprach die Worte aus, bevor sie selbst darüber nachdenken konnte.

»Auch das ist eine brillante Idee. Aber wie willst du das hinbekommen?«

»Ganz einfach. Ich rede mit der BFU, behaupte, sie hätte es mir auf dem Flug gestanden. Meine Freundin, die ebenfalls im Flieger saß, wird meine Worte bezeugen. Damit lassen wir Joanna kaum eine Möglichkeit. Sie wird es leugnen, aber zwei gegen sie, welche Chance hat sie da?«

»Wie kann ich dir vertrauen?« Vassiliki hatte sich erhoben und sah von oben auf Merle herab.

Merle erschauerte innerlich. Noch nie hatte sie so bösartige Augen gesehen.

»Und wie viel wird deine Freundin dafür verlangen?«

»Hundertfünfzigtausend und keinen Cent weniger, und ich sorge dafür, dass du Joanna einweisen kannst. Und das mit meiner Freundin klär ich selbst, ohne Zusatzkosten für dich.« Merle streckte Vassiliki ihre Hand entgegen und hoffte, dass sie das Zittern ihrer Finger nicht bemerkte. »Überleg nicht zu lang. Die BFU wird sicherlich bald noch einmal hier auftauchen, und dann muss ich wissen, was ich ihnen sagen soll.«

»Gut.« Vassiliki fuhr sich durch die Haare und warf Merle einen eisigen Blick zu, beugte sich zu ihr herab und hauchte ihr ins Ohr: »Wenn du mich reinlegst, dann bring ich dich um.«

»Das habe ich mir schon gedacht«, antwortete Merle leise, deren Blut in ihren Adern zu erfrieren drohte. »Haben wir eine Abmachung?«

Vassiliki schlug ein, und Merle hatte schon wieder das Gefühl, einen toten Fisch in der Hand zu halten. Mühsam unterdrückte sie den Impuls, ihre Hand auf der Decke abzuwischen.

»Gib mir deine Nummer, dann melde ich mich bei dir, sobald ich mit den Mitarbeitern der BFU gesprochen habe, und die Sache gegen Joanna ins Rollen kommt.«

Vassiliki zog eine Karte aus der Tasche und warf sie zu Merle aufs Bett. »Du bekommst das Geld, sobald Joanna in einer Klinik ist und ich die Verwaltung ihres Vermögens übertragen bekomme. Ist das klar?«

»Ja, absolut.«

»Gut, ich höre von dir.« Und damit rauschte sie aus dem Zimmer und ließ Merle zurück, die ausgepumpt und am ganzen Leib zitternd in die Kissen zurücksank.

Noch nie in meinem Leben hatte ich solch eine Angst, nicht einmal bei dem Flugzeugabsturz.

Sie hatte extrem hoch gepokert und dazu auch noch mit Joannas Leben. Wie würde Joanna mit diesen Informationen umgehen? Und würde sie ihr bei dieser haarsträubenden Geschichte wirklich vertrauen?

Seufzend stand Merle auf und zog sich unter großen Schmerzen an. Es half alles nichts. Sie musste so schnell es ging mit Joanna reden und die Sache klären. Ein für alle Mal. Und sie würde wieder die Kamera von Erik benötigen und ganz viel Mut und noch viel mehr Glück.

26

Was machst du denn hier? Du solltest doch im Krankenhaus sein!« Strafend sah Tamara Merle entgegen, während diese die Stufen zu ihrem Appartement hochkletterte.

»Ich freu mich auch dich zu sehen«, presste Merle hervor und

drückte sich an ihrer Freundin vorbei. Kaum dass sie in der Wohnung stand, kam Joanna um die Ecke geflogen und fiel ihr um den Hals.

Heiße Lippen suchten Merles Mund, und für einen Moment vergaß sie alles um sich herum. Einzig Joanna und sie existierten noch. Und ihre leidenschaftlichen Küsse, die niemals enden wollten.

»Mmmmm, ich störe nur ungern, aber warum bist du hier? Wolltest du dich nicht von Joanna fernhalten?«

Tamaras Stimme brachte Merle dazu, ihre Lippen von Joannas lieblichem Mund zu lösen und ihren Kopf zu heben. Sie sah in Joannas Augen, die sich in ihr Innerstes brannten. Sanft schob sie Joanna ein Stück von sich. »Wir müssen reden.«

»Was ist passiert?«, kam es tonlos von Joannas Lippen.

»Komm, setzen wir uns. Ich erzähl euch alles.«

Sie gingen ins Wohnzimmer, und Joanna setzte sich neben Merle auf die Couch. Ihre Finger umwoben sich, klammerten sich ineinander, als wollten sie sich niemals mehr loslassen.

»Was ist passiert?«

»Wollt ihr die Kurzform oder die lange Variante?«

»Ich würde lieber alles hören.« Tamara nickte zu Joannas Worten.

Mit leiser Stimme begann Merle zu erzählen. Von Piet, und wie er ihren Verdacht gegen Vassiliki nicht nur verstärken, sondern sogar bezeugen konnte. Sie schilderte ihnen die Befragung durch die BFU, und als sie von dem anonymen Brief erzählte, den die Mitarbeiter der Bundesstelle erwähnt hatten, sprang Tamara wütend auf.

»Krasse Sache, das glaub ich jetzt nicht!«

»Sie hat wirklich an alles gedacht, oder?« In Joannas Stimme lag so viel Wut, dass Merle sie überrascht ansah. Ein heftiges Zittern lief durch ihren zarten Körper. »Sie hat nicht nur meinen und Piets Tod in Kauf genommen, sie wollte auch dafür sorgen, dass du dafür zur Rechenschaft gezogen wirst. Ha, was für ein durchtriebenes Miststück.«

»Die Geschichte geht noch weiter.« Sanft hauchte Merle einen Kuss auf Joannas Hände, die sie mit ihrer eigenen, unverletzten Hand, umklammerte.

»Was meinst du? Was geht noch weiter?« Joanna war außer sich vor Wut.

»Sie kam zu mir ins Krankenhaus.«

»Wer?« Atemlos starrte Joanna sie an.

»Vassiliki kam zu mir. Sie tat erst besorgt, hat dich gesucht. Doch ihre Besorgnis hielt gerade mal zwei Minuten. Danach hat sie mir bestätigt, dass sie für alles verantwortlich ist.«

»Aber, warum bist du dann hier und nicht bei der Polizei, um sie anzuzeigen?« Tamara stand am Fenster und sah ratlos zu ihnen herüber.

»Und wie hätte ich es beweisen sollen? Es würde Aussage gegen Aussage stehen.«

»Du hast Piet, oder nicht?«

»Ja sicher, und sie hat die gefälschten Bücher und meine angebliche Veruntreuung. Nein, das geht so nicht. Außerdem hatte ich wenig Chancen, denn sie hat mir das Messer auf die Brust gesetzt, und das jetzt nicht nur bildlich gesprochen.«

»Wie bitte?« Joanna und Tamara starrten sie fassungslos an.

»Ja, sie wollte mit dem Messer auf mich losgehen, aber ich konnte sie gerade noch davon abhalten. Dafür musste ich ihr einen Deal vorschlagen. Einen, den sie nicht ablehnen konnte.«

Merle ließ den Kopf auf ihre Brust sinken. Vor Erschöpfung, aber auch, weil sie Angst hatte, Joanna in die Augen zu sehen.

»Was hast du getan, Merle?« Ein sanfter Finger unter ihrem Kinn ließ sie ihren Kopf anheben und in Joannas Augen sehen, die sie vertrauensvoll anblickten.

Merle schluckte schwer, um die aufkommenden Tränen unter Kontrolle zu halten. »Ich wusste nicht, was ich tun sollte. Sie hat mich mit dem Messer bedroht. Es war niemand da, und es schien mir eine gute Idee zu sein.«

»Merle, was hast du mit ihr abgemacht?«

»Sie braucht Zugriff auf deine Konten.«

»Ja.« Joanna nickte bedächtig mit dem Kopf.

»Was muss dafür geschehen? Was muss sie tun, um Zugriff zu erhalten?« Merle fixierte Joanna, die ihrem Blick standhielt.

»Nun, mein Vermögen wird in eine Stiftung gehen, deren Verwaltung Vassiliki obliegen soll. Aber dies geschieht nur, wenn ich tot bin oder als unzurechnungsfähig erklärt werde.« Ihre Stimme war kaum mehr als ein Hauch.

Merle ließ den Kopf erneut sinken.

»Ist es das? Sie will mich einweisen lassen?«

»Aber wie will sie das anstellen?« Tamara kam zu ihnen und setzte sich auf den Sessel neben Merle. »Was hast du mit ihr ausgemacht?«

»Ganz einfach ...« Es war Joanna, die die nächsten Worte sprach. »Sie erklärt, dass ich selbstmordgefährdet sei. Eine Gefahr für mich und andere darstelle, und schon kann sie über das Geld verfügen, ist es nicht so?«

»Ja, genau das ist der Plan.« Merle hatte überrascht den Kopf gehoben. Sie hatte nicht damit gerechnet, dass Joanna dies so schnell erfassen würde.

»Es wundert mich eigentlich, dass sie das nicht schon früher versucht hat.«

Irritiert sah Merle sie an. »Wie meinst du das?«

Doch Joanna gab ihr darauf keine Antwort.

»Wie soll das überhaupt gehen?« Tamara war alles andere als überzeugt. »Vor allem, nachdem der anonyme Brief aufgetaucht ist, der Merle belastet.«

»Es ist alles ganz einfach.« Merle atmete zweimal tief durch und sah Joanna ernst in die Augen. »Vertraust du mir?«

»Mit meinem Leben.«

Merle spürte die Tränen, die ihr angesichts Joannas Worte über die Wangen strömten.

Liebevoll küsste Joanna die Tränen fort. Geduldig wartete sie, bis Merle sich wieder beruhigt hatte und weitersprechen konnte.

»Ich habe mit Vassiliki ausgemacht, dass sie mir einhundertfünfzigtausend Euro bezahlt.«

»Ach du dickes Ei!« Tamara bekam einen kurzen Anfall von Schnappatmung, nachdem sie die Höhe der Summe gehört hatte.

»Im Gegenzug werde ich bei der Bundesstelle behaupten, dass du, Joanna, mir auf dem Flug erzählt habest, du hättest die Leitungen selbst manipuliert.«

»Krass, und das sollen die glauben?« Tamara rutschte aufgeregt auf dem Sessel hin und her. »Das ist ja wie in einem Krimi.«

»Ein schlechter Krimi, ja.« Merle warf ihrer Freundin einen leicht getrübten Blick zu. »Aber ja, das würden die glauben. Es ergibt alles Sinn. Außerdem warst du selbst auch noch dabei und kannst es ebenso bezeugen, nicht wahr, Tammy? Selbst der anonyme Brief passt dazu.«

»Wieso das?« Mit großen Augen sah Joanna sie an.

»Ganz einfach. Du wusstest nicht, dass ich fliegen würde. Soweit stimmt es schon mal. Du hast die Leitungen manipuliert und deinen Tod geplant. Den Brief hast du selbst losgeschickt, nachdem dir klar wurde, dass ich dich bestohlen, belogen und betrogen hatte. Somit hast du mich zum Sündenbock gestempelt und konntest dich, noch über deinen Tod hinaus, an mir rächen.«

»Klingt durchaus plausibel. Und weiter? Ich meine, jetzt wo es nicht geklappt hat und wir beide noch leben?«

Sanft strich Merle über Joannas eiskalte Wange. »Du hast mir alles auf dem Flug erzählt. Ich habe die Landung hinbekommen und gebe meinen Bericht an die BFU. Man wird dich in die Psychiatrie einweisen, und Vassiliki bekommt den Zugriff auf deine Konten.«

»Moment mal, Merle, das kannst du doch nicht im Ernst vorhaben?« Blankes Entsetzen stand auf Tamaras Stirn, während sie Merle ansah.

»Nein.« Lächelnd schüttelte Merle ihren Kopf. »Natürlich nicht. Aber ich musste den Plan so weit entwickeln, dass Vassiliki ihn auch annimmt. Mit halben Sachen gibt sie sich nicht ab. Ich sag ja, das Messer hatte sie schon gezogen.«

»Und ich dachte schon, du hättest den Verstand verloren.«

Merles Augen ruhten einzig und allein auf Joanna, die ihren Blick erwiderte. Sanft zog sie Joanna an sich und bedeckte ihr Gesicht mit liebevollen Küssen. »Ich würde dir niemals etwas antun. Und noch viel weniger werde ich zulassen, dass Vassiliki dir etwas tut. Wenn es sein muss, dann gebe ich mein Leben für dich. Das solltest du wissen«, murmelte sie zwischen zwei Küssen.

»Ich weiß, Merle. Es tut mir leid, dass ich dir nicht vertraut habe.«

»Schsch, das gehört der Vergangenheit an. Jetzt gilt es in die Zukunft zu sehen.« Sie küssten sich noch einmal, bevor Merle sich langsam von Joanna löste.

»Ich rufe am besten gleich bei dieser Frau von der Bundesstelle an und bitte sie hierher zu kommen. Wenn das für dich in Ordnung ist, Tammy. Immerhin verfüge ich gerade mächtig über deine Wohnung und auch dein Leben.«

»Na hör mal. Endlich passiert hier mal was. Aber du solltest Piet auch direkt dazu holen. Er kann deine Worte bestätigen.«

»Gute Idee. Ich ruf ihn direkt dazu.«

Merle tätigte die Anrufe, während Tamara in der Küche eifrig Tee kochte.

Joanna saß still und in sich gekehrt auf dem Sofa und starrte ins Leere.

»Sie werden gleich alle da sein.« Merle setzte sich neben sie und zog sie in ihre Arme. »Wirst du das durchstehen?« Sie hauchte einen Kuss auf Joannas Stirn.

»Wird es danach ein Ende finden?« Joanna griff nach Merles gesunder Hand und umklammerte sie mit eisigen Fingern.

»Ich hoffe es. Wenn der Plan funktioniert, dann ist Vassiliki für lange Zeit aus dem Verkehr gezogen.«

»Und dann? Was kommt als nächstes?«

»Was meinst du?« Verständnislos sah Merle sie an.

»Erst Linda, dann Diana und jetzt Vassiliki.«

»Wer ist Linda?« Den Namen hatte Merle bis jetzt noch nie gehört.

Seufzend lehnte Joanna sich gegen Merles Schulter. »Sie ist der wahre Grund, warum ich aus München weg bin.«

»Ich dachte, das sei wegen Diana gewesen?«

»Nein, nur indirekt.« Sie zögerte einen Moment, hob den Kopf und sah Merle mit tiefem Schmerz in den Augen an. »Es ist lange her, und doch hat es mich ein Leben lang beschäftigt und davon abgehalten, wieder zu vertrauen. Bis du in mein Leben geflogen kamst, kleine Amsel.«

»Möchtest du mir von ihr erzählen?«

»Bist du mir böse, wenn ich das heute nicht tue?«

»Nein.« Merle lächelte sie liebevoll an. »Ich bin dir niemals böse.«

»Gut, denn ich denke, es ist einfach an der Zeit die Vergangenheit zu begraben und nicht ständig darauf herumzureiten. Lass uns nach vorn sehen. In unsere Zukunft, sofern wir Vassiliki bezwingen können.«

»Wir schaffen das. Gemeinsam. Und wir sind nicht allein. Wir haben Freunde, die uns helfen werden. Vertrau mir, Joanna.«

»Das tu ich, Merle, das tu ich ganz gewiss.« Joannas Finger strichen sanft über Merles Bauch.

Merle sog schwer atmend Luft ein. »Komm.« Sie stand auf und zog Joanna mit sich nach oben. Sie gingen in das kleine Gästezimmer, das Merle seit dem Rauswurf bei Joanna als Zuflucht gedient hatte.

»Tut euch keinen Zwang an, fühlt euch wie Zuhause«, rief ihnen Tamara belustigt hinterher.

Lächelnd zog sie Joanna in ihre Arme und küsste sie. War der Kuss anfangs noch zart und liebevoll, wurde er schnell leidenschaftlicher. Merle versuchte Joanna das T-Shirt über den Kopf zu ziehen, doch ihr frisch operierter Arm war nicht einsatzfähig und behinderte sie.

»Warte.« Joanna legte ihr die Hand auf die Brust und sah sie mit brennenden Augen an. »Lass mich das tun.« Mit einem süßen Lächeln auf ihrem schönen Gesicht zog Joanna ihr T-Shirt aus. Danach half sie Merle dabei, sich aus ihrem Shirt zu schälen. Und das war mit der festen Bandage gar nicht so einfach.

»Leg dich hin«, bettelte Joanna heiser und ließ ihre Blicke über Merles entblößten Oberkörper gleiten. »Du bist so wunderschön.« Sachte legte sie sich auf sie. Mit ihren weichen Fingern streichelte sie über Merles Brust, ließ ihre Brustwarzen anschwellen und hauchte zarte Küsse darüber. »Ich habe dich so sehr vermisst, Merle.« Ihre Hand strich weiter über Merles Bauch. Vorsichtig öffnete sie ihre Hose, ließ langsam ihre Finger hineingleiten und stöhnte leise auf, als sie auf Merles Nässe traf.

Keuchend hob Merle ihren Unterleib ihren Fingern entgegen. Peinigend langsam schob Joanna ihr die Hose über die Hüften. Mit ihren langen Fingern streichelte sie sanft Merles Innenschenkel entlang und entlockte Merle damit ein tiefes Stöhnen.

Mit ihrer gesunden Hand drückte sie gegen Joannas Schultern und führte sie so tiefer, bis sie zwischen ihren Beinen lag.

Liebevoll küsste Joanna Merles Schamhügel, ließ ihre Zungenspitze über ihr Knöpfchen gleiten und drang ohne Mühe mit zwei Fingern zwischen ihre Schamlippen.

In Merles Ohren rauschte das Blut. Sie vergaß alles um sich herum. Wo sie waren und warum. Es hatte alles an Bedeutung verloren. Einzig und allein wichtig waren nur noch Joanna und sie selbst, die sich voller Zärtlichkeit und Leidenschaft liebten.

Kurz darauf trudelten Piet und Frau Barlow von der BFU ein und bevölkerten Tamaras Wohnzimmer. Geschäftig stellte sie schon einmal für alle Tassen auf den Tisch.

»Danke, dass Sie gekommen sind. Wo ist Ihr Kollege, Herr Janowitz?« Merle stand mit dem Rücken an das Fenster gelehnt und sah Frau Barlow gespannt entgegen.

»Er kümmert sich um Ihr Flugzeug. So ein Unfall sorgt für eine Menge Papierkram.« Valerie Barlow musterte Merle neugierig. »Erklären Sie mir bitte, warum ich hier bin und wer die anderen Leute sind?«

»Natürlich, Frau Barlow. Setzen Sie sich, bitte.« Merle zeigte auf den Sessel. »Piet haben Sie, denke ich, schon kennengelernt.«

»Ja, habe ich.« Sie nickte ihm nur kurz zu, ihre Augen waren weiter gespannt auf Merle gerichtet.

»Meine Freundin Tamara, sie war ebenfalls als Passagierin in der Maschine und saß auf der Rückbank.«

Tamara hob lächelnd die Hand und wedelte unsicher durch die Luft, als Valerie Barlows Augen über sie hinweg glitten.

»Und das ist Joanna von Gronewald.« Merle war zur Couch gegangen, legte ihre Hände auf Joannas Schultern und drückte sanft.

»Das ist ja ein Ding. Mit Ihnen wollte ich sowieso noch sprechen. Aber gut, fangen Sie an. Ich bin sehr gespannt, wie Sie mir das alles erklären wollen.« Aufgeregt rutschte Valerie Barlow in ihrem Sessel hin und her und ließ ihre Augen über die illustre Gesellschaft vor ihr gleiten.

»Es ist nicht ganz so einfach, Frau Barlow.« Merle hatte noch immer ihre Hände auf Joannas Schultern.

»Gut, dann fangen Sie einfach von ganz vorn an, Frau Fischer.«

»Ich hoffe, Sie haben heute nichts mehr vor. Das dürfte etwas länger dauern.«

In diesem Moment kam Tamara mit dem heißen Tee aus der Küche und schenkte die Tassen voll.

Merle nutzte den Moment und sortierte ihre Gedanken. Es war gar nicht so einfach, den richtigen Einstieg in die Geschichte zu finden. »Ich zähl am besten erst einmal auf, was Sie selbst schon wissen. Und danach sag ich Ihnen, was tatsächlich passiert ist.« Merle nickte zu den anderen im Raum. »Und die hier Anwesenden können Ihnen meine Geschichte bestätigen und noch weitere Fragen von Ihnen beantworten.«

»Oh, das klingt jetzt richtig spannend.« Valerie Barlow nahm ihre Tasse und ließ ihre wachen Augen zwischen Merle und Joanna hin und her gleiten.

»Das Flugzeug wurde manipuliert, daran gibt es wohl kaum einen Zweifel.«

Die BFU Mitarbeiterin nickte andächtig mit dem Kopf. »Ja, es wurden einige Kabel gekappt und Sie hatten mehr als Glück, dass Sie die Maschine noch in das Feld steuern und dort landen konnten.«

»Zudem haben Sie einen anonymen Brief erhalten, in dem ich für diese Manipulation verantwortlich gemacht wurde, um zu verschleiern, dass ich bei Joanna Geld veruntreut hätte.« Merle sprach unbeirrt weiter.

»Ja sicher, aber ich dachte, wir hätten bereits geklärt, dass das so nicht stimmt.« Nachdenklich zog sie ihre Stirn kraus.

»Wenn ich Ihnen sage, dass ich weiß, wer für all das verantwortlich ist, würden Sie mir das glauben?« Merle spürte Joannas Hand, die sich über ihre eigene schob und zuversichtlich dagegen drückte.

Frau Barlow legte ihre Hände aneinander und sah Merle über ihre Fingerspitzen an. »Können Sie es auch beweisen?«

»Noch nicht. Das ist mein Problem.«

Die Frau erhob sich. »Ich denke, ich sollte besser gehen. Mit bloßen Vermutungen und Verdächtigungen ist keinem geholfen.«

»Warten Sie, Frau Barlow. Bitte hören Sie uns an.« Merle war hinter der Couch hervorgetreten und trat Valerie Barlow in den Weg. »Ich weiß, wie das aussehen muss. Aber geben Sie uns die Möglichkeit, Ihnen alles zu erklären, und wenn Sie dann immer noch gehen wollen, dann ist das in Ordnung.«

»Das klingt fair. In Ordnung, fangen Sie an. Überzeugen Sie mich.« Sie ließ sich wieder in den Sessel fallen.

»Drahtzieherin der ganzen Geschichte ist Frau von Gronewalds Geschäftspartnerin. Ihr Name ist Vassiliki Niarchos. Sie hat das getan, was sie in ihrem anonymen Brief mir unterstellt. Nämlich Joannas Geld unterschlagen. Und ja …« Merle war die hochgezogene Augenbraue nicht entgangen. »Ich bin sicher, dass sie auch den Brief geschickt hat.«

»Warum denken Sie das?«

»Sie meinen, abgesehen von der Tatsache, dass sie es mir gegenüber zugegeben hat?« Merle fuhr sich kurz mit der Hand durch die Haare.

»Haben Sie einen Beweis dafür?«

»Nein, und ich weiß, dass dies ein Problem ist. Daher bitte ich Sie, hören Sie mir noch einen Moment zu.« Merle bemerkte, dass sich die Geduld der Frau dem Ende zuneigte.

Tamara füllte die Tassen ein weiteres Mal, was ihr ein schmales Lächeln von Valerie Barlow einbrachte.

»Also gut, ich höre.«

»Kurz nachdem Sie mich im Krankenhaus besucht hatten, kam Vassiliki zu mir. Sie hat mir gegenüber alles zugegeben. Aber ich habe keinen Beweis dafür, daher würde Aussage gegen Aussage stehen. Wenn ich mit meinem jetzigen Wissen zur Polizei gehen würde, dann würden die mich entweder auslachen oder selbst festnehmen. Denn Vassiliki hatte inzwischen mehr als genug Zeit, um ihre gefälschten Bücher so hinzubiegen, dass einzig und allein ich die Schuldige sein würde.«

»Und was genau hat das jetzt mit mir zu tun?«, antwortete Valerie Barlow äußerst skeptisch.

»Vassiliki hat viel riskiert, aber sie hat ihr Ziel noch nicht erreicht.«

Frau Barlow hob erneut eine Augenbraue an und musterte Merle aufmerksam.

»Sie braucht Geld, viel Geld, und das kann sie nur bekommen, wenn Joanna entweder tot ist oder in eine Klinik eingewiesen wird. Dann wird sie als Verwalter für ihr Vermögen bestimmt und hat alles erreicht, was sie wollte.«

»Und wie will sie das bewerkstelligen?«

»Ganz einfach. Indem ich ihr helfe.«

»Entschuldigen Sie bitte, aber jetzt verstehe ich nur noch Bahnhof.« Sie stand auf und trat an das Fenster. Langsam drehte sie sich um und sah von Merle zu Joanna und zurück. »Sie wollen ihr helfen?«

»Es ist ganz einfach. Was wäre, wenn ich Ihnen erzähle, dass Joanna selbst die Leitungen durchgeschnitten hat?«

Überrascht riss die BFU Mitarbeiterin ihre Augen auf.

»Sie hat es mir gegenüber zugegeben, während wir gemeinsam im Flugzeug waren. Und Tamara hier kann das bestätigen, immerhin saß sie ja hinter uns. Das anonyme Schreiben, das wurde von Joanna geschickt, damit hat sie mir die Schuld zuweisen kann. Sie wusste ja nicht, dass ich mit Piet tauschen würde.«

»Aber«, Valerie Barlow kniff angestrengt die Augen zusammen. »Was haben sie dazu zu sagen, Frau von Gronewald?«

Merle trat auf die Frau der BFU zu und blockierte so ihren Blick auf Joanna, die stumm auf der Couch saß. »Lassen wir das einmal außen vor, Frau Barlow. Wenn Sie nur unsere Aussage hätten, und Joanna sagt nichts dazu, was würden Sie tun?«

»Dann würde ich die Polizei informieren und sie festnehmen lassen.«

»Das heißt, Sie würden uns das glauben?« Merle wurde zusehends zuversichtlicher, dass sie sie überzeugen konnte.

»Ja, natürlich. Wenn Sie das vor Gericht bezeugen werden, dann ja. Aber noch fehlt mir Frau von Gronewalds Aussage dazu.« Gerade wollte sie ihr Handy aus der Tasche ziehen, als Merle sie mit einer Handbewegung stoppte.

»Sehen Sie, genau das ist Vassilikis Plan. Oder auch unser Plan, je nachdem wie Sie es sehen wollen.«

»Jetzt versteh ich gar nichts mehr.« Fragend blickte sie in die Runde.

»Es gehört alles zu einem perfiden Plan, den Vassiliki angestrebt hat. Wenn es nach ihr gegangen wäre, dann wäre Joanna bei dem Unfall ums Leben gekommen. Und Piet gleich mit, denn er kann Ihnen bezeugen, dass es Vassiliki war, die sich bei ihm über die Schwachstellen der Piper erkundigt hat.«

Piet nickte nur, als Valerie ihn ansah.

»Da ich mit Piet getauscht habe, und Joanna den Unfall überlebt hat, musste sie sich etwas Neues einfallen lassen.«

»Aber warum wollen Sie ihr helfen, das verstehe ich nicht.« Valerie Barlow zog ihre Stirn kraus und versuchte in Merles Gesicht zu lesen.

»Ich kann nicht beweisen, was Vassiliki mir gesagt hat. Wir waren allein in meinem Zimmer. Es steht jetzt Aussage gegen Aussage. Dazu die frisierten Bücher und ein anonymer Brief, der mich belastet. Nein, ich habe nur eine einzige Chance, um meine Unschuld zu beweisen und gleichzeitig Joanna zu schützen. Wir müssen Vassiliki dazu bringen, dass sie sich noch einmal mit mir trifft und dann alles zugibt. Dieses Mal werde ich ein Mikrofon tragen und am liebsten eine Hundertschaft der Polizei in meinem Rücken haben.«

»Okay, das sehe ich ein. Und wie wollen Sie das veranstalten?« Neugierig sah sie Merle an und lehnte sich in ihren Sessel zurück.

»Ich glaube, ich habe Ihnen das Beste bisher noch gar nicht gesagt. Ich habe mit Vassiliki eine Vereinbarung getroffen. Wenn ich es schaffe, dass Joanna in eine Klinik eingewiesen wird, dann erhalte ich von Vassiliki einhundertfünfzigtausend Euro.«

»Wow, mal langsam. Das ist jetzt nicht Ihr Ernst, Frau Fischer, oder?« Sie war erneut aufgesprungen und sah Merle mit wildem Blick an. »Sie ziehen mich gerade in eine Erpressungsgeschichte hinein. Von einigen anderen Dingen einmal abgesehen.« Sie drehte sich um und lief zur Wohnungstür.

»Warten Sie, Frau Barlow. Bitte hören Sie mich noch zu Ende an.« Merle holte sie kurz vor der Tür wieder ein. »Von dem, was Sie bisher gehört haben, was glauben Sie denn? Wer ist schuld an dem Unfall? Joanna, ich oder Vassiliki? Ich kann nichts beweisen. Was sollen wir Ihrer Meinung nach denn tun? Einfach die Hände in den Schoß legen und darauf warten, dass Vassiliki es noch einmal versucht? Oder alles Mögliche versuchen, um sie endgültig zu stoppen?«

Valerie Barlow zog ihre Stirn in Falten und sah Merle angestrengt an. »Haben Sie sich überhaupt einmal Gedanken darüber gemacht, was Sie da verlangen?«

»Ja, habe ich.« Merle ließ den Kopf hängen. »Und Sie waren unsere einzige Chance, um dies durchziehen zu können. Was sollen wir denn sonst tun?«

In diesem Moment kam Tamara und gab Merle ein Zeichen, sie einen Moment mit der Frau allein zu lassen.

»Was denkst du, wird sie uns helfen?« Angespannt sah Joanna ihr entgegen, als sie ins Wohnzimmer zurücktrat.

»Ich weiß es nicht. Immerhin verlangen wir eine ganze Menge von ihr. Sie riskiert ihre Integrität, falls wir scheitern und bekannt wird, dass sie unsere Lügengeschichte unterstützt hat.«

»Daran habe ich noch gar nicht gedacht.« Niedergeschlagen ließ Joanna den Kopf sinken.

»Es ist noch nichts verloren. Ich glaube, Tammy lässt gerade ihren Charme spielen. Mal sehen, ob es wirkt.« Sanft zog sie Joanna in ihren Arm und küsste sie liebevoll auf die Stirn.

»Bei all Ihren Planungen haben Sie einen wichtigen Punkt übersehen.« Valerie trat wieder in das Wohnzimmer und sah Merle scharf an.

»Und das wäre?«

»Sie haben allen Ernstes vor, mit Ihrem Lügengebilde an die Presse zu gehen? Sie wollen Frau von Gronewald als selbstmordgefährdet darstellen und einweisen lassen, nur damit Sie danach von Vassiliki das Geld einstreichen können. Unter Zeugen, wohlgemerkt.«

»Das hatten wir uns überlegt, ja.« Merle nickte mit dem Kopf.

»Haben Sie sich auch überlegt, welche weitgreifenden Folgen dies für Frau von Gronewald haben könnte?« Valeries Blick glitt von Merle zu Joanna.

»Ich verstehe nicht ganz. Was meinen Sie?« Ratlos saß Merle neben Joanna, die auf einmal ihre Hand ergriff und fest drückte.

»Ich kann dir das beantworten, Merle.« Mit ihren braunen Augen sah Joanna sie ernst an. »Mein Ruf wird dabei ruiniert. Selbst wenn wir danach mit der ganzen Wahrheit an die Presse gehen, wird es immensen Schaden anrichten.«

»Aber …«, stammelte Merle entsetzt. Daran hatte sie noch gar nicht gedacht. »Und was heißt das jetzt?«

»Nichts, wir ziehen das durch. So wie besprochen. Wenn Frau Barlow mitmacht natürlich.«

»Joanna, Moment mal kurz.« Merle hatte die Hand gehoben und drehte Joanna ganz zu sich herum. »Du könntest alles verlieren, oder nicht?«

»Nein, Merle. Ich kann nur noch gewinnen. Mein Leben, meine Integrität und dich.« Liebevoll blickte sie zu Merle.

»Aber deine Firma, dein Imperium, ist dir das nicht wichtig?«

»Das sind im Endeffekt doch nur materielle Werte. Aber meinen Seelenfrieden, den bekomme ich nur zurück, wenn wir diese Geschichte ein für alle Mal beenden.«

»Du gehst damit ein sehr hohes Risiko ein. Wenn wir etwas nachdenken, dann finden wir einen anderen Weg.« Merle fühlte sich elend bei dem Gedanken, dass die Klatschpresse über Joanna herfallen könnte.

»Nein, werden wir nicht, denn dafür fehlt uns die Zeit. Wir ziehen das durch. Bitte, Frau Barlow, gehen Sie an die Presse und erklären Sie, dass ich für den Unfall verantwortlich bin. Dass ich mich umbringen wollte und den Brief geschrieben habe, um Merle zu belasten.«

»Bitte Joanna, finden wir keine andere Lösung?«, bettelte Merle.

»Warum? Liebst du mich nicht mehr, wenn ich kein Geld mehr habe?« Das schmale Lächeln um ihre Lippen entschärfte ihre Worte, und doch blickten ihre Augen wachsam, während sie Merle die Frage stellte.

»Himmel, Joanna. Das fragst du jetzt nicht im Ernst, oder? Ich kann jederzeit wieder in der Werkstatt arbeiten, und ich bin mir sicher, dass Piet ab und an einen Auftrag für mich hat. Ich werde für uns sorgen, das verspreche ich dir. Aber …« Sie nahm Joannas Hände in ihre und drückte sanft. »Ich möchte nicht, dass du meinetwegen solch ein Risiko eingehst. Lieber gehe ich zur Polizei und sage, dass ich dich umbringen wollte. Und dass Vassiliki mich dazu gezwungen hat. Das würde doch auch gehen, oder etwa nicht?«

»Merle, süße Merle. Nein, das würde nicht gehen. Vassiliki würde davonkommen, denn du kannst ihr nichts beweisen. Was würdest du damit erreichen? Du würdest wegen eines Mordversuchs ins Gefängnis gehen, und ich müsste jeden Tag damit rechnen, dass Vassiliki mich doch noch umbringt.«

»Sie hat es richtig clever angestellt, oder?« Niedergeschlagen ließ Merle den Kopf hängen.

»Ja, das hat sie, und wir werden es jetzt richtigstellen. Deine Idee war die einzig richtige. Eine andere Lösung gibt es nicht. Kommen Sie, Frau Barlow. Lassen Sie uns zur Polizei gehen.« Energisch trat Joanna an die Tür.

»Wie wollt ihr das jetzt angehen?« Tamara war ihnen nachgefolgt.

»Ganz einfach.« Valerie nickte Merle zu »Sie, Merle, haben mir die Wahrheit gesagt, und ich habe Joanna darauf angesprochen. Sie hat nur kurz geleugnet, ist dann aber angesichts Ihrer Aussage eingebrochen, und nun gehen wir gemeinsam zur Polizei, um das Ganze aufzuklären.«

Es klang so einfach, wie Valerie es darstellte, und doch bedeutete es so unendlich viel.

»Sollen wir mitgehen?« Es widerstrebte Merle, Joanna allein zu lassen.

»Nein, das wäre nicht gut. Ihre Aussage wird später getrennt behandelt.«

»Und was passiert weiter? Ich meine, was passiert mit Joanna?«

Sie standen sich gegenüber, sahen sich in die Augen und hielten sich mit ihren Blicken fest. Merle schluckte trocken, als sie die Entschlossenheit in Joannas Blick erkannte. Wenn sie vorher alles durchdacht hätte, hätte sie eine andere Lösung angestrebt. Aber die Zeit war einfach zu kurz gewesen, und sie hatte impulsiv gehandelt. Ob dies im Endeffekt die richtige Lösung sein würde, das konnte nur die Zukunft zeigen. Erst einmal mussten sie Joanna in Sicherheit bringen.

»Ich bin sicher, dass man Frau von Gronewald in eine Psychiatrie einweisen wird. Immerhin gibt sie zu, dass sie sich umbringen wollte. Also wird man sie vor sich selbst schützen.« Valeries Worte drangen zu Merle hindurch und ließen sie erschauern.

»Um Gottes willen, Joanna, das habe ich so nicht bedacht.« Der Gedanke Joanna zu schützen war eines, sie in eine geschlossene Anstalt einweisen zu lassen etwas ganz anderes.

»Frau Fischer«, Valerie trat zu ihr und legte ihre Hand auf Merles Schulter, »ich habe eine Bekannte, die als Amtsärztin tätig ist. Wenn wir sie einweihen, dann wird sie dafür sorgen, dass Joanna sicher und gut unterkommt, bis wir alles auflösen können.«

»Verdammt, ich wünschte, ich hätte diese dumme Idee nie gehabt. Joanna, es tut mir so leid. So vieles, das ich nicht bedacht hatte und das doch so wichtig ist.« Wütend über ihre Impulsivität und die damit einhergehenden Einschnitte für Joanna raufte sie sich ihre Haare.

Lächelnd beugte Joanna sich vor und gab ihr einen sanften Kuss. »Falsch, es gibt nur eines, das wirklich wichtig ist, und das sind wir. Wir schaffen das. Ich vertraue mich Frau Barlow und ihrer Amtsärztin an. Du hast den schwierigeren Part, denn du musst dich noch einmal Vassiliki stellen und sie zu einem Geständnis bringen. Nur so kannst du mir wirklich helfen. Versprich mir eines, Merle Fischer, pass auf dich auf. Du weißt, wozu Vassiliki fähig ist.«

Merle zog sie eng in ihre Arme und presste sie an sich, als wollte sie sie niemals mehr loslassen. Mit Tränen in den Augen gab sie Joanna einen Kuss, bevor diese mit Valerie die Wohnung verließ.

27

»Oh Göttin, ich hoffe wir haben hier keinen Fehler gemacht.« Entkräftet ließ Merle sich auf die Couch fallen und schloss die Augen.

»Wie geht es jetzt weiter?« Tamara trat zu ihr und hielt ihr eine Tasse Tee unter die Nase.

»Ich werde Vassiliki anrufen. Sie soll sich die Nachrichten ansehen, und dann machen wir ein Treffen aus, damit sie mir das Geld geben kann.«

Sie zog ihr Handy aus der Tasche, nahm Vassilikis Visitenkarte und wählte die Nummer.

»Ja?«, tönte eine unfreundliche Stimme aus dem Telefon.

»Ich bin es. Schalt die Nachrichten ein. Es müsste bald kommen.«

»Du hast es wirklich getan?« In Vassilikis Stimme schwang offene Bewunderung mit.

»Ja, wie besprochen. Wann bekomme ich das Geld?«

»Sobald Joanna in die Klinik eingewiesen wird. Wenn du die Wahrheit sprichst, dann sollte das bald sein. Immerhin ist sie ja gefährdet. Hahaha!« Ihr kaltes Lachen jagte Merle einen Schauer über den Rücken. »Auf den Gedanken hätte ich selbst kommen können. Aber egal, die Hundertfünfzig tun mir nicht weh, jetzt nicht mehr.« Wieder drang ihr lautes Lachen aus dem Hörer, den Merle extra von ihrem Ohr fernhielt, damit auch Tamara mithören konnte.

»Wann treffen wir uns und wo?«, entgegnete Merle.

»Nicht so schnell, noch habe ich die Nachrichten nicht gesehen. Ich melde mich bei dir.«

»Verdammt!« Entnervt warf Merle das Handy hinter sich. »Ich dachte, ich hätte sie schon so weit.«

»Komm, Merle. Sobald sich die Nachricht verbreitet, wird sie sich bei dir melden, und dann klären wir das Ganze endlich auf.«

»Dein Wort in Gottes Ohr, Tammy. Was Joanna jetzt wohl macht?«

Tamara legte ihr die Hand auf den Arm. »Ich bin sicher, dass Valerie gut auf sie aufpasst. Sie hat es versprochen, und ich vertraue ihr.«

»Du kennst sie doch gar nicht, oder habe ich da etwas verpasst?« Überrascht sah Merle ihre Freundin an, die fröhlich den Kopf schräg legte.

»Sagen wir mal so, es ist meine weibliche Intuition, die mir das sagt.« Tamara grinste ihre Freundin an.

»Dann will ich mal hoffen, dass deine weibliche Intuition auch hält, was sie verspricht.«

»Merle!« Piet winkte hektisch vom Fernseher her. Er nahm die Fernbedienung und erhöhte die Lautstärke.

Blechern drang die sensationslüsterne Stimme eines Reporters aus dem Gerät. Im Hintergrund war Joanna zu sehen, die von Valerie in das Polizeigebäude geführt wurde.

»Dramatische Wende im Fall des Flugzeugabsturzes um die Hotelmillionärin Joanna von Gronewald. Wie uns aus sicheren

Kreisen mitgeteilt wurde, hat Frau von Gronewald den Absturz selbst herbeigeführt. In diesem Moment wird sie von einer Amtsärztin untersucht. Es wird damit gerechnet, dass Frau von Gronewald zu ihrem eigenen Schutz in eine geschlossene Anstalt eingewiesen wird.«

»Ich bin beeindruckt.« Kaum dass die Nachricht über die diversen Kanäle verbreitet wurde, klingelte Merles Telefon. »Wann und wo?« Mehr bekam Merle nicht zwischen ihren Lippen hervor.

»Ich benötige ein paar Tage, um so viel Geld aufzutreiben. Noch habe ich den Zugriff auf Joannas Konten nicht.«

»Ich bin mir sicher, dass du irgendwo Reserven hast. Und die Fünfzigtausend müssen ja auch noch irgendwo sein. Morgen Abend, im Bistro. Ich denke, du weißt, welches ich meine.«

»Warum hast du es so eilig?« Kaltes Misstrauen schwang in Vassilikis Stimme mit.

»Ich will einfach, so schnell es geht, weg von hier. Die ganze Sache widert mich so an. Also, was ist? Morgen Abend, oder soll ich mit der BFU reden und meine Aussage zurückziehen?«

»Schon gut, schon gut. Ich werde da sein.«

»Ich brauche noch einmal Eriks Minikamera und eure Rückendeckung. Kann ich auf euch zählen?«

»Welche Frage, natürlich!« Tamara und Piet waren voller Eifer bei der Sache und begannen eine mögliche Strategie für den folgenden Abend zu planen.

Merle saß stumm neben ihnen und dachte an Joanna. Wo sie wohl gerade war? Und ob man sie gut behandelte? Sie zweifelte immer mehr an ihrer Entscheidung, auf diese Weise Vassiliki zur Rechenschaft ziehen zu können.

»Kommt ihr allein klar? Ich leg mich mal hin.«

Auf Tamaras Nicken hin ging Merle in deren Gästezimmer und legte sich auf die Couch. Sie polsterte ihren Rücken aus, sodass sie erhöht liegen konnte und starrte an die Decke. Wenn sie nur bei Joanna sein könnte. Hoffentlich hatte sie keinen Fehler begangen. Wenn die ganze Sache schiefging, würde sie ihres Lebens nicht mehr froh werden. Irgendwann fielen ihr die Augen zu, und sie schlief ein paar unruhige Stunden.

»Guten Morgen, Merle. Wie geht es deinem Arm?«

Noch schlaftrunken wankte Merle in die Küche und blieb wie angewurzelt stehen, als sie neben Tamara auch Valerie sitzen sah.

»Habe ich etwas verpasst? Wie geht es Joanna?«

»Es ist alles in Ordnung, und ich soll Sie von ihr grüßen.« Valerie sah sie freundlich an.

Erleichterung durchflutete Merle und ließ sie auf einen Stuhl sinken.

»Geht es dir gut?« Tamara trat neben sie und legte ihr die Hand auf die Stirn. »Du glühst total. Du musst ins Krankenhaus zurück. Du hast dir viel zu viel zugemutet. Ich kann nicht verstehen, dass sie dich überhaupt haben gehen lassen.«

»Haben sie auch nicht. Um die Wahrheit zu sagen, wissen sie überhaupt nicht, dass ich gegangen bin. Naja ...«, fügte sie leise hinzu, »inzwischen haben sie es wohl gemerkt.«

»Merle, du kannst doch nicht einfach aus dem Krankenhaus raus. Los, ich bring dich direkt zurück.« Tadelnd sah Tamara sie an.

»Nein, kommt nicht in Frage. Ich bring das heute hinter mich und sorge dafür, dass Vassiliki endlich das Handwerk gelegt wird. Danach gehe ich freiwillig ins Krankenhaus zurück.«

»Merle ...« Tamara versuchte noch einmal, sie zur Vernunft zu bringen, sah jedoch schnell ein, dass sie sich nicht von ihrem Vorhaben abbringen lassen würde.

»Was ist gestern noch passiert? Können Sie mir das sagen?« Merle richtete ihre brennenden Augen auf Valerie, die sie ruhig musterte.

»Ich habe direkt meine Freundin angerufen. Sie erinnern sich, die Amtsärztin, und habe sie in kurzen Worten eingeweiht.«

»Können wir ihr denn vertrauen?«

»Ja, absolut. Sie hat keinerlei Interesse daran, Frau von Gronewald etwas Böses zu wollen. Auf jeden Fall ist sie nach meinem Anruf sofort in die Polizeistation gekommen. Wir konnten dort zuerst mit ihr reden, bevor Joanna sich der Polizei gestellt hat. So konnte meine Freundin sich selbst ein Bild von der ganzen Sache machen, und sie glaubt auch, dass dies ein guter Plan von Ihnen sei. Ein vollkommen irrer Plan, aber durchaus erfolgsträchtig.«

Mit einem weichen Lächeln auf ihren Lippen sah Valerie von Merle zu Tamara, die sie beinahe bewundernd ansah und verschmitzt anlächelte, wie Merle erfreut feststellte. Überhaupt, es war lange her, dass Tamara sich für eine Frau interessiert hatte. In den letzten Jahren hatte sie sich eher zurückgezogen und wollte für sich sein. Aber nun ... Merle musterte die beiden Frauen, die sich weiterhin fröhlich fixierten, doch dann spürte sie erneut die Last auf ihren Schultern, die sie immer tiefer zu drücken schien. Himmel, was hatte sie Joanna nur abverlangt. Sie hatte sich überhaupt keine Gedanken gemacht. Wenn sie alles durchdacht hätte, hätte sie die Geschichte so nicht durchgezogen.

»Es ging alles relativ schnell, dafür hat meine Freundin gesorgt. Sie hat Joanna mitgenommen und sicher untergebracht. Das kann ich Ihnen versprechen.«

»Ich würde sie gern sehen.«

»Das geht nicht. Nicht so lange, bis wir alles aufklären können. Immerhin hat Joanna gerade gestanden, dass sie dich, Entschuldigung, Sie ...« Valerie brach ab, als Merle den Kopf hob und sie aus blutunterlaufenen Augen ansah.

»Nein, wir können gern beim Du bleiben.«

»Gern.« Sie streckte Merle die Hand entgegen. »Valerie.«

Merle drückte ihre Hand. »Merle, und was wolltest du gerade sagen?«

»Nun, Joanna hat gerade gestanden, dass sie dich durch diesen Brief belastet hat. Und indirekt wird ihr auch ein Mordversuch an dir zur Last gelegt.«

»Was, aber wieso das denn?«, verschreckt fuhr Merle hoch.

»Sie hat zugegeben, das Flugzeug manipuliert zu haben. Auch wenn es nur darum ging, sich selbst zu töten, so wie wir es dargestellt haben. Sie hat keinen Flugschein, damit hat sie billigend in Kauf genommen, dass auch der Pilot, oder in deinem Fall, die Pilotin ums Leben kommen könnte.«

»Oh Göttin, was habe ich nur getan? Das habe ich doch nicht gewollt!« Entkräftet ließ Merle ihren Kopf auf die Tischplatte sinken. Ihr schmaler Körper wurde von heftigen Krämpfen geschüttelt, sodass Tamara ihr erschrocken ein kühles Tuch in den Nacken legte.

»Und jetzt? Bringen wir sie doch ins Krankenhaus zurück?« Die Frage war eher an Valerie gerichtet als an Merle.

»Kommt nicht in Frage.« Merle richtete sich auf und sah Tamara aus fiebrig glänzenden Augen an. »Ich treffe mich nachher mit Vassiliki und ich hoffe, dass ich sie aus der Reserve locken kann. Hast du das Mikrofon von Erik geholt?«

»Ja, habe ich. Es ist auch schon mit meinem Laptop verbunden. Er hat mir alles eingestellt.«

»Danke.« Merle fuhr sich mit der gesunden Hand durch die Haare.

»Hast du dir einen Plan überlegt, wie du Vassiliki entgegentreten magst?«

»Nicht wirklich. Es geht hauptsächlich darum, dass sie den Mordversuch zugibt. Die Unterschlagungen gehen ja eher Joanna und die Steuer etwas an. Eventuell noch, dass wir Joanna reingelegt haben, um sie aus dem Weg zu räumen. Aber da bin ich nicht sicher, ob ich dir damit schaden könnte.« Merles blaue Augen ruhten auf Valerie, die lächelnd den Kopf schüttelte.

»Nein, da brauchst du dir keine Sorgen zu machen. Ich habe gestern Abend noch alles aufgeschrieben und es meinem Chef vorgelegt.«

Merle zog laut die Luft ein, doch Valerie legte ihr beruhigend die Hand auf den Arm. »Bitte, Merle, ich musste mich absichern. Und du kannst uns vertrauen, die BFU hat kein Interesse an dei-
nem oder Joannas Kleinkrieg mit Vassiliki. Aber wir haben großes Interesse daran, herauszufinden, wer für den Flugzeugabsturz verantwortlich ist.«

»Kleinkrieg?« Merle schüttelte enttäuscht den Kopf. »Wenn es doch nur ein Kleinkrieg wäre. Hier geht es um ein Menschenleben. Um Joannas, um genau zu sein, und wenn nicht um ihr Leben, dann um ihre Existenz.« Merle bemerkte Wut in sich aufsteigen.

»Ich weiß. Entschuldige, Merle. Das sollte nicht despektierlich sein. Wenn ich es wiedergutmachen kann, werde ich heute Abend als Zeugin für dich dabei sein. Wir haben eine richterliche Genehmigung erwirkt, ohne die ist so eine Abhöraktion nämlich vor Gericht völlig nutzlos und wird nicht anerkannt.«

»Gibt es sonst noch etwas, das ich übersehen habe?« Völlig niedergeschlagen saß Merle auf ihrem Stuhl.

Die Stunden des Tages gingen nur zäh vorbei. Gegen Mittag bekam Merle einen Anruf, der sie zu Tränen rührte.

»Ja, bitte?«

»Merle, hier ist Alfred.«

Merle lehnte sich auf der Couch zurück und schloss gequält die Augen. Sie hatte überhaupt nicht an Alfred und Yasmin gedacht.

»Wie geht es dir, Merle?« Selbst durch den Hörer konnte Merle hören, dass er unter Spannung stand.

»Bei mir ist alles gut.« Für einen Moment haderte Merle mit sich, dann sprach sie weiter. »Alfred, was auch immer in der Presse steht, es stimmt nicht. Ich kann es dir jetzt nicht erklären, aber bitte vertrau mir. Wenn alles gutgeht, dann kommen Joanna und ich bald wieder nach Hause.«

Am anderen Ende war es totenstill. »Alfred? Hast du mich gehört?«

»Oh, Merle!« Sein glückliches Schluchzen brach Merle beinahe das Herz. »Ich konnte es eh nicht glauben.«

»Du musst mir nur eines versprechen, Alfred. Niemand, absolut niemand darf davon erfahren. Vor allem Vassiliki nicht. Bitte, Alfred, das musst du mir hoch und heilig versprechen.«

»Ich verstehe nicht, Frau Niarchos ist doch ihre beste Freundin und Geschäftspartnerin. Warum darf sie die gute Nachricht nicht erfahren?«

»Alfred, wenn du möchtest, dass Joanna wieder nach Hause kommt, dann darfst du mit niemandem darüber sprechen. Es geht nur noch um wenige Stunden, aber die haben es in sich. Bitte, Alfred!«

»Ja natürlich, wenn du meinst.«

Es war offensichtlich, dass Merles Worte ihn verwirrt hatten, und sie konnte nur beten, dass sie gerade keinen Fehler begangen hatte. Aber das offenkundige Leid des altgedienten Mannes hatte sie verleitet.

Gegen Abend zog Merle sich mit Bedacht an. Sie wählte ein loses Hemd über einem weiten T-Shirt, das das kleine Mikrofon verdecken sollte, welches sie sich angeklebt hatte. Ihr bandagierter Arm ruhte wieder in der Schlinge.

»Kann man es sehen?« Langsam drehte sie sich vor Tamara und Valerie, die beide den Kopf schüttelten.

»Nein, das ist gut so«, entgegnete Valerie.

»Jetzt müssen wir nur noch sehen, ob es auch funktioniert.« Tamara hatte den Laptop geöffnet und gab ein paar Befehle ein. »Gehst du einmal nach nebenan und sagst etwas?«

Merle ging in den Nebenraum und sprach leise vor sich hin.

»Perfekt.« Tamara hielt den Daumen nach oben.

»Ich habe noch eine Frage.« Valerie rieb sich nachdenklich über die Nasenwurzel.

»Was möchtest du wissen?«

»Wenn wir jetzt in das Bistro gehen. Wird Vassiliki nicht misstrauisch werden, wenn wir da sind? Ich meine, kennt sie Tamara nicht auch? Außerdem hast du ihr ja selbst gesagt, dass sie mit im Flugzeug war, oder? «

Merle spürte den stechenden Schmerz hinter ihren Schläfen. Hatte sie wieder etwas übersehen?

»Sie hat mich im Bistro schon gesehen, ob ihr dabei Tammy aufgefallen ist, das kann ich nicht beantworten. Ich denke, das ist ein Risiko, das wir jetzt eingehen müssen. Auf jeden Fall seid ihr unauffälliger als zum Beispiel Piet, der allein durch seine Statur sofort auffällt. Und ihn kennt Vassiliki auf jeden Fall.«

»Gut, dann gehen wir schon einmal vor und setzen uns in das Bistro. Vassiliki soll ja nicht sehen, dass wir zusammen mit dir kommen.«

»Danke, Tammy. Danke für alles. Und auch dir, Valerie, vielen Dank. Ich weiß das wirklich zu schätzen.«

»Keine Ursache. Wozu sind Freunde denn da?«

Tamara und Valerie machten sich auf den Weg in das Bistro, während Merle noch einen Moment wartete. Zum Glück wohnte Tamara in der Nähe ihres Lieblingstreffs, so konnte Merle die kurze Strecke zu Fuß zurücklegen. Mit ihrem kaputten Arm hätte sie auf keinen Fall Motorrad fahren können.

Wenige Minuten später betrat sie das Bistro und setzte sich an einen kleinen Tisch in der hinteren Ecke. Tamara und Valerie saßen schräg vor ihr und hatten mit keiner Regung zu erkennen gegeben, dass sie sich kannten. Sie hielten sich an den Händen und tuschelten leise miteinander, während sie sich gemeinsam Bilder auf einem Laptop ansahen. Sie wirkten wie das perfekte Liebespaar. Und selbst Merle konnte sich ein Lächeln nicht verkneifen, während sie ihre Freundin beobachtete. Es wäre ihr wirklich zu wünschen, wenn sie in all dem Chaos hier die Liebe finden fände.

»Du bist pünktlich.«

Die eisige Stimme kam von der Seite und ließ Merle erschrocken zusammenfahren. Wie aus dem Nichts tauchte Vassiliki vor ihr auf, stellte zwei Gläser auf den Tisch und nahm neben ihr Platz.

»Ich habe es dir schon gesagt, ich will fort von hier. Sobald diese ganze leidige Geschichte abgeschlossen ist. Hast du das Geld dabei?«

»Oh, du kommst sofort zur Sache. Kein Interesse an ein wenig Small Talk?«

»Worüber willst du mit mir reden?« Merle erwiderte Vassilikis herausfordernden Blick. »Du hast die Nachrichten gehört, oder nicht?«

»Ja, sonst wären wir beide jetzt nicht hier. Ich muss sagen ...« Vassiliki nahm ein Glas und prostete Merle damit zu. »Ich bin wirklich beeindruckt. Auf diese Idee zu kommen, das war grandios.«

Innerlich zitternd versuchte Merle sich zur Ruhe zu rufen. Noch hatte sie nichts gegen Vassiliki in der Hand. »Nun, immerhin bin ich ja mit Schuld an der ganzen Misere, und es tut mir auch leid, dass ich deinen schönen Versuch zunichtegemacht habe.«

»Was meinst du damit?« Misstrauen schwang in Vassilikis Stimme.

»Nun, ich hatte ja keine Ahnung, dass du das Flugzeug manipuliert hattest.« Sie richtete ihre blauen Augen auf Vassiliki und versuchte jede Regung von ihr in sich aufzunehmen.

Einen Moment lang schwieg Vassiliki, doch dann warf sie den Kopf in den Nacken und lachte lauthals los. »Der war gut, der war richtig gut. Warum ich? Sie hat es doch selbst getan. Sie hat es sogar zugegeben, oder nicht? Ich weiß nicht, wie du das hinbekommen hast, aber so wie es in den Nachrichten klang, hat sie nur kurz geleugnet.«

Merle musste hart schlucken, um ihre aufkommende Wut zu bändigen. »Ja, das hat mich selbst ein wenig überrascht.«

»Wie ist das gekommen, weißt du das?« Vassilikis Neugier sprang ihr geradezu aus den Augen.

»Soweit ich weiß, hatte sie einen Zusammenbruch, nachdem man ihr meine Aussage vorgelegt hatte. Danach hat man sie zu ihrem eigenen Schutz in eine Klinik gebracht. Mehr weiß ich nicht.« Merle musste sich anstrengen, um ihre Stimme emotionslos klingen zu lassen.

»Eine wirklich grandiose Idee, die hätte von mir sein können.« Vassilikis Stimme triefte nur so von Hohn.

Merle beobachtete sie von der Seite her. Dies lief so gar nicht wie geplant. Sie musste endlich einen Weg finden, damit Vassiliki ihre Schuld zugab.

Tut mir leid, Piet, ich muss dich da mit reinziehen. Innerlich bat sie ihren alten Freund um Entschuldigung, bevor sie zu einem weiteren Schlag ausholte.

»Nun, so sieht es aus, nicht wahr? Und das war ja auch unser Deal, aber wenn ich mich mit Piet unterhalte, dann bekommt die ganze Sache doch ein anderes Gesicht, oder nicht?« Sie nahm einen Schluck und beobachtete dabei Vassiliki, deren Gesicht eine ungesunde, rötliche Färbung erhielt.

»Was meinst du damit?« Ihre Stimme nahm einen bedrohlichen Klang an, und Merle wusste, dass sie auf dem richtigen Weg war.

»Nun …« Sie drehte das Glas zwischen ihren Fingern und ließ Vassiliki dabei nicht aus den Augen. »Er könnte der Staatsanwaltschaft eine interessante Geschichte erzählen. Zum Beispiel von Joannas Freundin, die sich bei ihm für ein vermeintliches Buch erkundigt hat. Er hat dir sehr genau und detailliert beschrieben, wo man die Zange ansetzen muss. Und er würde das vor Gericht bezeugen.«

»Würde oder wird?« Vassiliki hatte ihre Wortwahl sehr wohl verstanden und sah sie lauernd an.

»Gegen ein vernünftiges Schweigegeld. Was denkst du? Fünfzigtausend, oder wäre es dir mehr wert?«

»Welches Spiel willst du hier mit mir spielen?« Wütend fuhr Vassiliki auf und wischte die Gläser vom Tisch.

»Sachte, sachte. Wir wollen doch kein Aufsehen erregen, oder etwa doch?«, säuselte Merle. *Endlich beißt sie an. Ich hätte nicht gedacht, dass es so lange dauert.*

»Du kleines Miststück, ich dachte wir hätten eine Abmachung?«, presste Vassiliki zwischen den Zähnen hervor. Sie konnte sich offensichtlich nur schwer beherrschen.

»Ja, haben wir. Das betraf dich und mich und die Tatsache, dass ich bei der BFU gelogen habe. Du weißt sehr wohl, dass Joanna nichts mit dem Unfall zu tun hat, weil du es selbst warst. Dennoch habe ich behauptet, dass sie es zugegeben hätte. Nur darum ist sie jetzt in der Klinik, und du hast freie Bahn, um dir ihr Geld zu sichern. Darum ging das Ganze doch, oder nicht?« *Na los, gib doch endlich alles zu, du Miststück!*

»Und warum kommst du mir jetzt mit diesem Piet?«

»Naja«, Merle pokerte hoch und wusste es auch, »er hätte eigentlich fliegen sollen. Du hast nicht nur Joannas Tod, sondern auch seinen billigend in Kauf genommen, und er weiß das genauso wie ich. Daher denke ich, dass es nur angebracht wäre, wenn du ihm auch eine Entschädigung zukommen lassen würdest. Was meinst du? Dafür, dass du sein Flugzeug geschrottet hast.«

Vassilikis kalte Augen glitten über Merle hinweg. Ihre Kieferknochen begannen zu mahlen, und wieder bildeten sich kleine Schaumbläschen auf ihren Lippen.

»Was bildest du dir eigentlich ein? Wenn du blödes Stück nicht dazwischengefunkt hättest, dann wäre die ganze Sache schon längst erledigt. Und jetzt, jetzt wagst du es auch noch, mich weiter zu erpressen? Ich hätte mir denken können, dass es damit nicht erledigt ist. Es wäre besser gewesen, wenn ich dich im Krankenhaus erledigt hätte, statt mich auf einen Deal mit dir einzulassen.«

Endlich! Erleichterung durchflutete Merle. Jetzt konnte sie nur noch hoffen und beten, dass es auch für den Staatsanwalt ausreichen würde. »Egal, ich will mein Geld, so wie es vereinbart war, und zwar jetzt sofort. Hast du es dabei?«

Vassiliki griff in ihre Tasche und zog einen Umschlag hervor, den sie vor Merle auf den Tisch legte. »Wer garantiert mir, dass du dich damit zufriedengibst und nicht in zwei Wochen wieder vor meiner Tür stehst?«

»Niemand.« Merle zuckte grinsend mit den Schultern und stand auf. »Aber warum sollte ich noch einmal bei dir anklingeln? Vor allem, wo sollte ich dich wohl besuchen?«

Nicht nur Merles Ton, sondern ihre ganze Haltung hatte sich verändert, was Vassiliki durchaus zur Kenntnis nahm. Erstaunt weiteten sich ihre Augen. Es dauerte einen Moment, doch dann schien der Groschen bei ihr zu fallen, und sie machte Anstalten, sich auf Merle zu stürzen.

Doch bevor sie Merle an die Gurgel springen konnte, standen zwei Polizeibeamte hinter ihr und ließen die Handschellen klicken.

»Du Miststück, du hast mich reingelegt! Damit kommst du nicht durch. Du hast absolut keine Beweise.«

Erschöpft ließ Merle sich wieder auf den Stuhl sinken. »Denkst du das wirklich? Du hast mich bezahlt, um Joanna aus dem Weg zu räumen. Und du hast die Leitungen gekappt, Piet wird das zusätzlich bezeugen. Die Buchprüfungen und die Steuer, das ist eine andere Geschichte und wird sicher auch noch spannend werden.«

»Warum?« Auf Vassilikis Gesicht lag der pure Hass. »Warum hast du das getan?«

»Das fragst du mich?« Fassungslos stand Merle auf und trat ganz dicht an Vassiliki heran. »Du wolltest Joanna töten. Du hast kaltblütig meinen oder Piets Tod in Kauf genommen. Und als das nicht geklappt hat, da warst du mehr als daran interessiert, Joanna aus dem Weg zu räumen, nur damit du ihr Vermögen bekommst. Und jetzt frag mich noch einmal, warum ich das alles getan habe.« Sie nickte den Beamten zu, die Vassiliki zwischen sich nahmen und mit ihr das Bistro verließen.

»Krasse Sache, Merle, das war eine reife Leistung.« Tamara und Valerie traten neben Merle, die stocksteif neben dem Tisch stand.

»Nimmst du das Geld, bitte. Es wird sicher als Beweismittel gebraucht.«

»Merle, geht es dir gut?« Das waren die letzten Worte, die Merle hörte, bevor sie von tiefer Dunkelheit umgeben wurde und in sich zusammensackte.

28

Leises Stimmengemurmel drang undeutlich durch den dichten Nebel in Merles Kopf und weckte sie schließlich wieder auf.

»Sie wacht auf«, flüsterte eine Stimme.

Mühsam öffnete Merle ihre Augen. Es dauerte eine ganze Weile, bis die verschwommenen Gesichter vor ihr Konturen bekamen.

»Joanna«, keuchte sie heiser und brach in Tränen aus.

»Nicht doch, Merle. Süße, kleine, Merle. Alles ist gut, ich bin bei dir.« Ein sanfter Finger strich Merle über die Wange und nahm dort die Tränen auf.

»Was ist passiert?«

Vorsichtig hielt Joanna ihr eine Tasse vor die trockenen Lippen und half ihr, etwas Wasser zu trinken.

»Du hast dir zu viel zugemutet. Das ist passiert. Jetzt bist du wieder im Krankenhaus, und da wirst du auch ein wenig bleiben müssen.«

»Ich meinte nicht mich. Ich meinte dich, Joanna. Was ist passiert?«

Joanna setzte sich auf die Bettkante und strich Merle sanft über die Haare. »Du hast mir das Leben gerettet. Und damit meine ich nicht nur durch deine Glanzleistung bei der Landung. Du hast es geschafft, dass Vassiliki für alles angeklagt wird. Sie wird für lange Zeit ins Gefängnis kommen. Und da sind die Unterschlagung und ihre Steuerprobleme noch nicht mit eingerechnet.«

»Wird das für dich noch Nachteile haben?« Egal wie zerschlagen Merle sich auch fühlen mochte, die Sorge um Joanna beherrschte weiterhin ihre Gedanken.

»Was meinst du?«

»Sie hat doch auch deine Steuer gemacht. Hat sie da auch betrogen?«

»Ach so, ja. Bestimmt hat sie das, aber sie war als eingetragene Partnerin für dieses Resort verantwortlich und wird sich dem auch stellen müssen. Ich habe sie wegen Unterschlagung angezeigt und meine Bücher dem Finanzamt zur Verfügung gestellt. Mal sehen, wie sie entscheiden werden. Eventuell trifft mich eine Teilschuld, da ich sie nicht überwacht habe.«

»Aber woher solltest du denn wissen, dass sie dich bestiehlt? Sie war deine Freundin«, protestierte Merle krächzend.

»Ja, das war sie, und sie hätte mich ohne mit der Wimper zu zucken umgebracht. Schöne Freundin, oder?« Eine kleine Träne löste sich aus Joannas Augenwinkel und lief ihr über das schmale Gesicht.

»Joanna?« Merle schluckte trocken. Tausend Fragen gingen ihr durch den Kopf, und doch hatte sie Angst, auch nur eine davon zu stellen.

»Ja, Schatz?«

Und mit diesen zwei Worten beseitigte Joanna alle Zweifel, die Merle befallen hatten. Sie sah sich in dem Zimmer um und blickte in die strahlenden Gesichter von Tamara und Valerie, die in der Ecke standen und sich an den Händen hielten. Die beiden schienen wirklich unzertrennlich geworden zu sein.

»Können wir nach Hause?«

Bedauernd schüttelte Joanna den Kopf. »Noch nicht, aber ich bleibe bei dir, wenn du das möchtest.«

»Ein Leben lang?«

»Ja, Merle, ein Leben lang.«

Merle musste noch einige Tage länger im Krankenhaus bleiben, und Joanna wich ihr die ganze Zeit nicht von ihrer Seite.

Kurz bevor Merle entlassen wurde, kam Valerie zu ihr ins Krankenhaus.

»Hallo, Valerie, wo hast du Tamara gelassen?« Merles Lächeln erstarb auf ihren Lippen, als sie in Valeries ernstes Gesicht sah.

»Sie kommt auch gleich. Ich wollte kurz mit euch allein reden.«

»Was ist passiert?« Merle spürte, wie sich ihr Herzschlag beschleunigte.

Joanna, die neben ihr saß, griff mit zitternden Fingern nach ihrer Hand.

»Ich komme gerade von der Staatsanwaltschaft. Man hat die Anklageschrift gegen Vassiliki zusammengetragen und will morgen den Prozess gegen sie eröffnen.«

»Wow, das geht aber schnell.« Überrascht zog Merle ihre Stirn in Falten. »Und wo ist da jetzt ein Problem?«

»Kein Problem, ich wollte euch nur darauf vorbereiten, denn ihr seid wichtige Zeugen in diesem Prozess. Der Staatsanwalt hat mich gebeten, euch dies zu geben.« Sie zog zwei weiße Umschläge aus ihrer Tasche und hielt sie Merle und Joanna entgegen. »Das ist die offizielle Vorladung für eure Vernehmung.«

»Was denkst du, wie wird das ablaufen? Reichen unsere Aussagen und die Beweise?« Merle stockte der Atem, als Valerie bedächtig den Kopf schüttelte.

»Ich kann es nur hoffen. Sie hat sich einen sehr cleveren Anwalt genommen. Sie wird alles versuchen, um sich aus der Geschichte rauszureden. Ob ihr das gelingt? Ich hoffe nicht.«

»Es kann einfach nicht sein, dass das alles umsonst war.« Joannas Stimme war kaum mehr als ein Hauch.

»Joanna, wir müssen nur bei unseren Aussagen bleiben. Sie hat das alles eingefädelt, und sie hat das Flugzeug manipuliert. Die Bücher bleiben, denke ich, erst einmal außen vor. Auch wenn es ein starkes Motiv bietet.« Merle strich Joanna sanft über die blasse Wange. »Sie wird verurteilt, und wir können uns endlich auf uns konzentrieren und sie vergessen.«

Dumpfer Schmerz stand in Joannas Augen, als sie Merle ansah. »Ich hoffe, dass du recht hast.«

»Ich werde euch morgen abholen. Gegen zehn Uhr, wenn das für euch in Ordnung ist.«

»Ja, natürlich. Danke Valerie.«

»Schaffst du das, Joanna?«

Tapfer lächelte Joanna sie an. »Ja, ich schaffe es und was ist mit dir?«

»Ich will sie endlich hinter Gittern sehen. Sie wollte dich töten oder in eine Klinik einweisen lassen. Sie hat es nicht anders verdient, als dass man sie für immer wegsperrt.«

Sie saßen im Vorraum des Gerichtsgebäudes und warteten darauf, dass sie aufgerufen wurden.

Nacheinander gingen sie in den Saal und gaben mit ruhiger Stimme ihre Aussage zu Protokoll.

Während ihrer Aussage vermied Merle es, Vassiliki anzusehen. Eisern fixierte sie während der Befragung ihren Anwalt oder sah Joanna ins Gesicht, die sie tapfer aus dem Saal anlächelte.

Nach wenigen Stunden konnten sie den Gerichtssaal wieder verlassen. Sie trafen sich mit Valerie und Tamara in einem Restaurant um die Ecke.

»Und, was denkt ihr?«

Merle fuhr sich nachdenklich durch die Haare. »Ich hoffe, dass es reicht, um sie ein Leben lang ins Gefängnis zu stecken. Ihr Anwalt hat alles gegeben, aber ich hatte das Gefühl, dass sein Vorstoß sehr verzweifelt klang.«

»Hättest du damit gerechnet?«

Merle lachte bitter auf. »Bei allem, was ihr vorgeworfen wird? Es passt doch irgendwie. Es ist nur die Frage, ob das Gericht jetzt ihre Unzurechnungsfähigkeit anerkennt, oder ob sie als voll schuldfähig erkannt wird.«

»Könnte es wirklich sein, dass sie freikommt?« Pures Entsetzen lag auf Joannas feinen Zügen.

»Nein, das auf keinen Fall. Nicht nach dem, was sie getan hat. Und die Beweise sind ja mehr als erdrückend.« Valerie schüttelte vehement den Kopf. »Es entscheidet sich nur, ob sie ins Gefängnis muss oder in eine Psychiatrie.«

»Krasse Sache. Immerhin ist es das, was sie auch mit dir anfangen wollte, Joanna.« Tamara sah Joanna mit großen Augen an.

»Schon frech, dass sie das überhaupt versucht, aber wie gesagt, das liegt an ihrem Anwalt.«

Stumm saßen sie um den Tisch herum und warteten angespannt auf den erlösenden Anruf.

Merle nahm Joannas kalte Finger in ihre Hand und knetete sie sanft. »Egal, wie das Gericht entscheiden wird, sie wird dir niemals wieder etwas antun können.«

»Wenn ich das nur glauben könnte.« Bedrückt schloss Joanna ihre schönen Augen.

»Hey.« Liebevoll küsste Merle ihre spröden Lippen. »Ich bin doch bei dir und pass auf dich auf. Ich werde niemals zulassen, dass sie oder jemand anderes dir etwas antut.«

»Warum bist du jetzt erst in mein Leben gekommen? Warum konntest du nicht schon früher auftauchen, kleine Amsel?« Joannas braune Augen fixierten Merle ernst.

»Aber nun bin ich ja da, und ich geh auch nicht mehr fort.« Merle spürte, wie ernst ihr die Worte waren, die so einfach über ihre Lippen kamen.

»Das will ich auch hoffen.«

Sie küssten sich liebevoll, als Valeries Handy zu klingeln begann. »Ja?« Sie lauschte einen Moment und wurde bleich. »Ist jetzt nicht dein Ernst, oder?«

Merle hatte das Gefühl, als würde ihr das Blut in den Adern zu Eis gefrieren.

»Sie haben es ihr abgekauft und schicken sie in die Psychiatrie. Krass, damit hätte ich wirklich nicht gerechnet.« Valerie zog ihre Schultern nach oben und legte ihren Arm um Tamara, die sich eng an sie lehnte.

»Hauptsache, sie kommt dort nicht wieder raus.« Joannas Stimme war kaum zu hören in dem überfüllten Restaurant.

»Zumindest für eine lange Zeit erst einmal nicht. Kommt ihr klar damit?«

Merle sah Joanna in die Augen. Sie konnte den Schmerz in ihnen lesen, aber auch Hoffnung und Liebe.

»Ja, wir schaffen das, nicht wahr, Joanna?«

Epilog

Merle trat auf Joanna zu und gab ihr einen sanften Kuss in den Nacken.

Ein leises Zittern lief durch Joannas Körper, als sie sich von Merle wegdrehte und ins Bad ging.

Nachdenklich sah Merle auf die geschlossene Tür. In den letzten Tagen hatte Joanna sich verändert. Von Tag zu Tag wurde sie unruhiger. Doch wann auch immer Merle sie darauf ansprach, wich sie ihr aus. Seufzend legte Merle sich ins Bett und verschränkte ihre Arme hinter ihrem Kopf. Sie war froh, dass die Schiene inzwischen entfernt worden und ihr Arm wieder wie neu war.

Wortlos legte Joanna sich neben sie und rollte sich ein.

»Joanna, schließ mich nicht aus. Bitte rede mit mir.« Sanft legte Merle ihre Hand auf Joannas Schulter und drehte sie zu sich herum.

»Würdest du mich bitte festhalten? So wie damals in Mailand, einfach nur halten?«

Überrascht legte Merle ihre Arme um sie und zog sie fest an sich. Sie konnte Joannas Herzschlag spüren, der wild und unregelmäßig schlug. Wie in Mailand, hatte Joanna gesagt. Merle erinnerte sich nur zu gut an jene Nacht, in der Joanna wie ein Häufchen Elend vor ihrer Tür gestanden hatte. Sie rechnete kurz nach und zog überrascht die Luft ein. Es war genau ein Jahr her, auf den Tag genau.

Am nächsten Tag fasste Merle sich ein Herz und sprach Joanna direkt an: »Können wir reden? Bitte, Joanna, schließ mich doch nicht aus deinem Leben aus. Ich dachte, es sei unser Leben.«

Mit ihren braunen Augen blickte Joanna geradewegs durch sie hindurch. Zitternde Finger legten sich auf Merles Arm. »Wenn ich dich um einen Gefallen bitten würde, würdest du es tun?«

»Oh Himmel, Joanna, natürlich. Ich würde alles für dich tun, das weißt du doch.«

»Gut, dann lass uns nach München fliegen. Heute noch, bitte.«

Verblüfft starrte Merle in das steinerne Gesicht ihrer Freundin. »Bist du dir sicher?«

»Es wird Zeit.« Sie hob den Blick und sah Merle in die Augen. »Es wird Zeit mit der Vergangenheit abzuschließen. Ein für alle Mal.«

»Ich habe keine Ahnung, wovon du sprichst, Joanna, aber ich gebe schon mal den Flugplan an Piet weiter. Soll ich ein Hotel buchen?«

»Nein, das brauchen wir nicht.«

»Oh, aber um hin und her zu fliegen, dafür reicht die Zeit nicht mehr.«

»Keine Sorge, Merle, wir gehen nach Hause.«

Perplex sah Merle ihr hinterher, als sie den Raum verließ.

Wenig später saßen sie nebeneinander und hoben sich in die Lüfte Richtung München.

»Möchtest du mir sagen, warum wir nach München fliegen?«

»Noch nicht, Merle. Gib mir noch einen Moment, ich werde dir später alles erklären.«

Merle warf einen Blick auf Joanna, die kreidebleich neben ihr saß und angestrengt nach vorn starrte.

Egal, wie sehr Merle sich wünschte, dass sie endlich mit ihr reden würde, sie musste sich damit zufriedengeben. Seufzend konzentrierte sie sich auf den restlichen Flug.

Vorsichtig setzte sie das Flugzeug auf der Landebahn auf und ließ es ausrollen.

»Brauchen wir ein Taxi?«

»Nein, ich habe Agnetha gebeten, uns abzuholen.« Joanna sprang aus dem Flugzeug und lief auf das Auto zu, das auf dem Parkplatz auf sie wartete.

»Agnetha?« Verblüfft sah Merle ihr hinterher. Sie verschloss das kleine Flugzeug und folgte Joanna auf den Parkplatz.

»Hallo Agnetha.«

»Merle, wie schön dich wiederzusehen.« Agnetha streckte ihr freundlich lächelnd die Hand entgegen. »Es ist ja schon eine Weile her, und es ist einiges passiert, seitdem ihr das letzte Mal hier wart.« Sie drehte sich zu Joanna um. »Ich konnte es fast nicht glauben, als du angerufen hast.«

Merle sah die beiden Frauen abwechselnd an. Was noch hatte sie nicht mitbekommen?

»Bist du bereit, Joanna?« Agnetha setzte sich hinter das Steuer und wartete, bis Joanna und Merle hinter ihr Platz genommen hatten. »Dann mal los.«

Merle beobachtete Joanna, die zusehends nervöser wurde. Ihre Hände waren permanent in Bewegung, und auch ihre Lippen bewegten sich in einem zu.

Besorgt griff Merle nach ihrer Hand und drückte sie beruhigend.

Joanna warf ihr ein trauriges Lächeln zu. Immerhin, sie entzog ihre kalten Finger nicht Merles Griff. Das war schon einmal ein Fortschritt.

Während draußen die Landschaft an ihnen vorbeizog, fragte sich Merle einmal mehr, was es mit München auf sich hatte. Es war offensichtlich, dass Joanna etwas quälte. Und das nicht erst seit Kurzem. Vielleicht würde sie heute endlich eine Antwort erhalten.

Agnetha parkte das Auto und sie stiegen aus.

»Aber, das ist ja ein Friedhof.« Unruhig sah Merle auf das Areal vor sich.

»Ja, kommst du mit?« Joanna hatte sich zu ihr gedreht und sah sie mit trüben Augen an.

»Wo immer du hingehst, da komm ich mit. Das weißt du doch.« Sie bot Joanna ihren Arm an und ließ sich von ihr über den Friedhof führen.

Nach einigen Minuten, die sie schweigend zwischen den Gräbern entlanggelaufen waren, blieb Joanna stehen.

Merle starrte auf den schlichten Grabstein. Eisige Kälte kroch durch ihre Knochen.

»Linda von Gronewald, gestorben am …« Merle schluckte trocken. Heute vor acht Jahren. »Joanna, wer war sie?«

»Meine Schwester«, flüsterte Joanna tonlos.

»Wie ist sie gestorben?«

Agnetha trat neben sie. »Sie ist bei einem Flugzeugabsturz ums Leben gekommen.«

Hart zog Merle die Luft in die Lungen. »Oh, Joanna, das wusste ich nicht.«

»Es stimmt nicht.« Ein kleines Feuer tanzte in Joannas Augen, als sie Merle ansah. »Es stimmt so nicht.«

»Was meinst du? Ist sie nicht bei einem Absturz ums Leben gekommen?« Verwirrt strich Merle sich eine Strähne aus der Stirn.

»Nicht ganz. Sie hat den Absturz selbst herbeigeführt.«

Merle hatte das Gefühl ihr Blut würde zu Eis gefrieren. »Was?« Entsetzt starrte sie auf Joanna, die steif vor dem Grab stand.

»Und ich habe sie dazu getrieben.«

»Hör auf, Joanna. Das ist Unsinn und du weißt es auch.« Agnetha ergriff wütend das Wort. »Als ob du das hättest vorhersehen können. Niemand konnte damit rechnen. Und wenn du schon jemandem die Schuld geben willst, dann doch eher Diana.«

»Was war denn passiert?« Sanft legte Merle ihre Hand um Joanna und zog sie in ihre Arme.

»Wir waren alle befreundet. Eine lustige Clique. Vassiliki, Christa, Agnetha, Diana und ich. Und Linda, sie war das Nesthäkchen, meine kleine Schwester.«

Leidend schloss Joanna die Augen. Merle spürte, dass sie Zeit brauchte, um ihre Gedanken zu sammeln, und wartete geduldig, bis sie weitersprach.

»Wir waren Freunde und Konkurrenten. Ich habe dir schon einmal erzählt, dass ich einiges getan habe, auf das ich nicht stolz bin.« Sie hob den Kopf und warf Merle einen kurzen Blick zu. Als sie stumm nickte, fuhr Joanna fort. »Diana und ich waren einmal ein Paar. Als das in die Brüche ging haben wir uns versprochen, dass wir fair miteinander umgehen wollen, unserer Freundschaft und der Clique zuliebe.«

Merle ahnte schon, in welche Richtung das gehen würde. Dennoch wartete sie geduldig, bis Joanna weitersprach.

»Ich habe Diana bei einem Megadeal ausgebootet. Es hat sie ziemlich getroffen, denn dadurch habe ich ein Vermögen verdient, und sie hat eine ganze Menge verloren. Sie hat mir vorgeworfen, dass ich unsere Freundschaft damit betrogen hätte. Das hat sie mir nie verziehen. Um es mir heimzuzahlen, hat sie Linda benutzt.«

»Aber wie konnte sie das tun?«

»Linda war jung und naiv. Sie hat sich von Diana einwickeln lassen. Und sie hat einen unverzeihlichen Fehler gemacht. Sie hat mich bestohlen. Auf Dianas Geheiß hin, aber das wusste ich da noch nicht. Ich habe den Diebstahl ziemlich schnell bemerkt und

Linda zur Rede gestellt. Ich habe sie angeschrien, habe ihr gesagt, dass sie mich abgrundtief enttäuscht hat. Und ich habe ihr gesagt, dass sie verschwinden soll, dass ich sie niemals wiedersehen will.« Eine einsame Träne lief Joanna über die Wange, als sie sich an den Tag vor acht Jahren erinnerte. »Sie hatte gerade den Flugschein gemacht, war so stolz darauf gewesen.«

Mit jedem Wort wurde Joannas Stimme leiser. »Sie ist losgeflogen, der Sonne entgegen. Hoch und höher gestiegen. Bis das Flugzeug den Auftrieb verloren hat und wie ein Stein zu Boden gestürzt ist.«

»Oh Himmel, Joanna, es tut mir so unendlich leid.« Bestürzt zog Merle sie enger an sich und küsste sanft ihre bebenden Lippen.

»Ich habe sie in den Tod getrieben«, schluchzte Joanna.

»Das ist Unsinn, Joanna. Es war ein unglückseliger Unfall. Das wurde damals auch so von der Aufsichtsbehörde entschieden.« Agnetha trat einen Schritt auf Joanna zu, wurde aber von ihren Worten gestoppt.

»Ja, natürlich.« Joanna warf Agnetha einen feurigen Blick zu, dem sie nicht lange standhalten konnte. »Es gab für mich niemals einen Zweifel, und du weißt das auch. Allerdings weiß ich bis heute nicht, wer dafür gesorgt hat, dass es als Unfall behandelt wurde. Weißt du es, Agnetha?«

Agnetha wollte schon den Kopf schütteln, doch Joannas Augen hielten sie gefangen. »Vassiliki.« Mehr brauchte sie nicht zu sagen.

»Sie hat damals schon gern die Fäden in die Hand genommen.«

»Sie dachte, dass es für die Presse besser sei. Ein Unfall kann passieren, doch bei einem Selbstmord würde sich vieles anders entwickeln. Es würde viele Fragen aufwerfen, und sie wollte keine negative Presse erlauben. Aber frag mich nicht, wie sie es letztendlich hingebogen hat, dass Lindas Tod komplett aus der Presse verschwand.«

»Joanna?« Noch immer hielt Merle sie fest in ihrem Arm. »Warum hast du mir nie von ihr erzählt? Hast du deshalb solche Flugangst, wegen ihres Unfalls?«

»Kann sein, dass es damit zusammenhängt. Unbewusst wahrscheinlich.« Joanna ließ sich noch enger gegen Merle sinken. »Ich habe nie von ihr erzählt, weil ich mich geschämt habe. Ich wollte es vergessen. Sie vergessen, aber ich konnte es nicht.«

»Aber warum denn nur? Sie war deine Schwester.«

»Und ich habe sie in den Tod getrieben. Ich, Merle.« Sie riss sich los und ging einen Schritt zur Seite. »Ich bin verantwortlich.«

»Joanna, du kannst dir doch nicht ein Leben lang vorwerfen, dass sie eine falsche Entscheidung getroffen hat.« Merle ging ihr nach und strich ihr sanft über den Nacken.

»Sie hätte nicht sterben müssen.« Dicke Tränen quollen aus Joannas schönen Augen und liefen über ihre Wangen.

»Nein, wahrscheinlich nicht. Aber es war nicht deine Entscheidung, sondern ihre.«

»Ich habe sie dazu getrieben.«

»Woher weißt du das? Hat sie einen Brief hinterlassen?«

»Nein.« Atemlos fuhr Joanna zu ihr herum. »Aber warum sonst hätte sie es tun sollen?«

»Vielleicht hat sie sich geschämt? Weil sie dich bestohlen hat, ihre eigene Schwester.«

»Und du meinst, dass der Gedanke es jetzt für mich besser macht?«

»Nein, Joanna. Das denke ich nicht.« Sachte legte Merle ihren Arm um Joannas Schulter. »Nichts und niemand wird es jemals besser machen. Es gibt Dinge, die kann man nicht erklären oder verstehen. Aber man muss sie akzeptieren. Egal, was du tust, und egal, wie sehr du dich mit Schuldgefühlen quälst, damit wird Linda nicht wieder lebendig.«

Joanna blickte wieder auf das Grab ihrer Schwester. »Ich war seit ihrem Tod nicht mehr hier. Und nur dieses eine Mal in München. Ich habe es nicht fertiggebracht, hierher zu kommen. Zu wissen, dass sie nicht mehr da ist und ich an ihrem Tod schuld bin, hat mich ferngehalten.«

»Hey.« Merle zog sie zu sich herum und nahm ihr Gesicht in beide Hände. »Das darfst du nicht sagen und auch nicht denken, Joanna.«

»Aber es stimmt doch! Egal was du sagst, oder Agnetha. Wenn ich sie damals nicht rausgeschmissen hätte, ich bin mir sicher, dass sie noch leben würde.« Sie sah auf das Grab ihrer Schwester. »Ich habe sie im Stich gelassen, als sie mich am meisten brauchte.

Und ich hatte keine Ahnung, dass Diana sie zu dem Diebstahl angestiftet hatte. Linda hat sich mir gegenüber nicht einmal verteidigt. Wenn sie mir nur gesagt hätte, dass alles Dianas Idee gewesen war. Ich dachte doch, dass sie selbst mich bestehlen wollte.«

»Woher weißt du denn, dass es Dianas Idee war?« Agnetha trat aus dem Schatten hervor.

»Weil sie es mir selbst gesagt hat.« Schmerzerfüllt sah Joanna ihre Freundin an. »Am Tag der Beerdigung kam sie auf mich zu. Ich dachte, sie wollte mir ihre eigene Trauer bezeugen, immerhin waren wir alle befreundet gewesen. Aber nein, sie hat mich angesehen und hat mir ins Gesicht gelacht.«

»Das wusste ich nicht, Jo. Warum hast du uns das nie gesagt? Wir hatten alle keine Ahnung, und Diana hat eine ganz andere Geschichte erzählt.« Agnethas Entsetzen war ehrlich und sicher nicht gespielt.

»Das habe ich schon vermutet. Sie war schon immer eine Meisterin von Lug und Trug. Das habe ich zu spüren bekommen, nachdem ich mit dir in München aufgetaucht bin.«

Merle stockte das Herz, als Joanna sich ihr zuwandte. So viel Trauer lag in ihrem Blick. »Was hat sie dir gesagt und wann?«

»Erinnerst du dich an München, Merle?«

»Natürlich erinnere ich mich.« Es war ihre erste gemeinsame Nacht gewesen, wie hätte Merle dies vergessen können.

»Erinnerst du dich auch, dass ich morgens eine SMS von Diana bekommen hatte?«

»Ja.« Ein kalter Schauer lief über Merles Rücken. Sie musste nur in Joannas gequältes Gesicht sehen und ahnte die folgenden Worte.

»Sie hat mir geschrieben, dass sie es mit dir genauso halten würde wie mit Linda. Sie würde dich benutzen, um mich zu betrügen und zu bestehlen, genauso wie meine kleine Schwester es für sie getan hat.«

»Aber«, protestierte Merle leise, »ich kannte Diana doch überhaupt nicht!«

»Na ja, das sagst du. Aber auf dem Empfang, da habe ich dich neben ihr stehen sehen, und ihr habt euch auch unterhalten. Für mich sah das so aus, als würdet ihr euch sehr wohl kennen.« Joanna hob die Hand und strich Merle sanft über die Wange. »Als du dann zu mir kamst und mit mir getanzt hast, und vor allem, als wir dann auf dem Balkon standen, da habe ich die Bedenken als unsinnig verworfen. Ich dachte, dass ich mir das nur eingeredet hätte, aber dann kam ihre SMS am nächsten Morgen, und das hat mich total verunsichert.«

»Oh, Joanna, jetzt verstehe ich, warum du auf einmal so abweisend reagiert hast. Und vor allem, nachdem dann die ganzen Anschuldigungen gegen mich aufkamen, das hat dann wohl alte Wunden aufgerissen, oder?«

Joanna nickte schwer mit dem Kopf. »Ich hätte dir vertrauen sollen, aber ich konnte es nicht. Und ich konnte es dir vorher nicht sagen, es tut mir leid, Merle. Kannst du mir verzeihen?«

»Was?« Mit Schwung zog Merle sie in ihre Arme und bedeckte ihr Gesicht mit zarten Küssen. »Es gibt nichts zu verzeihen. Hauptsache, du bleibst bei mir und schließt mich nicht aus deinem Leben aus.«

»Oh, Merle, das fragst du mich?« Dicke Tränen liefen Joanna über die Wangen. »Ich hatte so große Angst, dir alles zu erzählen. Hatte Angst, dass du mich verabscheuen würdest und mich verlassen könntest.«

»Das ist nicht dein Ernst, oder?« Geschockt hielt Merle sie fest in ihrem Arm. »Joanna, warum um Himmels willen sollte ich dich verabscheuen?«

Joannas Blick wanderte auf das Grab ihrer Schwester. »Ich habe euch beide im Stich gelassen, und beinahe hätte ich auch dich verloren. Wenn du nicht so hartnäckig gewesen wärst, ich weiß nicht, wo ich heute wäre.«

»Hauptsache, du bist jetzt bei mir und das für immer.«

»Ich liebe dich, Merle. Habe ich dir das schon einmal gesagt?«

»Nein, bisher noch nicht.«

»Dann sage ich es dir jetzt noch einmal. Ich liebe dich, Merle Fischer.«

Überglücklich schloss Merle sie in ihre Arme und küsste sie voller Liebe.

ENDE

Weitere Titel
bei édition el!es

Lo Jakob: Ehrliche Haut

Roman

Felicitas Frenzel, alias Flix, ist eine ausgezeichnete Deluxe-Diebin. Sie weiß genau, wo sie bei ihren Einbrüchen die wertvollsten Schmuckstücke findet und hinterlässt dabei keine Spuren. Nur einmal macht sie den Fehler, einem einflussreichen Mafia-Boss Gold zu stehlen. Der beauftragt die Privatdetektivin Luisa Sander damit, den Diebstahl aufzuklären. Die schleust sich undercover als Thekenfrau in eine Kneipe ein, die dafür bekannt ist, dass dort zwielichtige Gestalten ein- und ausgehen. Und tatsächlich ist Flix dort oft anzutreffen. Die Diebin ist sofort von der kühlen Luisa fasziniert und schafft es mit ein paar Anlaufschwierigkeiten sogar, sie für sich zu gewinnen – ein gefährliches Katz-und-Maus-Spiel um Liebe und Freiheit beginnt . . .

Jenny Green: Stadtlichter

Roman

In dieser Fortsetzung der Romane »Über den Dächern der Stadt« und »In den Gassen der Stadt« wird die Beziehung zwischen Lisa und Emma auf eine harte Probe gestellt.
Nach einem schweren Unfall leidet Lisa an Amnesie und kann sich weder an Emma noch an ihre Liebe zueinander erinnern. Emma gibt ihr Bestes, um Lisa und ihr Gedächtnis zurückzugewinnen, doch Lisa flüchtet schließlich aus Regensburg in die ihr vertraute Umgebung ihrer Kindheit. Die Beziehung zerbricht, beide entfernen sich mehr und mehr voneinander, stürzen sich in neue Abenteuer – eine gemeinsame Zukunft scheint immer aussichtsloser, es sei denn, Lisas Erinnerungen kehrten doch noch eines Tages zurück . . .

Julia Schöning: Einsatz zum Glück

Roman

Erst eine wichtige Prüfung im Jurastudium vermasselt, dann ein schwerer Fahrradunfall – das Schicksal meint es nicht gut mit Luisa. Dann jedoch weckt Oberärztin Christine, die sich im Krankenhaus auffallend fürsorglich um sie kümmert, zärtliche Gefühle in ihr. Zuerst will Luisa das nicht zulassen, und auch Christine scheint gegen ihre Gefühle für Luisa anzukämpfen, aber als Luisa entlassen wird, versuchen sich beide näherzukommen. Altlasten aus Christines Vergangenheit erschweren das, und als Luisa wieder in die Klinik muss, wittert Christines Erzfeind Oberarztkollege Holger Falkenheim auch noch seine Chance, Christine wegen unethischen Verhaltens endlich loszuwerden. Ein tragischer Familienvorfall reißt sie endgültig von Luisa weg; die Chance einer glücklichen Beziehung ist kleiner denn je . . .

Lo Jakob: Fotografisches Gedächtnis

Roman

Die Kölner Boutiquebesitzerin Tülya Metin hat ihre erste eigene Modekollektion entworfen und engagiert die renommierte Modefotografin Ellis Mönchberg, um erstklassige Fotos davon zu schießen. Aber wer hätte gedacht, dass sich Ellis in Sachen freundschaftlicher Annäherung als solch ein harter Brocken herausstellen würde, dass selbst Tülya mit ihrem umwerfenden Charme auf Granit stößt. Doch die ehemalige Kriegsfotografin hat ihre Gründe, warum sie so zurückhaltend ist: Ihr Herz ist versteinert. Das redet sie sich zumindest ein. Da ist so eine lebensfreudige Tülya nur ein Ärgernis. Ellis will ihren Auftrag erledigen und sich wieder in ihr Schneckenhaus zurückziehen. Aber so einfach geht das alles natürlich gar nicht . . .

Ruth Gogoll, Haidee Sirtakis, Toni Lucas u.a.: Die Weihnachtsausladung

Romantische Weihnachtsgeschichten

Wenn die neue große Liebe ihre Nächte scheinbar lieber mit der (angeblichen) Ex verbringt, dann landet der gemeinsam gekaufte Weihnachtsbaum im Keller. Doch es wäre keine romantische Weihnachtsgeschichte, wenn am Ende nicht alle glücklich würden, oder? Und so ergeht es allen Verliebten im diesjährigen Geschichtenband, der unter keinem lesbischen Weihnachtsbaum fehlen sollte. Im Wohnzimmer. Festlich geschmückt. Um die Herzen zu erwärmen an trüben und kalten Dezembertagen . . .

Ruth Gogoll: Wie Honig so süß

Roman

Die arme Irin Emma O'Leary ist als Kind mit ihrer Familie vor der Hungersnot in Irland nach Amerika geflohen. Kaum erwachsen muss sie schon hart als Näherin in der Schneiderwerkstatt eines Modesalons arbeiten. Dort gehen arrogante, reiche New Yorkerinnen ein und aus, für die Emma Kleider näht, die sie sich selbst niemals leisten könnte. Jedoch hat sie den Traum, mehr aus ihrem Nähtalent zu machen und dem Joch der Armut zu entfliehen.
Eine besonders arrogante Kundin ist die junge Lady Francie Cunningham, die Emma zu sich nach Hause bestellt. Die Anproben im Herrschaftshaus werden bald sinnlicher und erotischer, denn Francie hat nicht nur Interesse an den Kleidern, sondern an Emma selbst. Auch Emma wird überflutet von völlig unbekannten Gefühlen. Für kurze Zeit sind Francie und Emma heimlich glücklich, doch da bricht der amerikanische Bürgerkrieg aus und schleudert ihre Schicksale in eine ungewisse Zukunft . . .

Sima G. Sturm: Vorsicht, bissig!

Roman

Temperamentvoll und voller Abneigung gegen die Polizei – so lernt Kriminalkommissarin Dana Peters die wegen kleinerer Delikte zur Vernehmung geladene Juliane Köhler kennen. Der Anziehungskraft, die von Juliane ausgeht, kann Dana nicht lange widerstehen. Schon nach wenigen Tagen verbringen sie einen leidenschaftlichen One-Night-Stand miteinander, nach dem Juliane sich in Luft auflöst.
Ein neuer Fall für Dana im Rotlichtmilieu führt sie jedoch wieder zusammen, denn Juliane kümmert sich als Sozialarbeiterin um gestrauchelte und sozial benachteiligte Jugendliche. Ein neues Date, ein Versuch einer Beziehung – doch die Verstrickung in Danas Fälle, nervende Anwältinnen und Julianes geheimnisvolles Privatleben werfen ihnen immer wieder Stolpersteine in den Weg . . .

Haidee Sirtakis: Liebeszauber über Kreta

Roman

Die lose miteinander verbundenen Romane »Vertrauen ist ein zerbrechliches Geschenk«, »Unter Kretas Sternen« und »Zeit zu lieben« finden unter der Sonne Kretas ihren Abschluss.
Naomi kann ihre unglückliche Beziehung zu Andrea nicht retten, lernt jedoch schon bald Isabelle kennen – strikt hetero. Aber sie verbringen

immer mehr Zeit miteinander, Zeit, in der Naomis Gefühle für Isabelle immer intensiver werden. Die Angst, dass ihre Gefühle nie erwidert werden, gräbt sich tiefer, und Naomi glaubt, sehenden Auges ins nächste Unglück zu stürzen . . . Währenddessen wollen sich Regina und Chiara auf Kreta nochmals (symbolisch) das Ja-Wort schenken, was plötzlich an unvorhersehbaren Ereignissen zu scheitern droht . . .

Ruth Gogoll: Alles nur aus Liebe

Roman

Die neue Stelle bei einem Fernsehsender ist für Landei Lisa eine ziemliche Herausforderung, vor allem, weil die Chefin Veronica Hart rücksichtslos langjährige Erfahrung voraussetzt. Doch Lisa behauptet sich und jongliert neben ihrer Hauptarbeit souverän mit den Terminen von Veronicas unzähligen Affären. Bis sie eines Tages selbst zum Temin wird – auf der einen Seite angezogen von Veronicas Charme, auf der anderen Seite will sie kein weiterer Eintrag im Kalender werden. So bleibt sie auf Distanz, bis Veronica nach einem Unfall ihre Hilfe braucht . . .

Toni Lucas: Affäre mit Aussicht

Roman

Wenn Nele Wagner an ihrem Arbeitsplatz im One World Trade Center über ihren Aktenbergen sitzt, sehnt sie sich nach dem, was sie wirklich gut kann: Whiskey-Sorten beurteilen und über ihre Reisen bloggen. Doch ihre Firma, die mit edlen Spirituosen und Konfekt handelt, hatte anderes mit ihr vor. Einziger Lichtblick ist ihre neue Chefin Olivia sowie die heißen Nächte mit ihr. Die merkwürdige Eigenschaft Olivias, immer wieder zu verschwinden, treibt Nele während einer Tour durch Kentucky in die Arme der Pferdezüchterin Liz – doch zurück in New York merkt Nele, dass sie in Liz *und* Olivia verliebt ist . . .

Jule Richter: GrenzLust 2

Roman

GrenzLust 2 ist die Fortsetzung der Geschichte von Mona und Ella. Nachdem sie am Ende des ersten Teils beschlossen hatten zusammenzuziehen, machen sie nun Nägel mit Köpfen: Ella zieht bei Mona ein, und sie versuchen sich in einer Beziehung, die den Tücken des Alltags standhalten kann. Die gemeinsame Leidenschaft für die dominant-devote Erotik stellt die immer funktionierende Verbindung zwischen den beiden Frauen dar, und an Ausflügen in die Welt des SM mangelt es auch in Teil 2 nicht; es wird spannend, abwechslungsreich und hin und wieder auch ein bisschen komisch.

Lo Jakob: Die Honigfalle

Roman

Weil die erfolgreiche Managerin Maria ihre Nerven und sich nicht mehr im Griff hat, nimmt sie eine Auszeit auf dem Land, um ihren dement en Großonkel zu pflegen. Und damit platzt sie in das gemütliche Einsiedler-Leben der Imkerin Theresa, die sich als Nachbarin bislang um Großonkel Willi gekümmert hat. Zoff ist programmiert und gipfelt im Einsatz des Sprengmittelbeseitigungsdienstes.
Doch mit Willis Ableben ändert sich alles, denn ein unerwartetes Testament, dunkle Geheimnisse in der Familiengeschichte und eine raffgierige Verwandtschaft schweißen Maria und Theresa mehr zusammen, als ihnen zunächst lieb ist . . .

Haidee Sirtakis: Zeit zu lieben

Roman

In »Zeit zu lieben« wird die Geschichte von Michi und Thea aus Haidee Sirtakis' Roman »Vertrauen ist ein zerbrechliches Geschenk« weitererzählt.
Michi droht der Burnout und Thea versucht, die Beziehung zu retten, indem sie ihre Liebste davon überzeugen will, ihr Arbeitspensum zu reduzieren. Da taucht Michis Ex Jasmin auf und verschlimmert die Lage noch. Gefangen in einem Teufelskreis aus Arbeit und widersprüchlichen Gefühlen zu Thea, Jasmin und ihrer neuen Therapeutin, versucht Michi den Befreiungsschlag in einem Fechtwettkampf . . .

Catherine Fox: Flammender Sommer

Liebesgeschichte

Eine Trennung per SMS, und Michaela sieht keinen Sinn mehr in ihrem Leben. Da schickt ihr das Schicksal Amanda ins Haus, die ausgerechnet in dieser verlassenen Gegend Italiens eine Autopanne hat. Nach einer Liebesnacht bleiben sie zunächst beruflich verbunden, bis Michaelas Ex wieder auftaucht und die Ereignisse eine dramatische Wendung nehmen . . .

Catherine Fox: Das Haus auf den Klippen

Liebesroman

Auf einem alten Leuchtturmwärterhaus an der irischen Steilküste lastet ein Fluch: Der Geist einer Ermordeten gehe darin um. Lucy lässt sich davon nicht abschrecken, kauft das Haus und renoviert es. Zunächst hält sie erste Begegnungen mit dem Geist Kyra für Hirngespinste, doch dann beginnt sie über die Herkunft des Fluches nachzuforschen und entdeckt eine dramatische Geschichte um Kyras mysteriösen Tod vor hundertfünfzig Jahren. Allerdings . . . wenn die Wahrheit ans Licht kommt, wird Kyra ihren Seelenfrieden erhalten und für immer verschwinden – Lucy jedoch hat bereits ihr Herz an Kyra verloren . . .

Angela Danz: Stiehl mein Herz

Liebesgeschichte

Lydia ist Politikerin und lässt sich privat auf keinerlei feste Beziehungen ein. So lernt sie auch Angie in einem Restaurant kennen und denkt an nicht mehr als einen heißen One-Night-Stand. Als sie am Morgen erwacht, ist jedoch ihr Safe ausgeräumt. Ein wertvolles Collier, das Lydia unbedingt zurückhaben will, veranlasst sie dazu, Angie bis in den warmen Süden nach Nizza zu verfolgen . . .

Claudia Lütje: Ein Stück vom Himmel

Roman

An einem stürmischen Tag schneit Sarah plötzlich in Maries Leben, weil sie vom Regen durchweicht vor ihrer Tür steht und eine Adresse sucht, die es nicht gibt. Sarah ist Stewardess und bringt Maries ruhiges Leben als Anwältin mit ihren blauen Augen völlig durcheinander. Doch dann stellt sich heraus, dass Sarah ihre eigenen Probleme hat. Marie versucht ihr zu helfen, aber will Sarah das überhaupt?

Ruth Gogoll, Claudia Lütje, Haidee Sirtakis u.a.: Heiligabend mit Überraschungen

Weihnachtsgeschichten

Weihnachten zu zweit gemütlich zu Hause? Eine verschwundene Nonne durchkreuzt Rennis und Monikas Pläne gehörig . . .
Die neue Paketbotin bringt nicht nur ein Päckchen in Christinas Bistro, sondern auch Christinas Gefühlsleben völlig durcheinander . . .

Weihnachtseinkäufe sind schon stressig genug, da ist eine unhöfliche Vordränglerin nicht gerade hilfreich; noch schlimmer wird's, wenn sich diese Kundin als neue Kollegin entpuppt . . .
Diese und weitere weihnachtliche Geschichten konnten Sie im Adventskalender 2015 lesen, jetzt sind sie als Buch erhältlich. Und als Bonus gibt es noch die Silvestergeschichte dazu.

Catherine Fox: Manche mögen's weiß

Liebesgeschichte

Kampflesbe trifft auf Zickenblondine – ein (nicht ganz ernst gemeintes) Weihnachtsmärchen
Als Weihnachtsmann verkleidet bricht Romy in Häuser reicher Familien ein, um als moderner Robin Hood die Beute unter den Armen zu verteilen. Eines Nachts wird sie jedoch von Gräfin Sandra Austel überrascht, es kommt zum Handgemenge . . . und Sandra wacht nach einem Knockout in Romys Waldhütte wieder auf. Frau Gräfin passt es zunächst gar nicht, dem Bauerntrampel Romy ausgeliefert zu sein, die Abneigung beruht auf Gegenseitigkeit – allerdings nicht sehr lange . . .

Haidee Sirtakis: Unter Kretas Sternen

Roman

Eleni, deutsche Tierärztin mit griechischen Wurzeln, betreibt auf Kreta eine mobile Tierklinik und besitzt ein wunderschönes Grundstück direkt am Meer, das sie zu einem Tierasyl gemacht hat. In dieses kleine Paradies platzt ein griechischer Hotelier, der Elenis Grundstück kaufen und Luxushotels bauen will. Er beauftragt die auf Kreta lebende deutsche Anwältin Anika, ihm das Grundstück zu beschaffen – mit allen Mitteln. Anika, selbst in einer unglücklichen Beziehung steckend, zerrt Eleni vor Gericht, doch schon bald ist es mit der Professionalität vorbei, denn Anika entwickelt tiefere Gefühle für Eleni, was ihren Beruf und ihre ganze Existenz in Frage stellt . . .

Alexandra Liebert: Die Assistentin

Liebesgeschichte

Ellen, erfolgreiche Autorin, lässt bei ihren vielen Bekanntschaften nichts anbrennen. Allerdings hängt ihre Karriere am seidenen Faden, denn starke Schmerzen in den Händen lassen stundenlanges Tippen nicht mehr zu. Da lernt sie Heike kennen, die anders ist als ihre bisherigen Fans – doch Ellen hat nur ihre ungewisse Zukunft im Kopf. Erst mit ihrer neuen Assistentin Sam blüht sie wieder auf, und während sie anfängt, sich Gedanken über ihre Beziehung zu Sam zu machen, benimmt Heike sich immer seltsamer . . .

Ina Sembt: Die Klarinettistin

Roman

Martina Mauritius betreibt eine Art Erholungsheim für weibliche VIPs in den Niederlanden. Als die Star-Klarinettistin Lena van Langen einen Nervenzusammenbruch erleidet, zieht sie sich auf Martinas Anwesen zurück. Nach anfänglichen Schwierigkeiten miteinander beginnt Martina Gefühle für Lena zu entwickeln, doch ihr Berufsethos verbietet jegliche Annäherung. Zumal in der begleitenden Psychotherapie herauskommt, dass Lena große Probleme mit Sexualität in jeglicher Hinsicht hat. Die Therapie hilft Lena, zu sich zu finden, doch flieht sie zunächst vor den neuen Gefühlen, die auf sie einstürmen . . .

Catherine Fox: Date mit einer Unbekannten

Liebegeschichte

Auf einem Social Network für Lesben lernen Bea und die gehörlose Jeanny sich kennen. Die Chats werden schnell heiß und intim, und so drängt Bea darauf, Jeanny endlich persönlich zu treffen. Doch Jeanny lässt sich darauf nicht ein. Nachdem Bea in Gesprächen mehr über Jeannys Leben herausgefunden hat, setzt sie sich über ihre Wünsche hinweg und taucht auf ihrer Arbeitsstelle auf – wo man nichts von einer Jeanny weiß . . .

Jule Richter: Wolke 8

Roman

Zwei Frauen, die gegensätzlicher nicht sein können, finden mehr oder weniger zufällig zueinander: Maggy, die zurückhaltende Therapeutin, die nach der großen Liebe sucht; Hannah, die coole Verführerin, die nicht im Traum daran denkt, ihre Freiheit als Single aufzugeben. Doch als sie spüren, dass sich zwischen ihnen tiefere Gefühle entwickeln könnten, versuchen die beiden alles, um sich dagegen zu wehren. Das Schicksal hat jedoch einen ganz anderen Plan für Hannah und Maggy . . .

Ruth Gogoll: Verbotene Leidenschaft (Teil 3)

Dritter und letzter Teil der Reihe

Was zum Ende vom zweiten Teil noch offen blieb, bekommt im dritten (und definitiv letzten) Teil seinen Abschluss: Sandra soll nicht länger das Liebesglück zwischen Kim und Sonja wehmütig mitansehen müssen, sondern findet auch ihre große Liebe, und die bösartige Mutter sowie der Ex-Ehemann erhalten endlich ihre gerechte Strafe für das, was sie Sonja über all die Jahre angetan haben.

Nadine C. Felix: Liebe, stärkste Macht auf Erden

Roman

Firmenchefin Valerie fühlt sich zu ihrer Geschäftsführerin Emma hingezogen – und wehrt sich gleichzeitig dagegen, da sie doch eigentlich nicht auf Frauen steht. Zumal sie mit der Liebe nach einigen schweren Schicksalsschlägen sowieso schon abgeschlossen hat. Eine unfreiwillig gemeinsam im Büro verbrachte Nacht und ein schwerer Unfall bringen sie und Emma einander näher. Doch erst die Konfrontation mit ihrer Vergangenheit, bei der Valerie beinahe alles verliert, zeigt ihr endgültig, dass sie Emma und der Macht ihrer Liebe nicht länger widerstehen will.

Sima G. Sturm: Königin auf meiner Bühne

Roman

Als die Journalistin Alexa Porter auf Cora, Leadsängerin einer bekannten Frauenband, trifft, beginnt – nach anfänglichen Schwierigkeiten – ein sexuelles Abenteuer um Lust, Hingabe, Macht und Kontrolle. Was dieser leidenschaftlichen Beziehung fehlt, ist Liebe. Und Cora macht keinen Hehl daraus, dass sie daran auch nicht interessiert ist. Während Alexa versucht, ihre aufkeimenden Gefühle vor Cora zu verstecken, genießt die Sängerin es, Macht über Alexa auszuüben. Wird sie jedoch auf Dauer immun bleiben gegen romantischere Gefühle für Alexa?

Ruth Gogoll: Das Modell

Liebesgeschichte

Als Kunststudentin in notorischer Geldnot nimmt Anna den Job als Aktmodell bei ihrer Professorin an. Von Sitzung zu Sitzung gewöhnt sie sich immer mehr sowohl an die Nacktheit als auch an die raue Kälte, die ihr die schroffe Malerin stets entgegenbringt. Doch eines Tages verlangt die Professorin etwas, das eine Grenze sprengt – aber gleichzeitig den Beginn einer ungewöhnlichen Beziehung markiert . . .

Ruth Gogoll: Eine Frau wie Zuckerwatte

Roman

Es beginnt mit einem Tagebuch in der Vorweihnachtszeit: Einträge voller Sehnsucht, bis plötzlich die Liebe einschlägt wie ein Blitz. Kurz darauf scheint jedoch schon wieder alles vorbei zu sein. Bis sich am Heiligabend ein unerwartetes Geschenk enthüllt . . .

Dieser kurze Anfang des Romans war unter dem Titel »Das Weihnachtstagebuch« bereits als eBook erhältlich, doch das Happy End war ein wenig verfrüht – denn die beginnende Liebe entpuppt sich als ungeahnt problematisch:

Nachdem das äußerst attraktive Geschenk unterm Weihnachtsbaum ausgepackt ist, beginnt eine leidenschaftliche Fernbeziehung mit heißen Nächten in Hotels, denn Kim ist wegen ihrer Arbeit in der Werbeagentur ständig unterwegs. Ihr Traum ist es, einmal selbst die Agentur zu übernehmen. Das einzige Hindernis dabei: Kims Chefin, denn die gibt ihre Firma nur unter einer Bedingung ab. Einer Bedingung, die das Liebesaus bedeuten würde. Doch alles ändert sich, als Kim während eines Fotoshootings auf Mallorca spurlos verschwindet . . .

Lo Jakob: Ganz großes Kino

Roman

Hollywoodstar Vanessa Harris hat eigentlich alles: Erfolg, Geld, Schönheit. Trotzdem ist sie unzufrieden. Irgendetwas fehlt in ihrem Leben. Genau deshalb lässt sie sich auf den Low-Budget-Film einer jungen Filmemacherin ein. Aber Kira Rosenborn ist damit fast ein bisschen überfordert. Wie geht man mit einem Hollywoodstar um? Und noch dazu mit einem, der schamlos mit einem flirtet und keinerlei Widerstand erwartet? Unglücklicherweise sollen das nicht die einzigen Probleme bleiben, mit denen Kira zu kämpfen hat . . .

Hanna Berghoff: Nur bis ans Ende der Nacht

Kurzroman

Christiane hat sich damit abgefunden, dass das ihr Leben ist: Langweilige Büroarbeit von morgens bis abends und keine Freizeit mehr, keine Vergnügungen, nichts, was Spaß macht. Da trifft sie plötzlich eine alte Freundin, die sie mit Katja, der attraktiven Betreiberin einer Frauencomputerschule, bekannt macht – und alles ändert sich.

Toni Lucas: Der Begierde Preis

Roman

Die schillernde Lokalprominente Clarissa von Eckberg ist ermordet worden, und Kriminalhauptkommissarin Juliane Franke findet sich gleich zu Beginn der Ermittlungen in einem bizarren Milieu wieder: Clarissa von Eckberg war eine Frau mit vielen Geliebten und Geldnöten, die zusammen mit ihrer Lebenspartnerin Lebenskunstseminare und Wellnesskurse abgehalten hat, in denen reichlich Champagner floss und die Massagen schnell intim wurden. Die Verdächtigen stapeln sich, die Lokalpresse fordert schnelle Ergebnisse, und die attraktive Leiterin des Kriminallabors möchte auch ab und zu verwöhnt werden . . .

Ruth Gogoll: L wie Liebe (Staffel 6)

Roman

Weiter geht es mit neuen Gesichtern im Sappho: Zunächst bringt die hippe Fotografin Bliss einige Frauen durcheinander, dann finden sich Melly, Rick und Silvia plötzlich in einer Rolle wieder, die ihnen bisher unbekannt war. Die junge Myrna möchte gern ihre allererste Liebesnacht erleben und weiß auch schon, mit wem, aber weiß ihre Angebetete das auch? Und auch Schauspielerin Saskia lernt eine Frau kennen, die ihr gefallen könnte, doch die ist anscheinend noch nicht so ganz bereit dafür, während Julia um ihre Ehe mit Sam kämpft, die von Bliss bedroht wird . . .

Rebecca Berg: Aus Zufall wurde Liebe

Kurzroman

Nach einer Autopanne verirrt sich Lisa in eine Rockkneipe und lernt die Motorradbraut Joe kennen. Eine lockere Beziehung entsteht, doch während sich Lisa verliebt hat, bleibt Joe cool und trifft sich wieder mit ihrer Ex. Lisa erträgt das nicht und flüchtet nach Sardinien. Für wen wird sich Joe jetzt entscheiden?

www.elles.de